NF文庫
ノンフィクション

駆逐艦物語

修羅の海に身を投じた精鋭たちの気概

志賀 博ほか

潮書房光人新社

駆逐艦物語——目次

写真提供／各関係者・遺家族・「丸」編集部・米国立公文書館

駆逐艦物語

修羅の海に身を投じた精鋭たちの気概

峯風型
峯風
沢風
沖風
島風
灘風
矢風
羽風
汐風
秋風
夕風
太刀風
帆風
野風
沼風
波風

神風型
神風
朝風
春風
松風
旗風
追風
疾風
朝凪
夕凪

睦月型
睦月
如月
弥生
卯月
皐月
水無月
文月
長月
菊月
三日月
望月
夕月

吹雪型
吹雪
白雪
初雪
深雪
叢雲
東雲
薄雲
白雲
磯波
浦波
綾波
敷波
朝霧
夕霧
天霧
狭霧
朧
曙
漣
潮
暁
響
雷
電

初春型
初春
子日
若葉
初霜
有明
夕暮

白露型
白露
時雨
村雨
夕立
春雨
五月雨
海風
山風
江風
涼風

朝潮型
朝潮
大潮
満潮
荒潮
朝雲
山雲
夏雲
峯雲
霞
霰

陽炎型
陽炎
不知火
黒潮
親潮
早潮
夏潮

初風
雪風
天津風
時津風
浦風
磯風
浜風
谷風
野分
嵐
萩風
舞風
秋雲

夕雲型

夕雲
巻雲
風雲
長波
巻波
高波
大波
清波
玉波
涼波
藤波
早波
浜波
沖波
岸波
朝霜
早霜
秋霜
清霜

島風

秋月型

秋月
照月
涼月
初月
新月
若月
霜月
冬月
春月
宵月
夏月
花月

松型

松
竹
梅
桃
桑
桐
杉
槇
樅
樫
榧
楢
桜
柳
椿
檜
楓
欅

橘型

橘
蔦
萩
柿
菫
楠
梨
椎
榎
初桜
楡
雄竹
樺
初梅

樅型

栗
栂
蓮

若竹型

若竹
呉竹
朝顔
早苗
芙蓉
刈萱

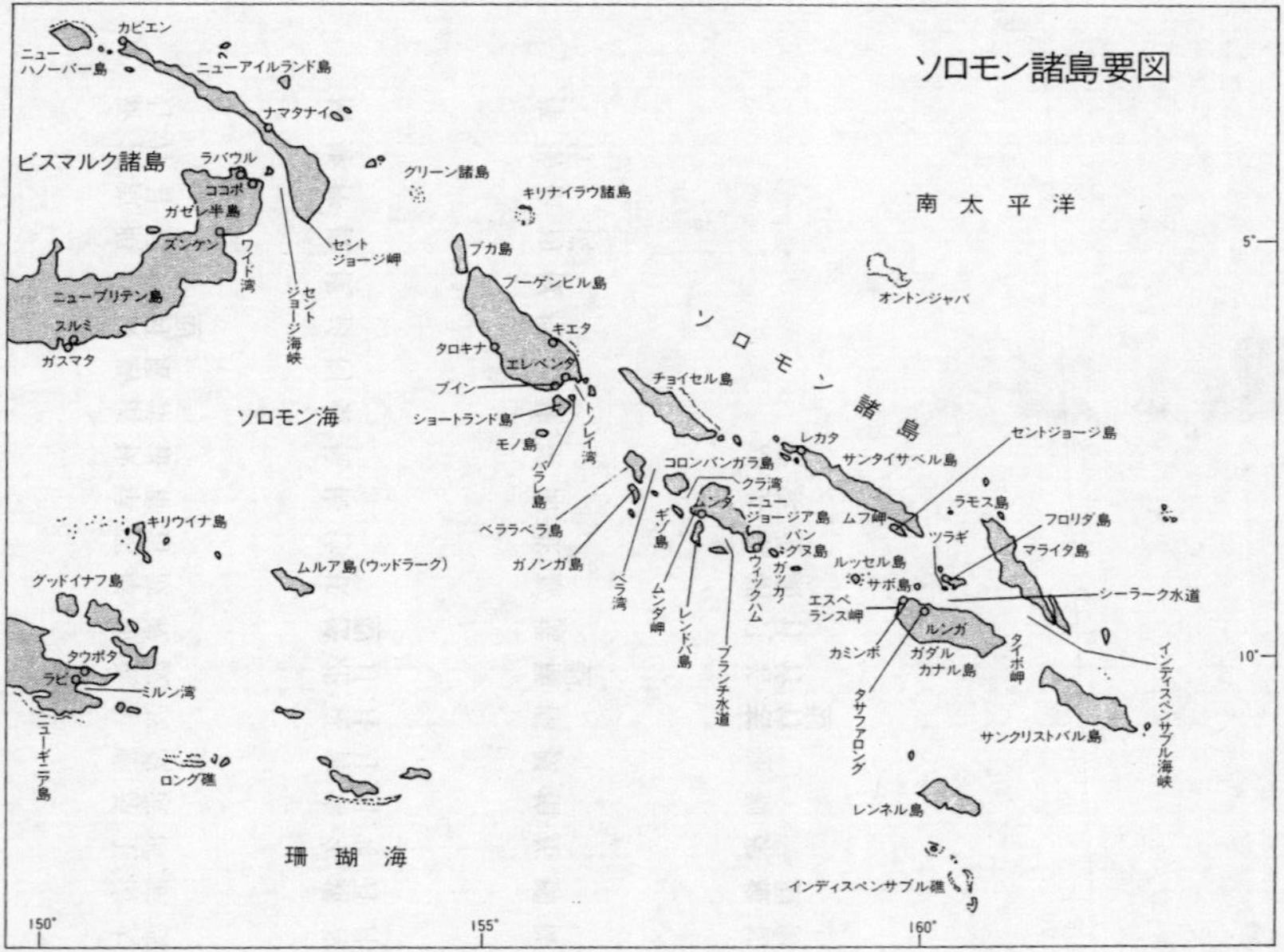
ソロモン諸島要図
南太平洋
ソロモン諸島
ソロモン海
珊瑚海
ビスマルク諸島
ニューハノーバー島
カビエン
ニューアイルランド島
ナマタナイ
ラバウル
ココボ
ガゼレ半島
ズンゲン
ワイド湾
セントジョージ岬
セントジョージ海峡
ニューブリテン島
スルミ
ガスマタ
グリーン諸島
キリナイラウ諸島
ブカ島
ブーゲンビル島
キエタ
タロキナ
エレベンタ
ブイン
ショートランド島
モノ島
トノレイ湾
バラレ島
チョイセル島
オントンジャバ
レカタ
サンタイサベル島
セントジョージ島
コロンバンガラ島
クラ湾
ニュージョージア島
ベララベラ島
ガノンガ島
ギゾ島
ベラ湾
ムンダ岬
レンドバ島
ブランチ水道
ウィックハム
ガッカ
バングヌ島
ムフ岬
ラモス島
フロリダ島
ツラギ
マライタ島
ルッセル島
サボ島
エスペランス岬
シーラーク水道
ルンガ
ガダルカナル島
カミンボ
タサファロング
タイボ岬
インディスペンサブル海峡
サンクリストバル島
レンネル島
インディスペンサブル礁
キリウイナ島
グッドイナフ島
ムルア島（ウッドラーク）
タウボタ
ラビ
ミルン湾
ニューギニア島
ロング礁
5°
10°
150°
155°
160°

十七駆逐隊「谷風」水雷長のクラ湾夜戦

昭和十八年七月五日夜、新月轟沈の電探射撃と敵巡を屠った魚雷戦

当時「谷風」水雷長・海軍大尉　相良辰雄

昭和十八年五月十八日、熱田島（アッツ島）に米軍が来攻した。北方部隊（第五艦隊）はその応戦に、てんやわんやの大騒ぎであったが、その最中に、私の転勤電報が海防艦国後《くなしり》に飛びこんできた。

五月二十日付で、第十戦隊司令部付（谷風水雷長予定者）である。艦隊随伴の大型駆逐艦先任将校のポストは、クラスメートはあらかた卒業して、下のクラスにほとんど移りつつあったので、なんでいまさら私に、と意外に思った。しかし兵学校出身者ならば、一度はやってみたいと思わぬ者はない憧れの配置である。まして少尉任官いらい小艦艇熱望を考課表進達のつど錦の御旗としてきた私にとって、遅れ馳せながら嬉しくないことはなかった。

相良辰雄大尉

かくて三年ぶりに東京に舞いもどり、呉より回航して横須賀長浦に入港したばかりの谷風

（昭和十六年四月竣工の陽炎型十四番艦）に着任する。さっそく艦長の前川新一郎中佐（五〇期）より、「きみはだいぶ長いこと艦隊の艦《ふね》に乗ってないが、九三魚雷を知っているかな」と聞かれた。

自慢じゃないが、兵学校で習った六年式魚雷なら多少の知識はあるが、九三魚雷はおろか、九〇魚雷さえまったくの初対面である。その旨を正直に艦長に白状におよぶと、「出撃までに約六日ある。ただいまよりすぐ水雷学校で特訓を受けてきたまえ。クラスの石川中佐が教官でいるから、よく頼んでやる」とのことである。ありがたく拝承することにして、先任将校の申継ぎもそこそこに、さっそく水雷学校に出むいた。

ところが、肝心の石川教官は出張で不在である。がっくりして戻りかけたときに、とんだ幸運が待ち受けていた。なんと江田島以来のとっておきの親友である宇田恵泰《しげひろ》（六六期）に偶然出会ったのだ。

「キスカ、アッツと長い北方勤務ご苦労さん。こんどは谷風先任将校の電報見たぞ、おめでとう」

「それがちっともめでたくないんだ。実はこれこれこうだ」とわけを話すと、宇田大尉は破顔一笑、「九三魚雷のことなら俺にまかせろ。三日間で艦長がびっくりするくらいの腕に仕込んでやる」てなわけで、その日からまるまる三日間、宇田（潜水学校甲種学生で水雷学校派遣中）教官の特訓をうけ、充分な成果をあげることができたのである。持つべきものはクラスメートさまさまの感を深くした。

陽炎型14番艦・谷風。公試排水量2500トン、全長118.5m、出力5万2000馬力の陽炎型は、航続18ノット5000浬、仰角55度12.7㎝Ｃ型連装砲塔3基で初めて25ミリ連装機銃2基を搭載した

やはり海軍は良いところ

かくて六月十六日、輸送空母群（各艦航空機を満載）を護衛して、駆逐艦数隻で横須賀発となった。その母艦部隊にも先立つこと二時間前、艦長の親心からか、あるいは私をまだ信用できなかったのか、長浦を出港して相模湾において砲戦、魚雷戦訓練のお手並み拝見と相なった。砲術長の三竿豪夫《みさおひでお》中尉（六九期）が、艦長の座席の反対舷に私を呼び出して、にやにやしながらも心配顔でいう。

「先任将校、大丈夫ですか」「まかしとけよ。大丈夫、宇田大尉に特訓を受けたんだ。心配ないよ」

艦は初島と熱海の間を一戦速（二十ノット）で突っ走っている。

「先任将校はじめるぞ、いいか」艦長の号令一下、「配置につけ」「砲戦魚雷戦用意」で実戦さながらの訓練が開始された。

宇田に教えられた操式、教範のエキスを頭のなかで思いめぐらしながら、つぎつぎと号令をかけて、なんとかひととおり訓練終了にこぎつけると、通信士がいう。「先任将校、大したものですな。艦隊駆逐艦は初めてだからって、艦長が心配していましたよ」

「兵学校で習わなかったことは何でもできるのが、海軍の伝統だそうだよ」と冗談めかすと、艦長が「たった六日でこれほどになるとは思わなんだが、先任、これには何か裏があるのではないか」

「はい、実はこれこれかくかく」と白状におよぶと、「先任よ、やはり海軍は良いところだね」

「いえ、艦長のご紹介がなければ、宇田大尉にも会えなかったわけで、まったく私はついてました。艦長のおかげです。有難うございました」

まったくもって、私にとっては久しぶりの艦隊勤務である。乗員の士気もいままでの北太平洋のどんよりとした鬱陶《うっとう》しい気分とは異なり、明るい南太平洋の青い海は生々として気持がよい。しかも艦《ふね》は艦隊でいちばん新しい陽炎型駆逐艦で、見るもの聞くもの真新しく、やりがいのある配置である。張り切らざるを得ない気分であった。

艦隊の前進根拠地トラック島までは、四昼夜の航程である。空母群を護衛しての三直哨戒（水雷長、航海長、砲術長が輪番で哨戒長に立つ）の警戒航行は、けっして楽なものではなかったが、どうやら無事にトラック環礁内に入った。まずはやれやれである。

第十七駆逐隊（浦風、磯風、浜風）の他の三隻の駆逐艦とひさしぶりの会合であった。司令北村大佐（昌幸、四八期）は、去る昭和十四年、中支沿岸封鎖部隊において第十一水雷隊（水雷艇・雉、雁、鳩、鷺）司令（当時中佐）に、鳩先任将校（当時中尉）としてお仕えした懐かしい先輩でもある。

ショートランドの盆踊り

さて六月二十二日、第十四戦隊（五十鈴、龍田）を護衛して、トラック発ギルバート諸島西方赤道直下のナウル島へ向かう。二十五日に到着して、二十八日にトラック島帰投。息つく間もなく外南洋部隊（ソロモン方面）編入の電令があり、七月三日、トラックを発ってラバウルに向けて出撃する。

「いよいよ地獄の一丁目に差しかかるか」と艦長がつぶやくようにポツンと言われたのが、真にせまって聞こえた。ガ島撤退作戦以後のソロモン群島方面の死闘を経験していない私には、もの凄い緊張を覚えたのも当然のことであった。

トラック環礁を出ると、強速（十六ノット）で之字運動を開始しながら、敵潜水艦の伏在海面をラバウルめざして一路南下する。艦内哨戒第三配備について、最初の哨戒直に立つ。私にとってはまったくの初陣で、もの凄い緊張感で一ぱいの気持だった。

砲術長が、哨戒長交替のため艦橋に上がってきた。しかし、まだ十五分くらい早いので、二人で一服つけていると、まもなくトップの見張員の声――「敵コンソリ（B24）一機、右十度一万メートル、ゆっくり艦首方向を横切りまーす」

砲術長は急いで煙草をもみ消し、「先任将校、私は指揮所へ行きます。配置につけを願います」そういうと、脱兎のごとくトップの射撃指揮所へ駆け上がってゆく。機を失せず「配置につけ」のラッパが鳴りわたり、艦内ブザーがひびく。

艦長がゆっくりと艦橋に上がってこられるころに、各科配置よしの報告がそろって、艦長に「配置よし」と届ける。すかさず、間髪を入れずに艦長が「対空戦闘用意、一戦速」を下令する。艦橋の上にある射撃指揮所から、「対空戦闘用意よし」の報告が砲術長よりある。一二・七センチ二連装砲三基（六門）、二五ミリ二連装高角機銃（四基八門）が、一斉に艦首方向の敵機をにらんで待ちかまえる。その間、約十分。ふたたびトップの見張員の声。

「先のコンソリ一機、ゆっくり艦首方向に遠ざかりまーす」その報告に、艦長はおもむろに煙草をくわえて一服、「また来るかな。いまのコンソリから目を離すなよ」

航海長がただちに見張りに伝える間もなく、「コンソリ、視界外に見えなくなりました」の報告。

「対空戦闘要具おさめ」「両舷前進強速」「之字《のじ》運動はじめA法」（舵をとる角度によってA、B、C……といくつかある）とつぎつぎに下令される。

もとの哨戒配置にもどり、トップから下りてきた砲術長と交替する。なにせ、南方第一線で最初に出合った敵さんである。気がつくと口腔中がカラカラに乾いている。緊張のなせる業《わざ》であろう。艦長から、「先任、そんなことでは、この先もたないよ。早く水を飲んで、ようがいしておけ」とからかわれた。

七月四日早朝、ラバウルに到着する。さっそくコロンバンガラ島増援作戦支援の警戒部隊が編成される（この作戦はすでにトラック出港時からきまっていた）。兵力は次のとおりである。

◇警戒部隊指揮官＝第三水雷戦隊司令官秋山輝男少将（防空駆逐艦新月に座乗）

◇警戒部隊＝新月《にいづき》、涼風（第二十四駆逐隊司令・天野重隆大佐直率）、谷風

この作戦は、コロンバンガラ島南端ビラ地区に増援陸軍部隊ならびに資材物件を、駆逐艦七隻で緊急輸送するものであった。警戒部隊はこれを支援して、敵水上部隊（乙巡四隻と予想された）が来攻すれば、夜戦をもってこれを撃滅せんとするものであった。

さて、ラバウル湾に勢ぞろいした警戒部隊は、七月四日夕刻、ひそかにラバウルを出撃した。折りからの晴天で、空には満天の星がきらめいている。艦は枚《ばい》をふくんで粛々《しゅくしゅく》と進む。

このとき、艦長がいわれた。

「先任よ、貴様は運のよいやつだよ。俺など長い年月、駆逐艦で飯《めし》を食ってるが、九三魚雷を実戦で撃つなんて幸運は、今夜が生まれて初めてだぞ。それなのに貴様は、昨日《きのう》や今日《きょう》、陽炎型の水雷長になったばかりの駆け出しのくせに、なんと下手まごつけば、今夜にも敵の新しい防空巡洋艦（ヘレナ型一万トン級）の土手っ腹に九三魚雷をお見舞できるかも知れねえんだからよ、まったくもって、駆逐艦乗り水雷長の冥利に尽きようってもんだぞ」

そう言われれば、そんなものかも知れないな、と真っ暗な艦橋で思わず身ぶるいがしたものであった。

途中、運よくなにごともなく七月五日早朝、ショートランド湾（ブーゲンビル島の南方）に到着する。湾内ではバラレ航空基地前の海岸近くに漂泊（投錨せず主機関は航行状態のまま）する。ガ島失陥以後、敵機の空襲がいつあるか予期しがたい状況の連続で、他の艦艇もみな同じである。

入泊後、艦長は新月（秋月型五番艦）の司令部へ指揮官参集で出艦された。舷門に見送ったとき、「艦長不在中に空襲があったら、きみが指揮して適宜湾内をまわってくれ。これを〝ショートランドの盆踊《ぼんおど》り〟と称している。航海長が心得ておるから、よろしく頼むよ」と言いおいて行かれた。艦長、あんなことを言って出かけたが、冗談だろうと思って後ろをふりむくと、航海長の貞廣中尉がにやにや笑っている。

「ほんとかね」と聞くと、「いまにわかりますよ」という。

哨戒直の配備で、艦橋を航海長に当直してもらい、正午の食事は士官室ですませソファーに横になっていると、艦橋より航海長の声。

「先任将校、増援陸軍部隊入港します」というので、上甲板へ出て驚いた。古い睦月《むつき》型駆逐艦（望月、三日月、長月、皐月）など七隻（他に浜風、天霧、初雪）に陸軍部隊を満載しての入港である。敵の巡洋艦部隊からこの連中を守って、乗るかそるかの夜戦をやらかそうとしているわれわれを知ってか知らずか、自分たちの乗っている艦よりは大きくて強そうな艦と見たのか、さかんに日の丸の旗をふって何か叫んでいる。

航海長と砲術長が艦橋から、「先任将校、有難うと言ってますよ」というので、「よしっ、

谷風とともにコロンバンガラ増援作戦警戒部隊としてクラ湾夜戦を戦った涼風

手空き総員、帽を振れーっ」の号令一下、乗員を上甲板に出させて応答させていると、航海長の声で「先任将校、空襲警報です。湾口の見張所に『紅紅空《アカアカクウ》』の信号があがりました。艦橋へ上がってください。……機械かけます。両舷前進微速、対空戦闘、配置につけ」の号令が、艦内の拡声器でかかる。

それを聞きながら艦橋へかけ上がる。見ると旗艦新月、二番艦涼風（白露型十番艦）もゆっくり動き出している。近いので新月の艦橋を眼鏡でのぞくと、さすがに前川艦長が、心配そうな顔つきでこっちを見ておられる。

本艦の内火艇は、近くの航空基地海岸へ退避して行くのが見えて、ひと安心する。湾口の見張所より発光信号がある。「敵コンソリ機、チョイセル島上空より進入せんとしつつあり」

いよいよ来たと思いながら、六倍双眼鏡で探すが、いっこうに視界に入らない。航海長が「先任将校、二番艦（涼風）のあとをゆっくり行きます」と報告する。かねて噂に聞いていた〃盆踊り〃とはこれか、と思って見ていると、在泊の各艦十数隻が、湾の周囲に円陣をつくってゆっくりと回り出した。みごとな一種の輪形陣である。

見る見るうちに、コンソリが南方の空から近づいてきた。要撃戦闘機が一機も舞い上がらないのはどうしたことか、と思っていると、砲術長が「先任将校、いまにおもしろいものが見られますよ」と湾内にいる在泊艦の六十一駆逐隊の一群を指さす。最新型の防空駆逐艦秋月型（三千トン）である。

コンソリの編隊は、高度三千メートルで湾内に侵入してきた。わが対空砲火をまったく無視した、というより当たらないのでバカにしているとしか思えない水平爆撃の態勢である。あっという間に、ほとんどわが輪形陣の真上にきた。

その時である。防空駆逐艦の長一〇センチ高角砲が、直角にぐーっと上空を向いたと思った瞬間、一斉に砲口が火を吹いた。高度三千、コンソリ八機は火だるまになって全機空中にくだけ散った。長一〇センチ高角砲の仰角が九十度とは、まったく知られていなかった。もちろん敵にたいしても、みごとに秘密が保たれていたのである。

輪形陣の各艦から万雷の拍手がわいたことはもちろんである。まもなく帰艦した艦長も、「さい先よしだな。これで今夜はうまく行くぞ」と、大変なご機嫌であった。

夕刻、いちおう仮泊して夕食をとる。士官室で艦長から「戦況はみな知っているとおりだ。今夜は褌《ふんどし》をしめなおして、ひとふんばり頼みたい」と決意を表明された。一同、粛然として姿勢を正す。

そのあと私室にひきとり、下着をはじめ洗濯したての真新しい第二種軍装に着換える。私室の机上で新婚のワイフの写真がほほ笑んでいる。それを静かに机の引出しにしまう。

旗艦新月に敵弾集中

午後五時三十分、旗艦新月のマストに高々と信号旗が掲揚された。順番号単縦陣で、いよいよショートランド湾を出撃である。これより一時間前、旧型駆逐艦の輸送部隊は、陸軍部隊を乗せて先に出撃していった。

午後六時五分、日没を迎えたが、赤道直下の海や空は残照に映えて、まだ明るい薄暮がつづく。前続艦の艦尾がける波に南海特有の夜光虫がきらきら光って美しい。午後七時二十分、湾口を出て針路一三六度で、まっすぐにコロンバンガラ島をめざして南下する。速力は強速（十八ノット）である。

午後八時三十分、日はトップリと暮れて、夜のとばりにつつまれた。その三十分後「砲戦、魚雷戦用意」が下令され、機関科指揮所より「全速即時待機完了」を知らせてくる（いつ、なんどき会敵しても、最大戦速が出せますよという報告である）。

つづいて、艦内哨戒第一配備（各科総員がそれぞれの戦闘配置についたままで待機の姿勢でいること）で、午後十時、コロンバンガラ島の北端より十五浬《かいり》の地点に達する。輸送隊よりの来電で、「午後十時十分、コロンバンガラ島南端ビラに揚陸開始、敵を見ず」島の南側に敵がいないということは、北側のクラ湾が会敵の公算大なりである。

午後十時十五分、第一戦速（二十ノット）に増速する。すでに会敵予想海域に入っているとみて、艦内の緊張感が高まる。このとき、突如として南海特有のスコールが襲来する。一寸先も見えないほどのすさまじいスコールである。

午後十時四十分、コロンバンガラ島北端近くの地点に達し、針路一三五度に変針する。同十一時六分、新月より隊内電話がある。「左正横に水上艦艇らしきもの探知」（新月のみは逆探知器を装備）

ここで艦長が決断し、「砲戦魚雷戦用意」を下令する。スコールは依然としてやまず、左正横に敵水上艦艇（エインワース隊）を探知のまま、針路一八〇度に変針して南下する。クラ湾のほぼ真ん中付近まで達したと推測された。左正横約五千メートルに、いぜん敵らしき水上艦艇を探知していた。

午後十一時十分、新月より「反転する、針路〇度」が下令される。順番号単縦陣で北上するが、スコールは依然としてはげしく、視界七である。海上は平穏、風速五メートル。

午後十一時四十三分、針路三一五度に変針する。トップの見張りより「スコール晴れてきまーす」つづいて「怪しき艦影、右四十度、約七千メートル、同航するーッ」との報告があり、それがまだ完全に終わらないうちに、みるみるスコールが晴れてきた。いるいる、四本煙突の巡洋艦が四隻《よんはい》、しかも前後に駆逐艦らしきものを各二隻（注＝じっさいは巡洋艦三、駆逐艦四）ずつ随伴している。それが肉眼でもはっきりと映った。距離は約五千。

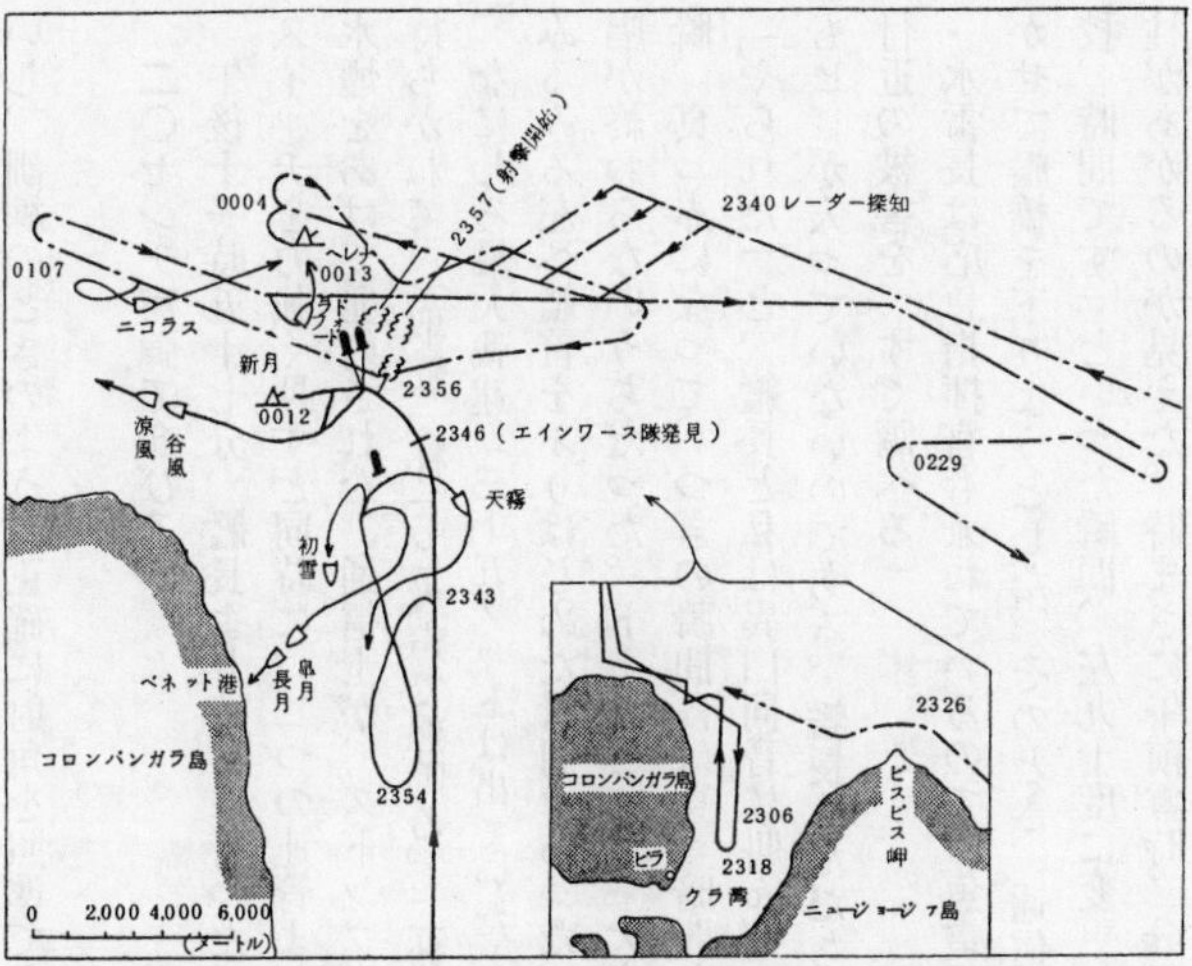

この間ほんの五、六秒ほどであったろうか。その四隻から、先頭の新月めがけて集中射撃がはじまった。各艦ごとに着色曳痕《えいこん》弾（赤、黄、青、白）にわかれての連続発射である。両国の仕掛け花火を連想させるきれいな色である。わが谷風はもちろん最大戦速下令で増速中だが、なかなかスピードが上がらず、もどかしいほどだ。

三十分も前から発射管は右九十度に向けて、発射準備はとっくに完了である。艦長はさすがに落ちついていて、発射はじめは俺が指示する、とはっきり言われた。敵の射撃は新月にのみ集中して、涼風や谷風にはまったく一発もこないのが不思議なほどだった。

たちまち新月が猛火に包まれるのがはっきりと見えた。おかげでわが方は、シルエットのようにくっきり見える敵巡洋艦にたいし、訓練のときのように正確に射角を照準できるという幸運にめぐまれた。

二〇センチ盲弾で命びろい

午後十一時五十七分、艦長より待ちに待った「発射はじめ」の命令が出た。発射方位盤のスイッチを力強く押すと同時に、二つの連管より九三魚雷八本が、艦をおおいつくすような水煙をあげて発射された。通信士が、ストップウォッチを押す。艦長が各連管発射の報告を待ちかねて、「取舵《とりかじ》一杯」と大声で怒鳴る。一秒、二秒と経過する。

なにしろ最大戦速（三十五ノットは出ていたと思う）中の転舵である。艦が大きく傾いて、みるみる左へ艦首をふりはじめた瞬間であった。操舵員の「舵ききました。取舵一杯」の復唱が終わらないうちだった。ドーンという一大音響とともに、艦橋の前面や艦首一帯が、一瞬、真っ赤になって、つぎの瞬間には真っ暗闇となった。

「やられた」と、艦長と私は異口同音に叫んだのであるが、ふしぎと艦橋の窓ガラス一つにもヒビが入っていないのである。艦長はただちに、「先任、いまの音は相当なものだ。艦首付近の被害を、すぐ調べろ」

水雷長は応急指揮官も兼ねているので、魚雷の次発装塡中だったが、これは掌水雷長にまかせて艦橋を下りようとした。そのとき、通信士がストップウォッチを見ながら、「先任将校、時間です」といった瞬間、左九十度に変更した艦尾後方の暗い海面に、数本の大きな火柱があがるのが見えた。時まさに午前零時二分である。

「先任将校、命中ですよ」と通信士が叫ぶ。艦長が「先任おめでとう。貴様やはり幸運児だよ」と喜んでくれた。

一、二番の水雷砲台では、次発装塡中の連管員がおどり上がって万歳をしている。それを横目で見ながら前部へ行ってみて驚いた。前甲板の錨鎖庫が浸水しており、防水扉を閉鎖しても、じわじわと漏水してくる。前甲板の錨見台に甲板下士官がいて、「先任将校、大きな砲弾が錨鎖庫の側壁に突き刺さっています。盲弾《もうだん》で破裂しなかったので、本艦はぶじでした。二〇センチ砲弾です。くわばら、くわばら」といって拝んでいる。

艦長にその旨を報告する。浸水を少なくするため、速力をすこし落としてもらうが、さっぱり利き目がない。なにしろまだ敵と戦ってる最中だから、多少の浸水はあっても、艦の戦闘力に影響しなければ、我慢するよりほかない。

応急作業が一段落して、艦橋にもどると艦長がいう。

「新月は轟沈したらしい。いま二十四駆逐隊司令が指揮を継承して、次発装塡完了しだい、涼風と二隻で、もう一度、戦場に引き返し、討ちもらした敵をやっつける。涼風は三番砲に小火災が発生したが、鎮火したらしい。それにしても、わが艦の乗員に負傷者の一人も出なかったのは、まったく幸運というしかない。あの二〇センチ砲弾が盲弾とはね……本艦はまったくついている」

かくて七月六日の午前零時三十分、第二十四駆逐隊司令指揮のもとに、ふたたび戦場に向かう。同五十五分、戦場付近に到達したが敵を見ず、また新月を捜索したが、発見できなかった。午前一時五十分、反転する。

黎明時における敵機の行動圏外に脱出するため、速力二十一ノットで突っ走る。艦首の破孔に二〇センチ砲弾を斜めに突き刺したまま、浸水を心配しつつの航走である。

その途中、艦長が敵信を傍受したらしく、「ヘレナ型一隻がやられた、と言っているぞ」といわれたのが印象に残っている。朝の六時四十分、ぶじショートランド湾口に入る。帰着は午前七時であった。このときの朝食の美味《うま》かったこと。艦長の許しを得て、乗員一同に御《お》神酒《みき》を配給する。冷酒の味はまた格別であった。

明くる七日の午後四時、涼風に護衛されてラバウルへ入港する。工作艦八海丸に横付けして、盲弾（炸裂しなかった砲弾）の抜きとり、舷側破孔の応急修理をおこなう。さらに、修理のため呉へ帰投の電令があり、乗員一同、天にものぼる気分になる。

敵巡洋艦をやっつけた何よりの御褒美である。

だが、ただでは内地へ帰してくれないのが常である。トラックへ立ち寄り、第十戦隊司令官に、クラ湾夜戦の戦闘詳報を提出する。新米の水雷長にしては運がよい、と皮肉をいわれたが、内地へもどれる気分は格別で、なんと言われようと気にならなかった。トラックより、例によって輸送空母群を護衛して、七月二十四日、呉に入港した。

なお余談ながら、砲弾をくらったときの光景は、いまでもときどき夢に見ることがあって、びっくりして飛び起きることもしばしばである。戦場心理の人間におよぼす影響を考えると、ふしぎな底深さを感じさせられる。

陽炎型駆逐艦「秋雲」ベラベラ沖夜戦

果たして敵か味方か。司令官の一瞬の逡巡と十駆逐隊「夕雲」の沈没

当時「秋雲」通信士兼航海士・海軍中尉　立山　喬

昭和十八年十月上旬、第一次、第二次の「セ」号作戦によって、コロンバンガラ島所在のニュージョージア方面防備隊の撤退がおこなわれた。それ以後、中部ソロモン地区でわが軍が戦っている地域は、チョイセル島とベラベラ島の二島だけになった。

チョイセル島の撤退は急ぐ必要はなかった。しかし、この年の二月ガダルカナル島からの撤退以後、敵の島づたいにやってくる「飛び石作戦」の速度は、しだいに早まり、ベラベラ島の状況も急迫してきていた。運命にまかせてこの島を放置するか、あるいは、艦艇の危険をおかしても収容撤退すべきかの、すみやかなる決断を第八艦隊司令部は迫られていた。結局、南東方面陸海両司令部の協議の末、十月六日の夜に、ベラベラ島の守備にあたっていた鶴屋部隊の撤収を、急きょ決定したのである。

立山喬中尉

昭和18年、ラバウルに停泊中の陽炎型駆逐艦。艦橋に防弾鋼板を装着している。第3水雷戦隊旗艦としてベララベラ撤収作戦に米駆逐艦隊と激闘を演じた秋雲は、陽炎型最終19番艦である

八月上旬いらい、ベララベラ島に派遣された海軍部隊は戡定《かんてい》部隊、連綴《れんてい》輸送基地員およびホラニウ基地(北部東岸)増強隊員らを合わせて約三百名、陸軍はホラニウ増強部隊約二九〇名であった。これらの陸海軍部隊は、八月十五日、同島南部のビロアに上陸した敵が九月初旬から進撃をはじめると、しだいに同島北西部に追いつめられていった。九月二十一日には、これらの部隊に、付近海面で遭難して収容されていた艦艇乗員をふくめて総数六百名ほどになっていた。そして彼らは鶴屋好夫陸軍大尉の指揮下に入って「鶴屋部隊」と称していた。(三五頁地図参照)

九月初旬から末ごろまでのあいだは、寡兵ながら鶴屋部隊は優勢な敵と随所

に交戦し、奮戦をつづけてきた。しかし舟艇機動によるわが方の補給も、敵航空機や魚雷艇の妨害などで、ことごとく失敗するようになった。そのため、九月二十八日以後は、わずかに夜間に水上偵察機による食糧や弾薬等の補給を細々と受けているにすぎなかった。その運命は、まさに風前のともしび同然の状況にあった。

この鶴屋部隊の撤退作戦（第三次「セ」号作戦）実施中に、ベララベラ島沖夜戦が生起したのである。撤退作戦の参加兵力は次のとおりである（部隊名、指揮官、兵力、任務の順に記載する）。

◇夜襲部隊＝第三水雷戦隊司令官伊集院《いじゅういん》松治大佐／旗艦（秋雲）、第十駆逐隊（風雲、夕雲）、第十七駆逐隊（磯風）、第二十七駆逐隊（時雨、五月雨）／全般支援、輸送警戒、敵艦艇撃滅

◇輸送部隊＝第二十二駆逐隊司令金岡国三大佐／第二十二駆逐隊（文月）、夕凪、松風／揚陸用舟艇輸送（小発六、折畳浮舟三十）

◇収容部隊＝第三十一駆潜隊司令片山司吾六中佐／駆潜艇、特設駆潜艇（二十、二十三、三十）／海陸全員の収容。艦載水雷艇隊（水雷艇一～三）／移動時警戒。大発一隻／陸岸から移乗時の輸送

◇協力部隊＝九三八空、第六空襲部隊戦闘機

夜襲部隊、輸送部隊の各駆逐艦は、いずれもコロンバンガラ島の撤退作戦（第一次、第二次の両「セ」号作戦）に参加しており、秋雲はそのつど旗艦となり、こんどもまた旗艦とな

った。なお、夜襲部隊指揮官は、外南洋部隊電令作により、夜襲部隊主力をもって鶴屋部隊の転進輸送を処理するごとく作戦するように命ぜられたので、十月五日に作戦の打合わせをおこなった。

偽航路をとって南下

十月六日の午前四時二十分、川内（軽巡洋艦、第三水雷戦隊旗艦）から秋雲に代将旗（普通は少将が司令官をつとめるが、伊集院司令官は大佐のため代将旗を用いた）が移揚され、伊集院司令官は参謀および必要な司令部要員を従えて乗艦された。これで三度、秋雲は旗艦となったのである。

満天の星はきらきらと輝き、南十字星がひときわ煌々《こうこう》たる光を投げかけている。黎明前である。輸送部隊は午前三時半、文月（睦月型七番艦）を先頭に出撃していった。つづいて夜襲部隊の出撃である。まず秋雲（昭和十六年九月竣工）が錨を巻き揚げはじめる。各艦は旗艦の行動を見守りつつ行動を起こす。闇夜の中で無線は封止され、厳重な灯火管制のもとでの無信号下の出港である。

秋雲の出港は午前四時五十五分。さすがに百戦練磨の水雷戦隊である。出港時から四百メートルの距離を保ち、一艦また一艦と全艦が出港したときは、みごとな単縦陣になっている。まさに一幅の絵である。ラバウルの湾口を出ると、右に針路をとり、花吹山をあとにして増速し、距離を開いて航走する。ソロモンの海は格別凪《な》いでいた。夜が明ける。すがすがしい朝である。

部隊は黙々として進む。やがて右前方にブーゲンビル島が見えてくる。島の西北端を右に見て変針し、島の北側に出て平行に走る。ブーゲンビル島の椰子《やし》の繁茂する深緑の熱帯林をはるかに眺めつつ、ときどき艦位と艦の実速力を確かめる。

駆逐艦の通信士は、航海士をも兼務しているので、当直と非番直たるとを問わず、ほとんど常時、艦橋にある。赤道直下の日ざしは、しだいに暑さをくわえてくる。非番の兵隊たちも上甲板に上がって、しばしの休憩を楽しんでいる。午前十一時四十五分、敵大型機が一機触接し、はるか彼方に見えかくれしている。いよいよ敵陣間近になりつつあるのを感ずる。

去る二月に三回実施したガ島撤退作戦のときも、ブインの湾口を出てショートランド島に差しかかると、かならず敵のB17が接触し、平文でわが軍の艦種、針路、速力を打電する。するとかならず数時間後には、ガ島の飛行場から戦爆連合の数十機が来襲してきた。そして、真夜中にガ島の泊地にたどり着くと、魚雷艇の攻撃などを受け、収容が終わっての帰路には、夜明けを待ってふたたび数十機からなる戦爆連合の攻撃を受けていた。

出迎えて、ご馳走して、見送りまでする、まったくご丁寧な敵であったが、今回もまた同じようなことかと、刻々とせまる時間を待った。

午後二時四十五分、ブーゲンビル島の北方海面で輸送部隊と合同し、さらに南下進撃した。

午後四時、輸送隊には、警戒隊として第二十七駆逐隊がつけられ、解列していよいよ目的の地ベララベラ島の揚搭点に向かって直行した。わが夜襲部隊はブインに向かう偽航路をとった。午後四時三十八分、敵飛行機三十機が、案の定やって来た。各隊は反転してスコールのなかに入り、敵機を韜晦《とうかい》した。幸運であった。はじめてのことである。敵機がブインに向かうのを認めてから、反転してブーゲンビル海峡に入る。

同海峡を通過後、敵駆逐艦らしい反航する四隻の艦影をみとめたが、残念ながらスコールのなかに見失った。しだいに夕闇が迫ってくる。味方水上偵察機の吊光投弾による偵察により、収容地点付近には敵の巡洋艦戦隊、駆逐隊各一隊ていどが遊弋《ゆうよく》監視中との通報があり、泊地進入は困難と判断された。そこで輸送部隊は一時、ショートランド湾西方に避退した。

夜襲部隊指揮官は、隷下の部隊に「砲戦魚雷戦」を命じ、第二十七駆逐隊にたいしては合同するよう命ぜられた。機を見て、一挙に敵艦隊を撃沈しようという決心であった。

艦橋に在《あ》った司令官、艦長（相馬正平中佐）も双眼鏡を手にされ、大型望遠鏡についている各見張員も、すべてが真剣に目をこらして状況の偵知につとめた。私は航跡自画器を発動し、刻々の艦の行動の記録を命じた。すでに部隊内無線電話の封止は解かれていた。私は電信室と艦橋を直通する伝声管（艦橋中央の羅針儀のそばにある）の位置にあったので、情報・命令の伝達授受にそなえた。

航海長（徳永大尉）は操艦、砲術長（朝比奈大尉）は艦橋天蓋の上にあって発砲にそなえ、水雷長（伊出大尉）は艦橋の魚雷の方位盤の近くにあって、魚雷発射に備えていた。すでに総員が配置についていた。すべての灯火は戦闘管制とされ、わずかな明かりさえ漏《も》れない。先任参謀も通信参謀も艦橋にあった。

ガ島、コロンバンガラ島と再三にわたる撤退輸送作戦いらい馴れた海面ではあるが、闇夜の高速航行であり、しかも全艦の旗艦として先頭にあると、やはり神経をすりへらされる気がする。司令官のご苦労はもちろんのことであるが、相馬艦長以下、艦橋当直員のすべてが、列艦の場合よりも緊張を強いられるようだ。いまや戦いの幕は切って落とされようとしていた。

夜戦の経過

この海戦は十月六日、米海軍ウォーカー隊（駆逐艦三隻）とのあいだに起こった夜戦であり、約一時間にわたって敵艦隊と交戦した。防衛庁防衛研修所戦史部編さんの『大東亜戦争公刊戦史〈96〉南東方面海軍作戦(3)』には、その経過概要が、つぎのとおり記載されている。


二〇三一＝米軍、電探により水上二目標を発見。十浬《かいり》。

二〇三五＝風雲、敵（巡洋艦三隻）を発見。

二〇五五＝米軍、魚雷発射三隻十四本。砲撃開始。

二〇五六＝夕雲二五〇〇メートルで魚雷発射八本。砲撃開始。秋雲、敵の魚雷発射を認む。

二〇五七＝夕雲被弾火災、敵巡洋艦一隻轟沈と認む。

二一〇一＝五月雨五千メートルで敵駆逐隊に対し魚雷発射八本。夕雲の魚雷シュバリエに命中。

二一〇三＝時雨、敵駆逐隊に対し魚雷発射八本、五千メートル。

二一〇五＝夕雲に魚雷命中。時雨、五月雨が敵駆逐艦に対し射撃開始。

二一〇六＝第二十七駆逐隊、敵駆逐艦二隻沈没と認む。時雨、五月雨の魚雷セルフリッジに一本命中（十ノットで避退）。

二一〇七＝第二十七駆逐隊、敵駆逐艦一隻火災と認む。

二一一〇＝夕雲沈没。

二一一五＝秋雲、風雲、磯風は敵駆逐艦一隻沈没と認む。

二一一七＝秋雲、磯風、敵巡洋艦に対し魚雷発射各艦八本、八千メートル。行動不能のシュバリエに対し発射したもの。

二一一九＝風雲、敵巡洋艦に対し魚雷発射八本、八千メートル。

二一二五＝秋雲は敵巡洋艦一隻沈没と認めた。

二一四〇＝三水戦司令官は輸送隊（第二十二駆逐隊）に爆投下令。

二二〇〇＝夜襲部隊合同して、ラバウルに向かう。シュバリエ沈没。


当夜、戦場付近に米軍ラルソン隊（駆逐艦三隻）が急行中であったが、交戦するには至らなかった。なお、秋雲の交戦記録は、つぎのとおりである。


一八五六＝敵らしき駆逐艦四隻二一〇度一万五千メートルに認む。

一九一七＝艦影をスコール中に見失う。

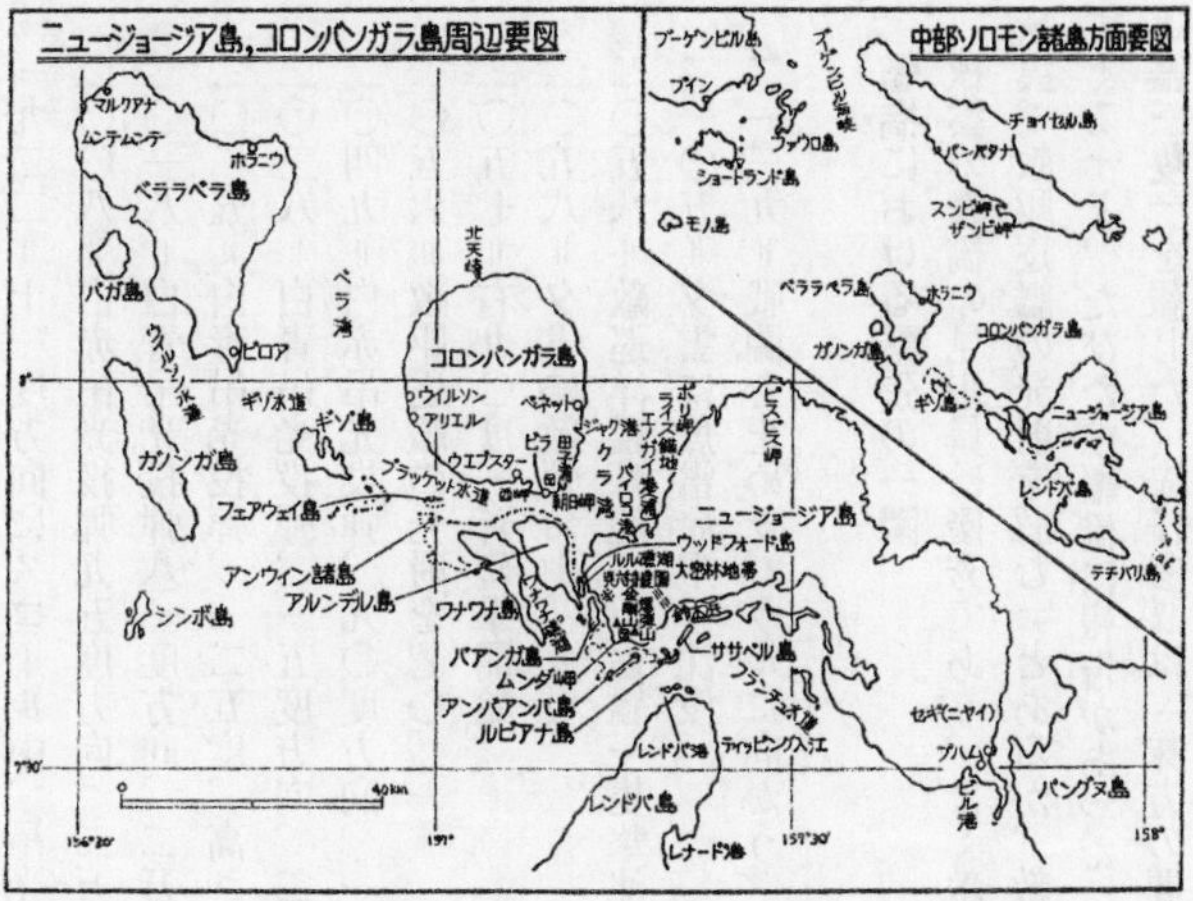
ニュージョージア島，コロンバンガラ島周辺要図
中部ソロモン諸島方面要図
マルクアナ
ムンテムンテ
ホラニウ
ベララベラ島
バガ島
ベラ湾
ピロア
ギゾ水道
ギゾ島
ガノンガ島
フェアウェイ島
ブラッケット水道
コロンバンガラ島
ウイルソン
アリエル
ベネット
ウエブスター
ピラ
ジャック湾
アンウィン諸島
アルンデル島
ワナワナ島
ニュージョージア島
ウッドフォード島
大密林地帯
ササベル島
バアンガ島
ムンダ岬
アンバアンバ島
ルビアナ島
レンドバ島
レンドバ港
レナード港
ティッピング入江
ブーゲンビル島
ブイン
ファウロ島
ショートランド島
モノ島
チョイセル島
スンビ岬
ザンビ岬
コロンバンガラ島
ガノンガ島
ギゾ島
レンドバ島
テチパリ島
セギ(ニヤイ)
パングヌ島
ピル港
40km
156°20′
157°
157°30′
158°
8°
7°30′

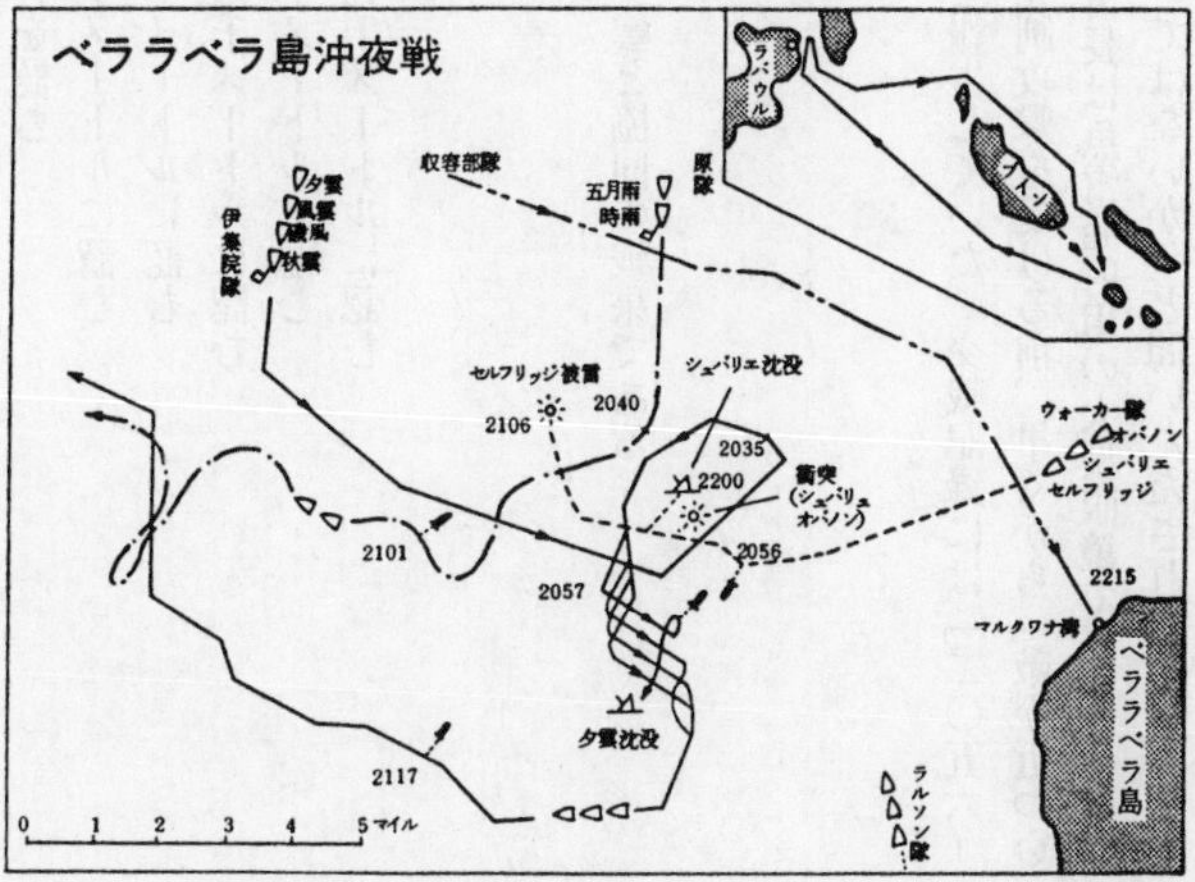
ベララベラ島沖夜戦
ラバウル
ブイン
収容部隊
原隊
五月雨
時雨
夕雲
風雲
磯風
秋雲
伊集院隊
セルフリッジ被雷
2040
2106
シュバリエ沈没
2035
2200
衝突
(シュバリエ
オバノン)
2056
2101
2057
ウォーカー隊
オバノン
シュバリエ
セルフリッジ
2215
マルクワナ湾
ベララベラ島
夕雲沈没
2117
ラルソン隊
0
1
2
3
4
5マイル

一九二二＝十一度方向にスコール中、吊光投弾を認む。
二〇〇八＝白赤吊光投弾九五度方向、二万二千メートルに認む。
二〇一八＝白青吊光投弾八一度方向、二万二千メートルに認む。
二〇二五＝白青吊光投弾、一二五度、高さ二万千メートルに認む。
二〇三八＝白青吊光投弾、一五度方向、二万千メートルに認む。
二〇四九＝白赤吊光投弾、九〇度方向、一万五千メートルに認む。
二〇五六＝敵駆逐艦の発射を認む。
二〇五七＝右九〇度一斉砲撃開始。
二〇五八＝夕雲に敵弾命中、火災。
二〇五八＝敵巡洋艦轟沈、駆逐艦一隻撃沈。夕雲と協同の戦果である。
二一〇五＝夕雲に魚雷命中、沈没。
二一三九＝戦闘を止めラバウルに向かう。

艦橋における緊張の一瞬

秋雲の艦橋の見張員は優秀であり、よく敵情を報告していた。交戦記録には「二〇五六＝秋雲、敵駆逐艦の発射を認む」とあるが、敵の先制攻撃を受ける前、早くから「敵が近づいてくる」と、たびたび艦橋に報告があった。水雷長は魚雷発射用の大型眼鏡で見て、「敵駆逐艦三隻」を報じた。先任参謀は「味方の間違いではないか」と問いただされた。つづいて

夕雲型駆逐艦。陽炎型とほぼ同型だが、艦尾を50cm延長したうえ推進器を改良し35.5ノットに最大速力を改善。仰角55度12.7cm C型砲を仰角75度のB型改良D型砲に換装。艦橋も若干改変

砲術長も射撃用の大型眼鏡で確認し「敵巡洋艦一隻と大型駆逐艦二隻」を報じた。

果たして敵か、あるいは味方か、司令官は無言であった。艦長も無言であった。その他の参謀も同様だった。

まさにもっとも重大な一瞬であった。暗闇のなかを四隻の駆逐艦は、秋雲を先頭に単縦陣のまま進む。灯火は戦闘管制しているので、司令官をはじめ、その顔色まではわからない。みな、それぞれの立場で真剣に考えていることだけは確かである。

夜襲部隊指揮官の伊集院大佐は、長身の堂々たる体軀、そして貴公子然としたスマートかつ精悍な風貌の持主で、いかにも頼もしげに見えた。鹿児島・伊集院家の御曹子で、男爵でもあった。部隊をひきいる指揮官として第二十七駆逐隊に集合を命じたが、まだそれらは視界内には入っていなかった。それに見張員が、たびたび報告してきた「敵」とは、あるいは味方の輸送隊かも知れなかった。さらには収容

部隊なども行く手にあり、それで容易に決断しかねられたのであろう。

一方、秋雲艦長の相馬中佐は、秋雲が昭和十六年十二月のハワイ作戦からめでたく日本に帰投した直後の二十三日、二代目の艦長として就任された。それいらい今日まで、南はニューギニア、ソロモン水域から北はアリューシャン、西は印度洋まで、まさに東奔西走、縦横無尽に活躍された。昭和十八年に入ってからは、ガ島の三回にわたる撤収作戦、キスカの撤退作戦、コロンバンガラ島の二回にわたる撤退作戦といずれも成功裡に、艦を無傷のまま今日まで保ってこられた、夜戦に強い歴戦の水雷屋である。そして今日まで夜間の作戦行動には、とぎすまされた勘とひらめき、鋭い感受性を発揮されてこられた。

その寡黙実行型の艦長が、いままでの見張員や水雷長、砲術長の報告や、彼我両軍の行動を頭のなかで判断され、自分の眼鏡で確かめたうえで、「司令官、敵ではありませんか」と、たったひとこと助言された。低いが、しかし、力強い声であった。値千金といった一言であった。

このときの情景は、いまでもまざまざと蘇ってくる。そして、その言葉の終わった瞬間、敵の攻撃がはじまったのである。魚雷を発射し、砲撃を開始した。敵ものの凄い高速であった。わが方も殿艦の夕雲が午後八時五十六分、距離二五〇〇メートルで魚雷八本を発射した。秋雲は敵の魚雷発射をみて午後八時五十七分、夜襲部隊の四隻にたいし右九十度の一斉回頭を下令した。そして、ただちに秋雲、風雲（夕雲型三番艦）は砲撃を開始した。

この彼我戦闘たけなわのなかで、同八時五十八分、敵巡洋艦一隻の轟沈をみとめた。同時に、夕雲は敵の集中砲火をうけ、第三罐室付近に敵弾が命中して、火災を起こした。夕雲はやや隊列からはなれ、苦戦の状況であった。さらに不運にも、午後九時五分には魚雷が命中し、同九時十分、沈没したのである。

このときの状況を当時、秋雲軍医長だった伊坂軍医中尉（神戸市在住、病院長）は、『秋雲の思い出』と題する回想文のなかで、つぎのように述べておられる。

「――十月六日、今日はベララベラ島沖へ、最後の撤収である。ようやく馴れ、士官食堂、戦時治療所にて衛生兵と待機す。二一〇〇（午後九時）頃か、突如《とつじょ》艦の急旋回と傾斜、絶叫の命令がとびかい、同時に、艦をゆする魚雷発射の振動である。夢中で舷側に出て目を凝《こ》らすと、後方の暗闇の海に、曳光弾が激しくとび交い、数発の砲の火の塊がパッパッと稲光のように閃光する。

思わず息をのむ視界に、高さ数十メートルに達する火柱の大爆発が起こる。ほとんど同時に、対面の海に、物凄い大爆発の青白い水柱が巻き上がる。全速の艦は二隻の轟沈の海から刻々と遠ざかってゆく。砲声は全くとだえ、遠く波間に漁火《いさりび》のように漂う炎も次第に消え、激しい戦闘は終わった。息づまる数分間の死闘であった。

立山通信士が、夕雲応答なし、とくり返す艦橋への悲痛なる報告が愕然と耳にひびく。艦は全速にて戦線離脱に移っているようである。夕雲の隊軍医長をはじめ二百数十名の安否を祈りつつ、夜明けまでに、敵機制空圏外への脱出であった。七日の午前に、出撃六隻は、夕雲を失いラバウルに帰投す」

午後九時二十分、第一次戦闘を終えた夜襲部隊の各艦は、魚雷の次発装填をすませたあと集結した。そして、ふたたび敵に向かったが、暗雲がひろがって視界不良となった。そこで午後九時三十九分、輸送部隊には帰投が下令された。夜襲部隊も戦闘の続行を断念した。

全員収容に成功

収容部隊は十月六日夕刻、ブインを出撃した。そして午後八時五十八分、夜襲部隊が敵と交戦する盛んな砲火を認めながら、午後十時にはベラベラ島の収容地点に到着した。鶴屋部隊は、六日払暁から当面している敵にたいして攻撃を開始し、逐次戦線を縮小しつつあった。そして、午後八時三十分には、撤退のため、北東岸の乗船予定地区付近に集結を完了した。

午後十一時五十分、浮舟、小発、大発等により乗艇を開始し、七日の午前一時十分には、収容部隊は鶴屋部隊の全員五八九名を収容した。ただちに出発し、七日の朝八時五十分にブインへ帰着した。鶴屋部隊は編制を解いて、それぞれの原隊に復帰した。なお、この間、協力部隊である航空部隊は、敵陣に爆撃をくわえたり、鶴屋部隊の乗艇妨害を封殺したりして、水上部隊の上空警戒を実施した。

夜襲部隊と輸送部隊は、ブーゲンビル島の西側をとおって、一路、ラバウルへ向かった。

後ろをふり向くと、ラバウルを出撃するときは、後続艦五隻だったものが、四隻しかいない。やはり夕雲（昭和十六年十二月五日竣工）がいない。

夕雲は同じ第十駆逐隊の一艦として、行動を共にしてきた艦である。しかも、わずか二ヵ月半前までは、私は隊付通信士として、その夕雲に乗っていたのである。懐かしい人たちが、いまは艦もろともいないのだ。人間の運命とはわからないものだ、と痛感した。

七日午前九時に輸送隊が、同九時四十五分には夜襲部隊が、それぞれラバウルに帰投した。また、夕雲の乗員のうち二十五名は、同夜の夜戦で撃沈された米駆逐艦搭載の内火艇を手に入れ、漂流苦闘の末、ブインにたどり着いたという。もっとも、それを聞いたのは、ずっとあとのことであったが。

なお、最後に一言。かつて住友重機工業浦賀造船所の岡田幸和氏が『世界の艦船』に寄稿された「駆逐艦秋雲の一生」のなかで、相馬艦長談として、「自分が司令官、敵ではありませんか、と助言した。もしわが方が先に攻撃をしかけていたら、あるいは夕雲は失わずにすんだかもしれない。云々」の記事が印象に残っている。

特型「天霧」「夕霧」セントジョージ岬沖海戦

恐るべしバーク戦法。ブカ輸送に殉じた夕雲型巻波、大波と夕霧の悲劇

当時「天霧」水雷長・海軍大尉　志賀　博

ミッドウェー海戦の惨敗による、日本海軍の物質的な損失は目もあてられないものがあった。すなわち、機動部隊主力の四空母を失い、戦死者三千五百名、飛行機の喪失三百二十余機、貴重な搭乗員の戦死者は約百名にのぼった。それにも増して、日本海軍の受けた心理的な影響は甚大で、いままで征《ゆ》くところ無敵を誇った連合艦隊は、得意の絶頂の攻勢から一転して、失意の守勢に立たされることになった。

志賀博大尉

くわえて、昭和十七年八月七日の敵のガダルカナル島への侵攻は、まさに青天の霹靂《へきれき》であった。われは決死の反撃をしたものの、じりじりと後退をつづけ、同年の末にいたり、ガ島はどうにもならない状態となり、完全撤退の余儀なきにいたった。

このときまでに日本海軍のはらった犠牲は膨大であった。われは「ガ島ねずみ上陸」とい

い、彼は「東京急行」と称した、この〝殴り込み〟作戦輸送は、駆逐艦によるものだけでも四十五回にも達したが、じつに危険性の多い苦しい作戦であった。

ガ島の撤退以後しばらくは、米軍の反攻のほこさきは東部ニューギニアに向かい、ブナを落としラエに迫った。その間、昭和十八年二月以後、日本軍はニュージョージア島、コロンバンガラ島、ベララベラ島などに兵力を注入して、戦線の立てなおしと強化につとめ、米軍の北上を喰いとめることに必死となっていた。（一〇頁、三五頁地図参照）

まもなく、南東方面の戦況はふたたび急迫し、六月三十日、米軍はレンドバ島に上陸し、七月十四日にはニュージョージア島のムンダに上陸してきて、ムンダ飛行場の争奪に死闘をくり返した。このとき、ムンダを補強するための中継基地コロンバンガラ島のビラ基地への東京急行のため、輸送隊の萩風、嵐、時雨の三艦を護衛する警戒隊の天霧が、帰途ブラケット水道において、のちに米大統領となった艇長ケネディ中尉の魚雷艇PT一〇九と衝突し、これを乗り切った。（一〇頁、三五頁地図参照）

このときは、相手は魚雷艇のみであったが、それ以後は、魚雷艇だけでなく強力な駆逐艦の待ち伏せにあうようになった。その後、八月四日にはムンダも敵の手に落ち、それからの米軍の追撃は意外に早く、八月十五日の未明、敵はコロンバンガラ島をバイパスして、ベララベラ島に上陸してきた。

十月二日、ついにコロンバンガラ島を撤退し、ベララベラ島所在の約六百名も十月六日に撤収に成功した。この間、わが水雷戦隊は青史にのこる勇戦奮闘をなしたが、日本海軍の損

特型Ⅱ型4番艦の天霧。Ⅱ型は最大仰角75度、左右別々の仰角を指向できる12.7cmB型連装主砲で、後部煙突前の単装機銃を12.7mmに換装、また射撃指揮装置の強化にともない艦橋も拡大

害は少なくなかった。天霧はその間、主として単艦で作戦輸送に従事し、しかも不沈艦たり得ていた。

ニューギニアの戦況も、中部ソロモンに劣らず悪化をつづけ、九月四日にはラエの戦況は絶望となり、敵はフィンシュハーフェンに来攻してきた。同時に、わがラバウルは大空襲を受けるようになり、北部ソロモン方面が早くも日米の決戦正面と化した。

十一月一日、ブーゲンビル島の北にあるブカ島が砲撃と母艦機の攻撃をうけ、ついでブーゲンビル島の中央部南岸のタロキナに大部隊が上陸してきて、同夜、タロキナ沖の夜戦があり、ラバウルはひんぱんに激しい空襲をうけるようになった。

この時期においては南東方面、とくに

北部ソロモン、ブーゲンビルが日米の決戦正面となり、ブカが目下の戦局の天王山となるのは、必然の趨勢となりつつあったのである。

緊急事のブカ増援

天霧は特型駆逐艦で、けっして新鋭艦ではなく魚雷もやや旧式の九〇式であった。第十一駆逐隊の僚艦であった初雪は七月十七日、敵の空襲によって沈没してしまい、また夕霧は内地で修理中であったため、十一駆逐隊は天霧一隻となり、第十一駆逐隊司令・山代勝守大佐（海兵四七期）が乗艦していた。

天霧駆逐艦長の花見弘平少佐（海兵五八期）は、昭和十八年六月十日に着任した。花見少佐は知的で角ばった顔の、がっしりした筋肉質の身体つきで、いかにも働きざかりといったエネルギッシュな軍人であり、異常なくらい強い責任感の持ち主であった。

天霧は花見艦長の個性により、極度の緊張に張りに張っており、航海中はもとより、ラバウル港碇泊中でも、つねに即時戦闘可能な状態にあったのである。機関長は後日、天霧が触雷沈没するとき自決して果てる西之園茂大尉（海機四八期）であったが、何事も恐ろしいくらい真剣な、一命を国家にささげ悠久の大義に生きる覚悟で行動を実践したほんとうのさむらいであり、薩摩隼人の典型であった。

水雷長の私（旧姓保坂）は、対照的にどちらかといえば鈍感で、比較的のんきで楽天的だった。軍医長には東大出身エリートの中島章中尉がおり、砲術長は私の同期の優秀な山本吉重中尉がいたが、十一月一日に海兵六十九期のゆうゆうたる大人《たいじん》、金沢繁雄中尉とかわった。

そのほか、機関長付に神戸高等商船出身の丹羽嘉郎中尉がいたが、二五八名の乗員は多くが数々の死闘を経験し、幾多の死線をくぐって生きぬいた経験にもとづいて、決死の形相に、まなじりを決していたのである。

ともあれ、昭和十八年十一月に入ってからは、北部ソロモンの戦況は激烈の度をくわえ、ブーゲンビル島をめぐる戦いは、彼我血戦中であった。

ブーゲンビル島タロキナにおいては、わが陸軍部隊が、十一月六日の夜にわが駆逐艦をもって敵の上陸地点近くに送りこんだ逆上陸と呼応して、敵の上陸地の橋頭堡にたいして攻撃をくわえたが、敵陣を突破することはできなかった。ラバウル航空隊によるタロキナ沖の敵艦船にたいする攻撃も、大戦果をおさめたと報ぜられたが、じっさいは敵にあたえた損害は少なく、わが方の損害の方がはるかに大きくなり、十一月十七日にいたって、ついに中止された。

かくて、敵がタロキナを完全に占領したことを認めざるを得なかった。そうなると、ブーゲンビル島の北端にあるブカ島の増援が急務となった。ブカは、ラバウルから約三百キロしか離れていなかった。ブカを増援することによって、ラバウルの喉元《のどもと》につきつけられた匕首《あいくち》をたたき落とすことが、緊急事となったのである。

たまたま、内地で修理中であった夕霧が修理を完了して、ペンキの色も濃く天霧と合同した。これにより、十一駆は天霧と夕霧の二隻になった。天霧は当時、多くのわが駆逐艦が、いわゆる東京急行に出かけて、飛行機や駆逐艦、魚雷艇や機雷などで南海の藻屑《もくず》と消え、残ったわずかの駆逐艦も重傷の身を内地などでいやしつつあったなかで、ただ一隻敢然として〝不沈艦〟を誇っていた。

天霧にかぎらず日本海軍の駆逐艦は、東京急行に従事中はもとより、空襲ひんぱんとなったラバウル港在泊中でも、敵機の飛びまわる海面を高速で走りまわった。防空駆逐艦は別にして、専門の対空火器としては二五ミリ機銃がわずかに数梃あるだけの駆逐艦は、敵機に対抗するには、高速の回避だけがよりどころであった。多くの艦はレーダーを持っておらず、日本海軍伝統の肉眼見張りに頼らざるを得なかった。かつて日本海軍の駆逐艦は、酸素魚雷をはじめとする優秀な魚雷をもって、日夜錬磨した入神の域に近い夜戦における襲撃運動によって、敵の心胆を寒からしめ、敵を圧倒する術力において自信に満ちていたのである。

ところが、この頃になると日本海軍の駆逐艦の優位は、アメリカの駆逐艦に、レーダーの優秀性や改良魚雷の使用により、とって代わられつつあった。

天霧がPT一〇九と体当たりした昭和十八年八月ごろは、相手は飛行機と魚雷艇だけだったが、その直後に東京急行のため殴り込みをした萩風、嵐、江風、時雨の四艦を、ベラ湾で待ち受けていたのは、六隻の敵駆逐艦であったのである。そして、その雷撃によって、萩風以下三隻の駆逐艦が沈み、時雨のみが僥倖《ぎょうこう》にも不発魚雷を舵にうけただけで、死の罠《わな》を逃れえたのであった。

巧妙なバーク大佐の戦法

ブカ作戦輸送には、十一駆二隻と一等駆逐艦卯月《うづき》をもって輸送隊が編成され、第十一駆逐隊司令・山代大佐が直率した。卯月は望月《もちづき》と同型の睦月《むつき》型の一等駆逐艦で、大正末期建造の老齢艦ではあったが、排水量一三〇〇トン、速力は三十七ノットであった。

輸送隊はラバウルより陸兵九二〇名を輸送し、それを第三十一駆逐隊の大波《おおなみ》と巻波《まきなみ》の二隻が警戒隊となって輸送隊を護衛し、十一月二十四日の夜に、ブカの泊地に突入させる計画がたてられた。指揮官は大波に座乗の第三十一駆逐隊司令・香川清登大佐であった。大波と巻波は、魚雷発射管四連装二基、九三式酸素魚雷を予備も入れて計十六本を有し、レーダー等の最新兵器を装備した新造最新鋭の夕雲型駆逐艦であった。

さて輸送隊は十一月二十四日の夜十時、ブカ島の港内に進入し揚陸作業に従事した。そして十一時四十五分には揚塔をすまして湾外に出た。スコールが時折やってきたが、月もない暗夜だった。警戒隊はブカの西方にあって、輸送隊の揚陸作業中に来襲した敵魚雷艇と交戦していたが、それを撃退したあと、ブカとニューアイルランド島のちょうど中間を、二十四ノットの速力で西に向かっていた。

輸送隊は湾外に出て、護衛の新鋭駆逐艦大波と巻波が待っているものと思い、それらしい艦影に近づいて見ておどろいた。味方と思いきや、敵である。しかも、五隻の駆逐艦が二隊に分かれ、われを取り囲むように全速で追いかけてくるではないか。敵の部隊は香川部隊のブカ作戦輸送の企図を察して、南から急行して待ち伏せしていたのである。敵の指揮官は戦後、海軍作戦部長、統合参謀本部議長、海軍大将となった、三十一ノットバークの異名をとった勇猛果敢なバーク大佐であった。

ここで、バーク大佐の戦法を解明しておく必要があろう。

日本海軍は酸素魚雷の優秀性（速力、射程、破壊力、無気泡）と、日夜錬磨してきた夜戦の練度によって、これまでは米海軍を圧倒してきていたが、水雷戦隊の用法において、誤った自信過剰にもとづくマンネリズムの戦術も芽ばえてきつつあった。たとえば、スラバヤ沖海戦のさい、日本海軍は多数の魚雷（海軍水雷史によれば一八八本を算したが、巡洋艦二隻、駆逐艦一隻が雷撃により沈没、大破巡洋艦一隻処分の実績に終わったと記されている）を大遠距離発射し、せっかくの魚雷を無駄づかいした。

ところが、米側はただちにレーダーをはじめとする兵器の優秀性でわれを凌駕しただけでなく、駆逐艦戦術においても、緒戦においては日本側より数等おとっていたにもかかわらず、革新的戦法を編み出し、やがて日本の得意とする夜戦においても、われを圧倒するにいたるのである。

そのいい例が、バーク大佐の考え出した二隊の駆逐隊による〝挟《はさ》み撃《う》ち戦法〟である。一九四三年（昭和十八）のはじめ、もっとも熱心に駆逐艦の単独戦闘を提唱したバーク大佐の構想は、紀元前二六四年から一四六年、ローマとカルタゴ間で戦われたポエニ戦争の研究から仕上げたもので、とくにローマのシビオウ・アフリケイナス将軍の戦法は、その実施が合理的で、簡単で、しかも海軍の使用に適するものと彼は考えた。

この計画は、つぎつぎと奇襲によって攻撃をくわえるというところに、その基礎をおいている。これは、二つの駆逐隊が並行する隊形で航進するように配置され、一つの駆逐隊は夜陰に乗じて敵に近迫、魚雷発射後に避退する。この避退する味方駆逐隊に敵が砲撃を開始したら、第二の駆逐隊は突如として他の面から攻撃にうつる。混乱した敵が、その新たな予期しなかった攻撃に目を向けたとき、最初の駆逐隊はふたたび攻撃に転ずる。

むろんソロモン方面は、多くの島が第二の駆逐隊にたいする敵のレーダー探知をさまたげるのに役立つので、この種の戦法は理想的なものであった。さらに日本側のレーダーは、バーク大佐の思ったほど有効でなかったから、ソロモン方面においては、この戦法が大いに効力を発揮したのである。

精鋭警戒隊の全滅

じつは天霧、夕霧、卯月の輸送隊が揚搭を終わって、ブカ島の港内から出てきたときは、すでに大波と巻波はバーク部隊の餌食《えじき》になって、戦場から姿を消した直後であった。

バーク部隊は輸送隊より約十キロ先行していた大波、巻波の左前方から突っこんで、午後十一時五十六分、距離約五千メートルで魚雷を発射した。大波と巻波がバーク部隊を視認する以前に、バーク部隊はレーダーの威力で大波、巻波を発見して、遠距離から正確に距離その他のデータを取得し、存分の魚雷発射をなし得ていたものと思われる。

大波、巻波が午前零時、左前方に敵影を認めたときには、もうどうすることもできず、午前零時二分、二艦とも二本以上の魚雷をくらって大爆発を起こし、大波は午前零時六分に海中に没し、巻波はさらに砲撃をうけ、二十分後に僚艦のあとを追ったのである。かくて大波と巻波の乗員のほとんど全部は、艦の沈没のさい、その艦と運命を共にした。指揮官の香川大佐も戦死した。

さて、輸送隊は前に述べたように、比較的旧式な特型駆逐艦で、魚雷は酸素魚雷でない九〇式を搭載している天霧と夕霧、それにさらに旧式な一等駆逐艦の卯月（睦月型）である。輸送隊のだれしもが最新式の駆逐艦である大波と巻波が護衛していてくれることに期待し、安心していた。それに、ラバウルと目と鼻のセントジョージ岬付近にまで、敵の有力な駆逐艦が待ち伏せしていようとは考えおよばず、また、たとえ敵の駆逐艦がいても、大波と巻波が片づけてくれるものと信じていた。

それが期待を裏切って味方警戒隊は全滅し、われよりはるかに優勢な敵が全速で追いかけてくるのを認めて、輸送隊は浮き足立った。そこで、まさに死にものぐるいで北方に避退する輸送隊と、これを追うバーク隊との間の追撃、退却戦となった。

バーク大佐の戦法は、まさしく二隊の駆逐隊による挟み撃ちに相違なかった。だが、距離がかなり開いているために、バーク部隊が魚雷発射するまでにいたっていないだけのことだ。天霧は、全速で相手を振り切ろうとした。続行している夕霧と卯月も同様であるが、どうも敵の方が優速で、ジリジリ距離がつまってくるような恐怖感におそわれた。

第十一駆逐隊司令から「右魚雷戦同航」の令が、天霧には司令みずから口頭で、他の各艦

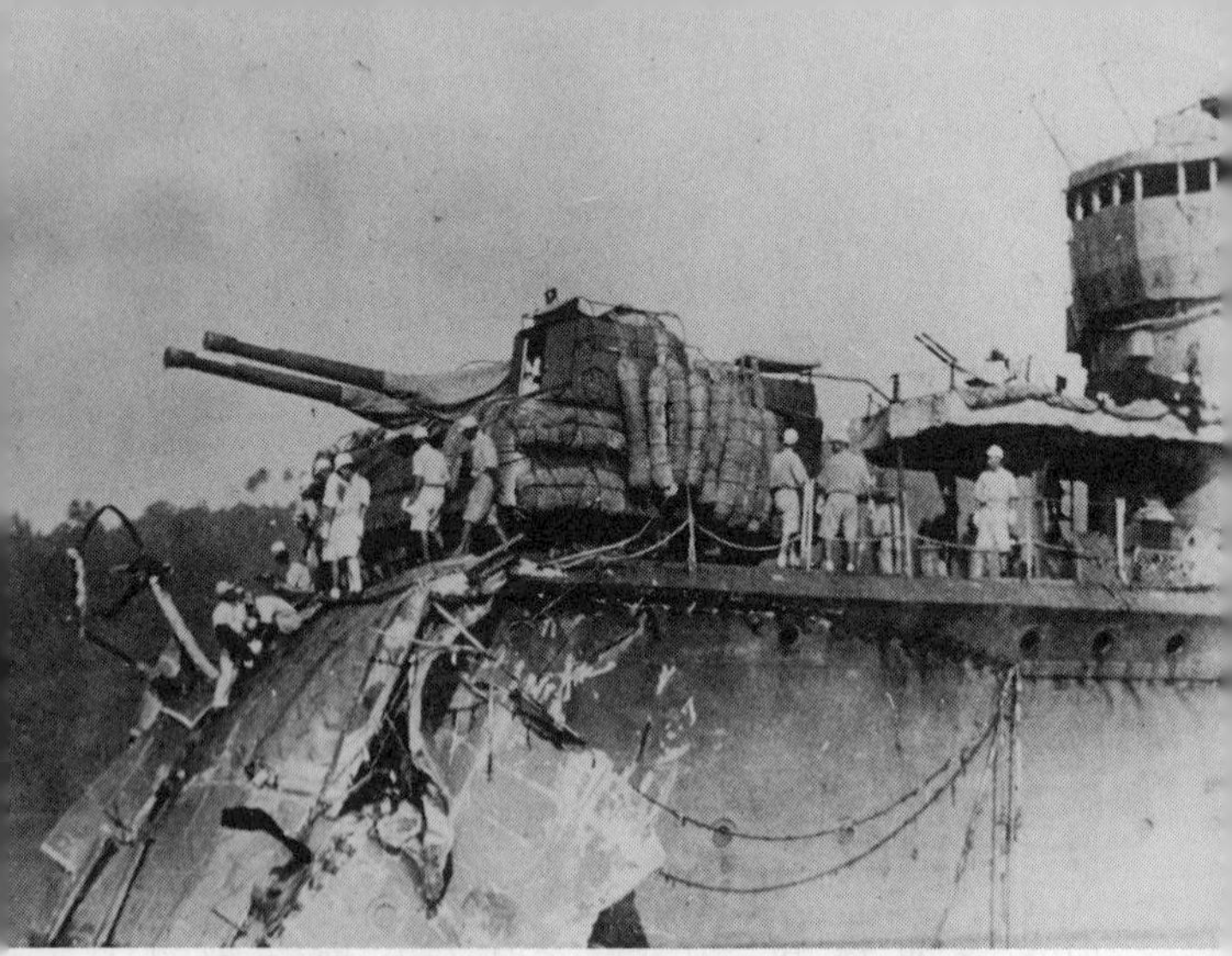

昭和18年5月、被雷して艦首切断屈曲の憂き目に遭遇した夕霧(特型Ⅱ型6番艦)。12.7cm連装B型砲に弾片防禦用マントレットを装着、防弾板が張られた艦橋前に25ミリ連装機銃が見える

には電話で指令された。機関室にもその指令は伝えられる。隷下の各艦も同じことである。

「右魚雷戦同航」の司令からの命令があった以上は、各艦とも各駆逐艦長の所信で、快心の魚雷発射をやらなければならない。私は天霧水雷長として、艦の命運をかけて魚雷発射の準備をする。夕霧でも卯月でも同じであったろう。

敵部隊に追いかけられてから、約三十分はたっていた。しかし天霧から見ると、敵はわれの右一四〇度および左一七〇度に位置し、敵の針路はわれとほぼ並行しており、したがって方位角(敵の艦首方位と、われと敵を結んだ方位線とのなす角)は二十度ぐらいであり、距離はまだかなりあって五千メートル以上と見た。要するに、このままでは魚雷を発射しても命中はおぼつかない。命中させるには、どうしても面舵《おもかじ》をとって、方位角を少なくも六十度ぐらいにし、距離をもっとつめる必要がある。夕霧でも、艦長、水雷長が同じことを考えたにちがいない。

そのためか、このとき夕霧はいきなり面舵をとって、右舷の敵の方向に針路を向け、列から離れていった。全速で走っていたので、またたくまに天霧と夕霧の距離はひらいた。卯月は必死に、天霧に続行しているようである。夕霧が解列して面舵反転したのは、魚雷発射のため距離をつめ、好射点占位をねらったのは疑うべくもなかった。

しかし夕霧は、あっというまにバーク部隊のレーダー射撃をうけ、大火柱とともに視界から遠ざかった。これは一瞬の出来事であった。後で知ったところによると、夕霧は私が天霧の艦橋から見たように、午前一時に面舵反転して魚雷九本を発射したが、魚雷は敵艦の航跡の衝撃で爆発して戦果はなく、逆に敵三隻の集中砲撃をうけ、多数の命中弾を浴びて午前一時半に沈没したのであった。

天霧と卯月は敵になんら反撃することなく、夕霧が攻撃されているすきにラバウルに帰投し、結局、敵になんらの損害をあたえることができなかった。まさに、夕霧の犠牲において逃げ切ったわけである。なお、天霧と卯月は反撃したけれど、敵に打撃をあたえることはできなかったと記録にはあるらしいが、私の記録では、まったく反撃する余裕はなかった。

機関長の憤り

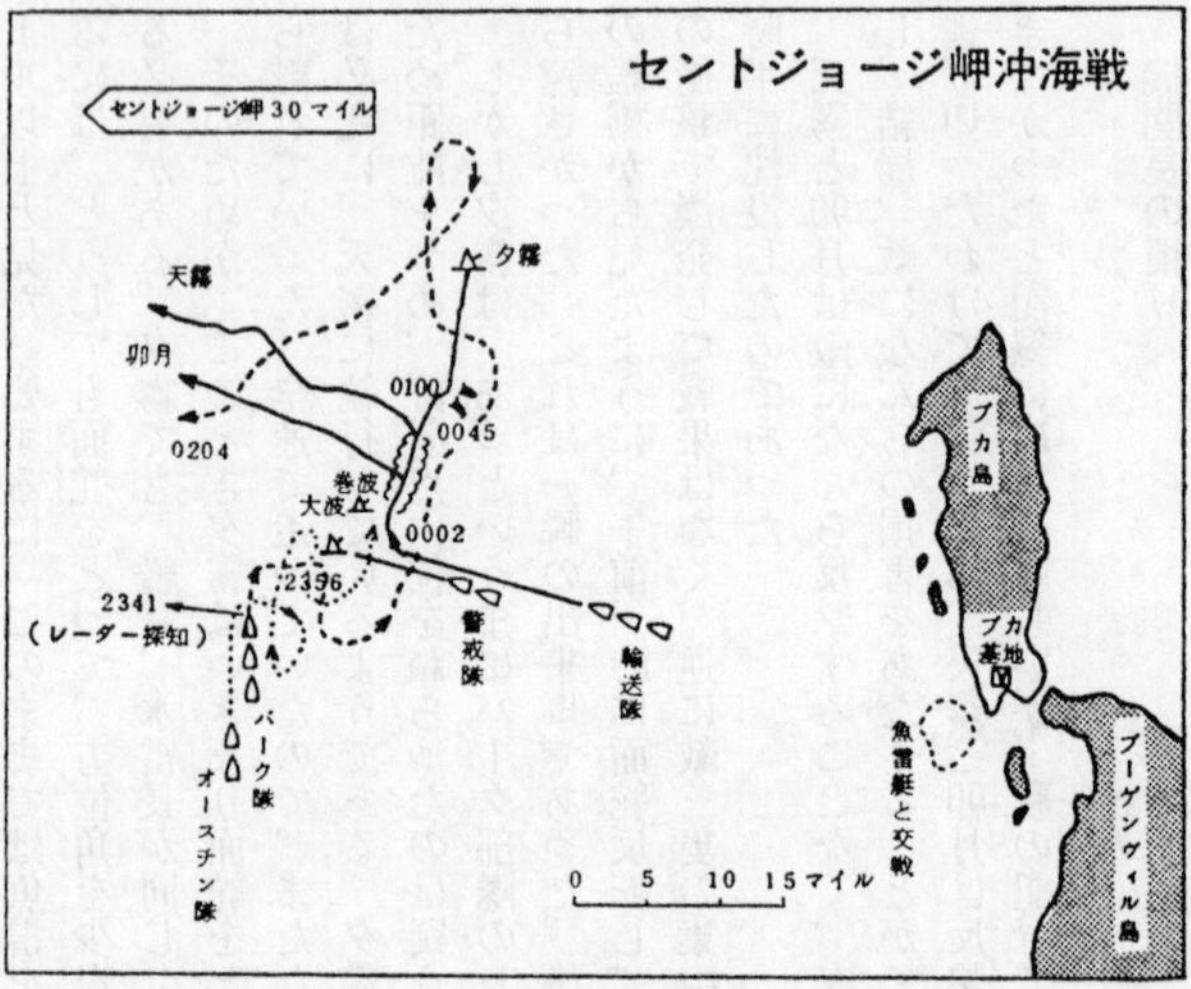

駆逐艦による夜間の高速輸送が、それもラバウルから一五〇キロもないところで、かくも散々な目にあおうとは、およそ意外であった。日本の南東方面の牙城であるラバウルから、目と鼻の海域の制海権すら、いまや力を増してきたアメリカの脅威にさらされたことを、認めないわけにはいかなかった。

もはや、ラバウルから三百キロしか離れていないブカ島への増強のための作戦輸送すら、本格的なものはあきらめねばならなかった。

東京急行が、昭和十七年八月にはじめられてから、百回以上も運行されたなかで、このブカ輸送がもっとも悲惨な運命をたどった。そして、このブカ行き急行便が本格的なものとしては、その最後となった。それはまた、南東方面における

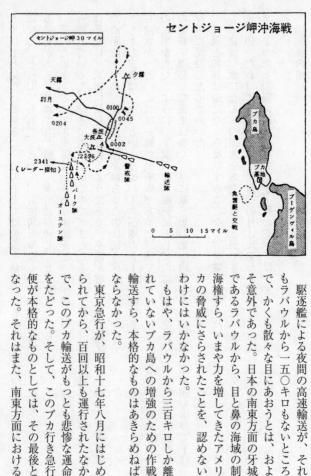

彼我の水上兵力による最後の交戦となったのである。

ともあれ、ラバウルに入港したときは、まだ夜は明けず艦橋は暗かった。私は「危なかったなあ。やれやれ、これでまた命がのびたわい」と独語しつつ、双眼鏡を肩に暗い艦橋のタラップをおりた。

降りおわって驚いたことに、そこで、憎悪にもえた機関長・西之園大尉の視線に出合ったのだ。

「先任、ここをどこだと思うか」わかり切ったことを聞くものだと思いながら、「ラバウルです」と私がそう答えたとたんに、「バカ野郎」の大喝を残して、機関長は真っ青な顔で艦長室、司令室の方に、足早やに駆けていった。

機関長は「全速」の指令をうけ、機関科を指揮して、ほんとうに一本の煙突を真っ赤にして機関の全力を発揮し、ついで「右魚雷戦同航」の指令で、さては魚雷発射により、いよいよ敵部隊と刺し違えられるものと期待したのであろう。ところが、僚艦の夕霧を見ごろしにして、右魚雷戦の指令まで出しながら、天霧は魚雷さえも撃たずに逃げ帰ってきた。これを憤慨して、機関長は司令と艦長に辞表をたたきつけに行ったのだという。まことに、西之園大尉らしい劇的な一コマであったが、察するところ、西之園大尉の盟友が夕霧に乗っていたのかも知れない。

しかし、あのとき天霧と卯月が敵と交戦していたら、味方は全滅していたのは疑いない。司令や艦長の処置は正しく、やむを得なかったと思うが、それにしても夕霧は気の毒であっ

駆逐隊編成表（開戦時～終戦時）

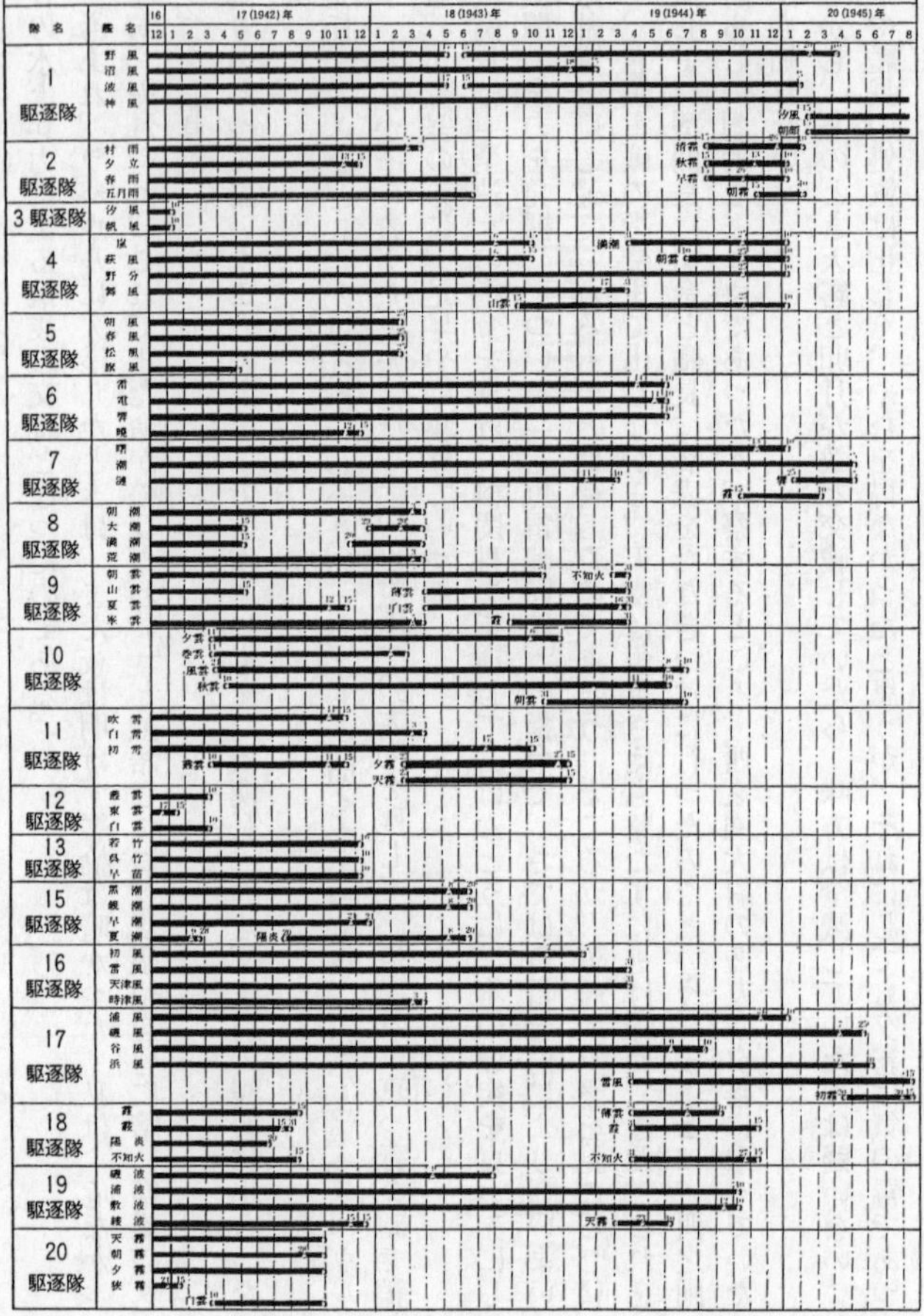

（出典：丸 Graphic Quarterly No13 1973年7月 潮書房発行）

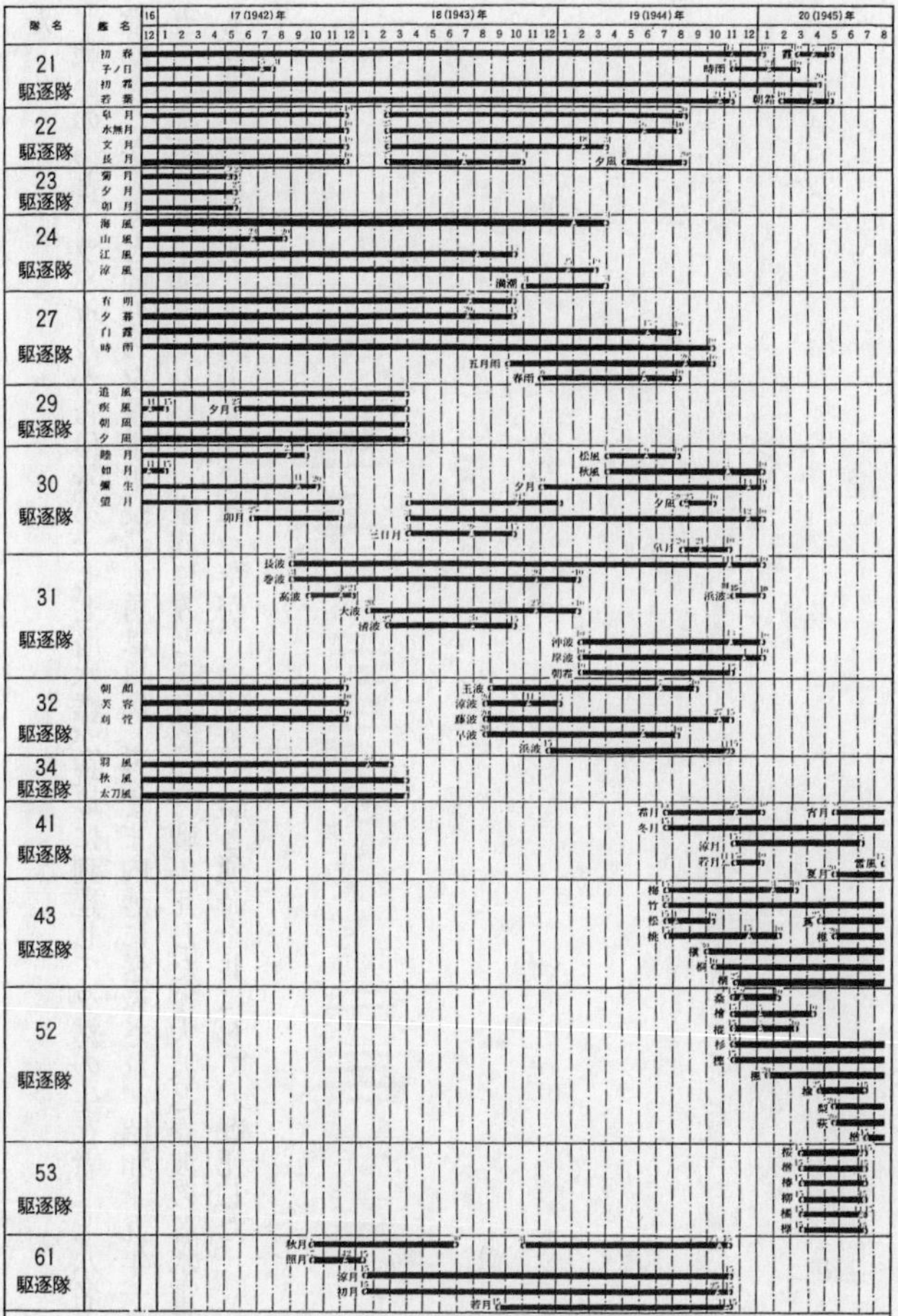

注：◐印は編成年月日、◑印は解隊年月日、△印は沈没年月日を表わす

た。

戦いのあと、ラバウルから伊号第一七七潜水艦が現場に到達して夕霧の生存者二七八名を救助したが、私と同期の夕霧水雷長清水《しみず》勇は負傷したまま内地に送還され、昭和十九年一月五日、横須賀海軍病院において、家族にみとられながら戦傷死した。大波と巻波の各水雷長も同期の服部義明、稲垣米太郎であったが、いずれも艦と運命を共にして、戦死した。

十五駆「陽炎」コロンバンガラ触雷沈没記

仕掛けられた罠。親潮、黒潮、陽炎を襲ったブラケット水道の悲運

当時「陽炎」水雷長・海軍大尉　高田敏夫

昭和十八年二月、ガ島からの撤退作戦が成功裡に終了したあと、今後は中部ソロモンおよび東部ニューギニアの防備態勢を強化し、敵の反攻北上を阻止することが、日本軍の当面の作戦目標となった。当時考慮された防備態勢とは、基地防衛、航空基地の急速整備、基地防空の強化、ガ島にたいする夜間空襲、敵空襲の邀撃および敵補給線にたいする反覆攻撃などであった。すなわち、戦争は緒戦の攻勢から、明らかに守勢作戦への転換となった。

高田敏夫大尉

昭和十八年四月下旬ごろの敵の艦船の行動は、ソロモン諸島およびニューギニア東部方面ともに依然として活発であった。ニュージョージア島ムンダおよびコロンバンガラ島（以下、コ島と略称）方面ならびにニューギニアのラエ、サラモア方面への敵機の来襲は、しだいに増加し、いっそうの激しさをくわえていた。対するわが方の基地航空部隊は、積極的な攻勢

作戦を連続しておこなうためには、要員、航空機および機材等の補給が意にまかせず、彼我作戦可能機数の比較からも、わが航空劣勢はおおうべくもなかった。(一〇頁、三五頁、六九頁地図参照)

外南洋部隊(第八艦隊)は、各基地への増援輸送につとめていたが、昼夜を問わず敵機に阻止され、ムンダ、コ島およびイサベル島レカタ方面には、月暗期に駆逐艦、海トラ(小型貨物船を海上トラックまたは海トラと称した)および機帆船等によって輸送を実施していたが、敵機および敵機雷敷設等による艦船の被害があとを絶たなかった。このような状況で、中部ソロモンの防備態勢の強化は、予定どおりには進捗せず、なお促進の必要があった。

四月上旬、ムンダおよびコロンバンガラ島方面を現地視察の結果、所在部隊は栄養不良、衛生環境劣悪などのため、その戦力は三分の二以下に低下していた。第八艦隊司令部は、第八方面軍と協議のうえ、中部ソロモン方面所在部隊の補充交代をおこなう方針を決定した。そこで現在進出中の歩兵第六十六連隊、同二二九連隊の各一個大隊をラバウルまたはエレベンタ(ブーゲンビル島南東端トノレイ湾沿岸)に帰還させ、第十三連隊(一大隊欠)、第三十八師団野戦病院、その他の部隊をムンダに、歩兵第二二九連隊(一大隊欠)をコ島にそれぞれ配置することとした。

この輸送には駆逐艦があたることになり、四月末から五月上旬にかけて実施されることになった。また、派遣部隊の三分の一ないし四分の一は、エレベンタ(ブイン北東方)に残置し、毎月一部ずつを交代させ、戦力の維持増進につとめることを決定した。以上のような現状から、基地防衛の強化と並行して、補充交代にともなう駆逐艦輸送の要請は増加し、かつ、つづけられた。

ニュージョージア島およびコロンバンガラ島方面の防備兵力のうち、海軍の主要兵力は八連特（第八連合特別陸戦隊）で、その兵力は呉六特（呉第六特別陸戦隊）、横七特（横須賀第七特別陸戦隊）が主力であった。

中部ソロモンへの補給状況

さて、連合艦隊作戦要領によれば、この方面への輸送は、海トラおよび機帆船によることとなっていた。しかし、輸送を急ぎ、かつ輸送物件が重量物であるところから、基地航空部隊零戦隊の厳重な上空警戒のもとに、輸送船（大型商船を含む）による輸送を実施した。輸送方法は、艦艇護衛のもとに午前中にショートランド発、コ島泊地（ブラケット水道東口のコ島寄り）に夜到着、揚陸して日出前に離脱するようにした。ムンダへはさらに大発に積みかえ、夜間に水道経由で輸送した。

ところが、昭和十八年二月二十七日午前九時、ブインを出発した桐川丸（三八三六トン）は、第二十二号および第二十六号哨戒艇、それに零戦十三機、零観二機による護衛を受けていたが、午後三時五十五分、コ島北西四十浬《かいり》の地点で、敵戦爆二十九機の攻撃を受けた。敵発見が遅れたこともあって桐川丸は被弾し、午後六時四十分に沈没した。空戦で敵戦爆七機を撃墜し、護衛中の二艦は、人員を救助してショートランドに引き返した。桐川丸の搭載物件は一四センチ砲二門、八センチ砲四門、糧食六百トン、弾薬燃料など大発一五〇隻分、その他人員であった。

桐川丸の被弾によって、三月以降の船団輸送のメドが立たなくなった。しかも海トラ、商船による輸送では、戦闘機の護衛があっても困難であるということから、駆逐艦輸送に転換することになった。しかし、駆逐艦を使用する作戦輸送では、重量物の輸送はできず、多量の必需物資が搭載できないなど、輸送効率はいちじるしく悪かった。したがって、海トラ輸送ができないからといって、即駆逐艦ということではなくて、戦略的な考察をふくめて、もっと広く他の手段による可能性の検討も必要ではなかったろうか。

昭和十八年三月五日の輸送で、第二駆逐隊の村雨、峯雲が沈没したが、その二日前の三月三日、ニューギニア方面輸送の八十一号作戦で、すでに駆逐艦四隻も失っており、南東方面部隊のみならず、連合艦隊にとっても大きな衝撃であったろう。

とはいえ、中部ソロモンにたいする駆逐艦輸送は、その後もひきつづいて実施された。三月中に九隻の駆逐艦が延べ十二隻分の輸送を、また三月十八日には、海トラの協成丸（五五六トン）がコロンバンガラ島輸送を行なった。四月上旬の月暗期には、八隻の駆逐艦が延べ十四隻分の輸送（うちコ島は二回、延べ九隻分）を行なっている。また、海トラの宜昌丸（五四三トン）はコ島輸送揚陸後、敵機の機銃掃射により炎上沈没している。協成丸はムンダ輸送を実施した。

四月十三日に第二駆逐隊（五月雨）が、十六日には第十駆逐隊および第十六駆逐隊（雪風）が、外南洋部隊から除かれた。代わってトラックにあった第二水雷戦隊の第十五駆逐隊（親潮、黒潮、陽炎）、第二十四駆逐隊（海風）、第四駆逐隊（萩風）が、四月二十四日付で南東方面部隊に増勢された。

外南洋部隊指揮官は、この兵力をもって四月下旬から五月上旬の月暗期に、前述した陸海軍現地協定にもとづく中部ソロモン方面所在部隊の補充交代を行なうこととした。そして四月二十九日から五月八日まで、毎回二ないし三隻をもって六回、コ島輸送を実施するよう二十五日、増援部隊指揮官に下令した。輸送物件は、八連特進出部隊約一八〇名、第一三一設営隊員約一五〇名、陸兵（交代員）約九一〇名および糧食、弾薬など、大発一二〇隻分と指示した。

第一回——親潮、黒潮、陽炎。四月二十九日午後十一時、コ島泊地着、弾薬、糧食など大発二十四隻分揚陸完了、後送二八九名を収容して帰投。

第二回——萩風、海風。四月三十日午後十一時泊地着、八連特および陸軍の人員物件揚陸、後送＝海軍二十六名、陸軍二二八名を収容し帰投。

第三回——親潮、黒潮、陽炎。五月三日午後十一時泊地着、歩兵第十三連隊の一部三五〇名、軍需品十四トンを揚陸完了、四日午前五時に帰投。

第四回——萩風、海風。五月四日午後十一時泊地着、八連特人員、物件および歩兵第二二九連隊の一部一一〇名を揚陸完了。

あっけない黒潮の最期

前記の四〜五月、月暗期のコロンバンガラ島増援輸送の第五回輸送として、第十五駆逐隊の親潮、黒潮は歩兵第十三連隊の人員二二〇名、軍需品十八トンを、陽炎は八連特の人員、軍需品等（数量不詳）を搭載して、五月七日の午後三時二十分、ブインを出発した。

いつもとまったく同じファーガスン水道、ブラケット水道を経由する航路をとって、コロンバンガラ泊地に向かった。この日は、南方海域としては珍しく視界が悪い、ぐずついた天候であった。輸送隊は午後九時ごろ、ファーガスン水道入口付近に到達したが、豪雨のために視界はまったく不良となった。やむなく第十五駆逐隊の三艦は反転して天候の回復を待ち、約一時間半ほど航走したあと、再度、反転して水道入口に向かった。水道入口に到達したころになって、ようやく雨がやみ視界がわずかによくなった。旗艦親潮では、探照灯を照射して水道入口、右舷側のアンウィン諸島を確認した。そして親潮先導のもとに、三艦ともぶじに予定よりも約二時間おくれて、五月八日午前一時ごろ泊地に投錨した。当日の悪天候と、いままでになかった入港予定時刻の大幅な遅延のためか、八連特の舟艇隊では入港とりやめと思ったのか、大発が待機位置に来ていない。

陽炎も、いつもの待機位置とおぼしき方向にむけて微光灯信号を送ったが、応答がなかった。まもなく親潮から内火艇を降ろし、大発をむかえにいく旨の連絡があり、艦内は揚陸用意を万端ととのえて、大発の来着を待った。

まもなく大発がきて、午前一時二十六分に揚陸を開始した。そして、午前三時には三艦と

親潮の艦首。左舷に指向した12.7cm連装砲塔上に伝声管。丸いのは通風換気筒

も揚陸を終了した。親潮は後送員四十名を収容、黒潮、陽炎も後送員を収容したものと思われるが、人数は不明である。錨を揚げ、午前三時十分、順番号単縦陣（親潮、黒潮および陽炎の順序の一列縦隊、各艦航行距離三百メートル）で、ブインに向けて帰路についた。

中央標準時を使用する熱帯の夜明けは早い（現地は東経一五七度）。すでに空は白みかけ、曇天ながら昨夜の悪天候はどこへやら、海峡の島々は肉眼で認められ、早朝の海峡内は鏡のように静穏であった。フェアウェイ島の北西方で変針、ファーガスン水道に向けようとした、そのとき親潮は、午前三時五十九分、同島の二六〇度二一〇〇メートルの地点（水深約三五〇メートル）で、船体後部に触雷し、航行通信不能となった。

親潮の爆発後、陽炎では有本（輝美智）艦長が間髪を入れず「爆雷戦」を号令し、ただちに親潮との距離を開きつつ、威嚇投射を開始した。黒潮（艦長

＝杉谷永秀中佐）もまもなく、同様に威嚇投射を開始した。その間、陽炎は親潮の周囲をまわりながら、敵潜の魚雷発射気泡、魚雷の航跡の見張りを厳にする一方、ただちに操作をはじめた探信儀で反響音および聴音機でスクリュー音等を聞き、敵潜の捜索発見につとめた。しかし、敵潜の存在を示すなんの徴候も得られなかった。

行動を文字で書けばこのように長くなるが、親潮の触雷とさほど時間的な経過はなかった。午前四時六分、フェアウェイ島の三七度約二千メートル付近で、陽炎はきわめて激しい衝撃を受けた。私の記憶は、この瞬間に失われていた。気がついたときには、私の身体は戦闘配置である艦橋甲板上にうつ伏せに叩きつけられていた。戦闘帽が飛んだ後頭部にずきずきと痛みをおぼえ、そっと撫《な》でさすった手に、真っ赤な血がいっぱいついた。

艦は完全に停止していた。思うに、明らかに下からの爆発で打ち上げられ、低い天井に激突ののち叩きつけられたものであろう。これは間違いなく機雷であると思った。陽炎の艦橋に集まった報告を総合すると、陽炎は午前四時六分、フェアウェイ島の三一七度、約二千メートルにおいて、第一罐室と第二罐室の隔壁の下で機雷が爆発したものと思われた。第一、第二罐室とも全面的に浸水し、蒸気の発生ができなくなった。

艦長から親潮乗艦の第十五駆逐隊牟田口（格郎）司令に、「戦闘航海不能」と手旗信号によって報告された。黒潮は陽炎が遭難してから、両損傷艦との距離をとり、漸次《ぜんじ》、北方ないし北東方に移動して、三ないし五キロと距離をはなして警戒に当たったようであった。

敵といえども、ブラケット水道およびファーガスン水道の両方の海域に、全面的に万遍なく機雷を敷設することはできなかったであろう。それゆえ重点敷設となれば、その目的から当然、かねて監視して確認した日本の〝東京急行〟の航路を中心として集中されるであろうことは想像にかたくない。したがって、黒潮が航路を避けたと思われる賢明な警戒は、黒潮の健在とともに、危険海域に漂流する駆逐艦乗組員にとっては非常に頼もしく、なによりも心強く思われた。

ところが、それも長くはつづかなかった。一時間もたたないうちに、またもまったく突然に、午前五時六分、フェアウェイ島三四度、二三〇〇メートルの地点で、天に冲する火柱が黒潮に発生した。船体も見えなくなり、火柱が消えたときには、その細長い船体は三つに折れたように認められた。

あっという間もなかった。黒潮は轟沈であった。親潮、陽炎の生存者たちが呆然と見守るなかで、まもなく、その三つに折れた姿を消し、三艦のうちもっともあっけない最期をとげた。

その瞬間、ふっと頭をかすめたのは（今後、敵はかならず空襲に来るであろう。いままでは、わが日本の駆逐艦長たちが長年の修練をつんだ、みごとな名人芸の対雷爆撃回避運動によって、たび重なるガダルカナル島輸送にも、また圧倒的に優勢な敵航空機との戦いでも、幸運にも無傷で生き残ってこれた。だが、今回はそれができない。対空火器は少数の二五ミリ機銃と、小型機攻撃に不向きな、発射速度がきわめて遅い構造の一二・七センチ砲六門のみである。予期される困難には、全力で立ち向かうほかはない）ということであった。

八連特〝舟艇隊〟の活躍

黒潮はコロンバンガラ島にもっとも近く、海岸までの距離約千メートルで沈没した。黒潮の生存者たちは、流出した重油の海に悩まされながらコ島に向かって泳いだ。泳ぐ人たちにとっては近くに見える島ではあったが、強い海流もあって、数時間泳いで、やっとバラバラにコ島にたどり着いた。

黒潮分隊士の城端少尉は、コ島に漂着した後、横七特司令部に海岸づたいにたどりついた。そして大発を要請し、ふたたび遭難現場に赴いた。黒潮の遭難者は小さな離島に漂着していたが、それらを救助してまわり、同日夕刻、基地に収容された。黒潮の戦死者は、最終的に八十三名であった。

第十五駆逐隊の遭難を電報で知った八連特では、すかさず大発十数隻を約十浬はなれた遭難現場に急派して、八日朝から人員救助に当たった。大発はいずれも、後述するような敵機の銃撃をうけ、損害があり、うち数隻は沈没した。しかし、ひきつづき救助作業を続行するとともに、アンウィン諸島、フェアウェイ島およびコロンバンガラ島に泳ぎついた人員を収容した。十二日午前六時までに泳ぎついていた人員は、海軍五一八名、陸軍一五二名、計七七〇名であった。

親潮は前述のように午前三時五十九分、機械室および後部兵員室の下の艦底で機雷が爆発した。火災発生後は浸水し、船体は艦首がもちあがり、後甲板が沈下して水浸しになって航

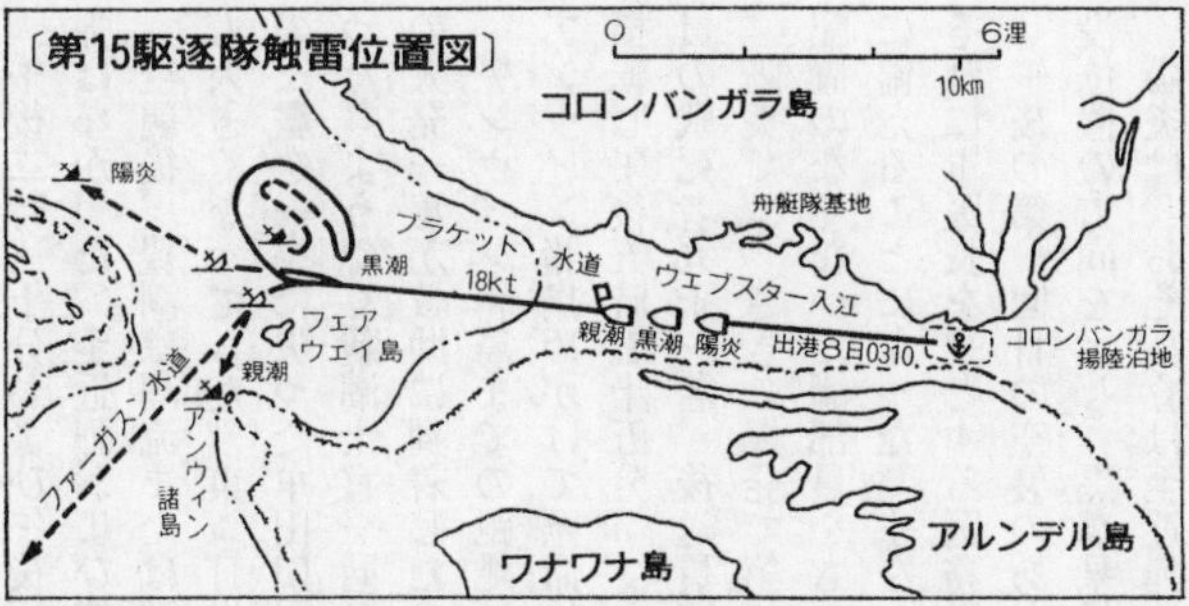

行不能となった。そして七時十分ごろ、潮流に流されてアンウィン諸島の西側に座礁した。

かねて予期していたとおり、午前九時十七分に敵機約五十数機（小型の艦上機と記憶する）を視認した。そして、九時二十一分から五十二分にわたって親潮、陽炎に来襲した敵機約二十機と対空戦闘をおこなった。敵は航行不能の両艦にくり返し銃爆撃をくわえたが、すでに沈下のために使用不能となっていた親潮の後部砲塔に、爆弾を一発命中させた。

陽炎では至近弾および機銃掃射によって数名の負傷者を出し、艦橋下操舵室に火災を起こしたが、まもなく消しとめた。操舵室の火災は入口扉側からのもので、操舵員二名が出口がなくなって閉じこめられた。この操舵員は、駆逐艦の小さい舷窓から首を出した。平時では信じられないことであるが、前甲板から砲員、応急員らがその首をつかまえて、とうとう引っぱり出して救助した。あとでは笑い話となったが、そのときは真剣そのものであった。それにしても肩がどうして出たのか、いまだにわからない。緊急時の超能力であったろうか。

午後二時三十分および午後三時二十分に、ふたたび敵十数機が陽炎に来襲したが、命中爆弾はなかった。至近弾および機銃掃射によって、数名の負傷者が出た。

空襲後、親潮は潮流または潮汐《ちょうせき》の具合で離礁したらしく、すこしずつ船体が沈下し、傾斜も大きくなってきた。東（日出夫）艦長は「総員離艦」を決意した。しかしながら、指揮下の三艦を一挙に失った牟田口司令は苦渋に満ち、黙して語らず、なかなか退艦を承諾しなかった。ようやく親潮士官一同の切なる説得によって、やむなく同意された。折りよく八連特の大発一隻が救助に到着したので、親潮の一部士官とともにこれに乗艇、基地に収容された。

アンウィン諸島までの距離は約八百メートル。親潮の乗員は「総員離艦」の令で、一斉にアンウィン諸島めがけて懸命に泳いだ。司令が大発に移乗し親潮を離れてまもなく、親潮は横転し午後五時五十五分、フェアウェイ島の二三五度、二千メートルの海面下に沈んだ。乗員の戦死者九十一名、後送員四十名が戦死をとげた。

陽炎では、さきの爆発で第一、第二罐室とも浸水のため、使用不能となった。そこで戦闘配置のなくなった罐部員をもって、敵の空襲が一段落した午前十時三十分ごろ、つぎの空襲に備えることになった。すなわち艦長の命により、内火艇およびカッターで戦死者、負傷者、それに軍医長を長とする医務科員を、もっとも近いフェアウェイ島に送ったのである。

午後の第一回目の空襲のあと、八連特の大発が来て救援の申し出があった。が、黒潮の沈没位置の方向を示し、黒潮乗員の救助を依頼した。

陽炎は、おそらくは至近弾によってか浸水が機械室にもおよび、船体の沈下がはじまった。

その沈下がしだいに早くなって、午後六時ごろ、有本艦長は「総員離艦」を下令した。生存者は指示によって内火艇やカッター、あるいは救助に来艦した八連特舟艇隊の大発に移乗し、指示されたもっとも近いフェアウェイ島に向かった。

陽炎は午後六時十七分、フェアウェイ島の〇度、一二〇〇メートルの地点で、ゆっくりと静かに沈んでいった。陽炎の戦死者は十八名、重傷者十一名、軽傷者二十五名であった。

前述のように、親潮のほとんど全部の生存乗員は、アンウィン島に泳ぎつき、九日（一部

15駆逐隊の陽炎型5番艦・黒潮の前方正面。三脚檣上は見張台。羅針艦橋上に方位盤と測距儀。写真は峯雲と衝突して艦首を損傷した際のもの

は八日）夜、八連特の大発によって基地に収容された模様であった。

黒潮の乗員はコロンバンガラ島の西南端付近に泳ぎついた模様なので、十日、駆逐隊司令および東艦長の特命によって捜索した親潮通信士の重本俊一少尉はカッターに乗艇、ラッパ隊をつれての捜索であったが、黒潮乗員は発見できなかった。一方、漂着した黒潮乗員は八日、コ島の西南端付近一帯に泳ぎついたあと、八日および九日中に八連特の大発に救助され基地に収容された模様であった。

陽炎の生存乗員は、艦長以下、全員がフェアウェイ島に上陸した。フェアウェイ島では、熱帯とはいえ涼気をとおり越して、少し寒いぐらいの一夜であった。七日の夜からの緊張の連続による疲れ切った身体には、空腹や寒さよりも、眠気がすべてに優先し、完全に熟睡した。

九日は雲は多少多めであったが、まずまずの天気であった。午前早く零観（零式水上観測機）二機が低空で接近し、携帯糧食を投下した。しばらくして八連特舟艇隊の大発が来て、昼間は危険であるから、本日（九日）日没後に迎えにくる旨の連絡があった。八連特のほか関係艦船部隊などが、戦務多忙にもかかわらず、第十五駆逐隊の遭難救助に危険をかえりみず、積極的な救難作業を展開されたことにたいしては、ただただ感謝のほかはなかった。

予定のように九日の日没後、暗くなってから大発が救出に来島した。陽炎の乗員一同は大発に乗艇し、基地に収容された。そして十五日夜、救助の呂号潜水艦および遭難者引揚用機帆船で、それぞれラバウルに向けてコロンバンガラ島を離れた。

敷設機雷は二五〇個

米側資料によれば、第十五駆逐隊が触雷した機雷は、敵が五月六日夜、ブラケット水道入口に敷設したものであった。南太平洋部隊司令部は、日本軍のムンダへの補給が夜陰にブラケット水道を通過する東京急行によって行なわれていることを知り、これを阻止するために、敷設駆逐艦三隻をエスピリッサントから送った。敷設隊はガダルカナル島にあったエインワース隊の軽巡三隻、駆逐艦四隻支援のもとに、ファーガスン水道から進入して、ブラケット水道北口に、六日の午後十時五分から十七分間で、機雷二五〇個を敷設して引き揚げた。

八日朝、コロンバンガラ島の沿岸監視員からの報告によって、日本駆逐艦二隻が航行不能となり、他の一隻がこれを救助中であることを米軍は知り、ガ島から六十機を発進させた。天候不良のため、現場に到着したのは十九機だったが、これが攻撃にあたったという。

私は九日、フェアウェイ島に上陸の途次、フェアウェイ島近くのリーフに打ち上げられたばかりと認められる水中線機雷（アンテナマイン）独特の、ピカピカの真鍮製の球形浮子および浮子繋留索兼用のアンテナ電線を目撃した。親潮通信士の重本少尉も、五月十日、黒潮乗員捜索の途次、コ島南西方の陸岸近くで同様なものを二組収容した。第十五駆逐隊は、これらの水中線機雷で沈没したものであろうと認められる。かくてコロンバンガラ輸送は第五回、第十五駆逐隊の沈没によって取り止めとなり、同地向け駆逐艦輸送は、五月下旬の月暗期から再開されることとなった。

日本の駆逐艦かく戦えり

太平洋戦争を第一線駆逐艦約一五〇隻が戦った海戦の実状

戦史研究家　大浜啓一

太平洋戦争が終わりを告げたとき、三年有半の激戦を生きぬいて残った日本の駆逐艦は、わずかに数隻にすぎず、一時は三十一隊をかぞえた駆逐隊も、わずかに二隊となっていた。これが開戦時の一一一隻に戦時中の就役を加えて保有した一七四隻のうち一三五隻喪失。これが開戦時、吹雪型をはじめとして世界最新鋭の駆逐艦七十八隻を主力とする六つの水雷戦隊をもち、その後、新造された六十三隻の駆逐艦で補充された日本の第一線駆逐艦約一五〇隻の悲運の末路であった。

そこには、異常なほど激烈な消耗と補給の繰り返しの結論があり、消耗に追いつかない補充が結局、勝敗の分岐点となる近代戦の厳しい姿を、そのまま示したというほかはない。

さて、第一水雷戦隊から第六水雷戦隊までの精鋭駆逐艦部隊が、太平洋も狭しとばかりかけめぐった最初の半年間は、日本駆逐艦にとってはまさに黄金時代であった。その間、海戦においては一隻の損失もなく、バリ島沖海戦では駆逐艦二隻で敵の軽巡三、駆逐艦七を向こうにまわして一歩も退かず、駆逐艦一を沈め、巡洋艦二、駆逐艦一に大損害をあたえるという精強ぶりを発揮した。

つぎの段階のソロモン戦では、泥沼の消耗戦に駆逐艦の苦難の時期がはじまった。第二次ソロモン海戦において睦月《むつき》が初めて海戦で沈んだが、サボ島沖海戦では吹雪《ふぶき》がアッという間もなく海底に没した。恐るべきレーダーの出現による結果であった。ガダルカナル攻防の半年間に、日本は十四隻を失い、五隻の損害を出したが、米国側も十六隻の沈没と十一隻の損傷を生じた。数の上では、日本に分があったように見えるが、大消耗戦の負担は、日本の国力の限度をこえはじめていた。

恨みを呑んでガダルカナルを撤退した後、さらに一年間の駆逐艦部隊の辛苦は筆紙につくし難いものがあった。日本側はこの間に三十隻の駆逐艦を失い、十八隻が損害をうけている。一方、アメリカ側はわずかに六隻を失ったにすぎない。こうして一年半にわたるソロモンの攻防戦で、日本は延べ一七〇隻の駆逐艦を繰り出し、沈没四十五、損傷二十三を出したうえ、しかもその奪回は成功しなかったのである。いわゆる〝東京急行〟と呼ばれる駆逐艦による増援補給の困難な任務に動員された隻数は、じつに一三〇隻にのぼっている。

昭和十八年末までの駆逐艦喪失累計は五十五隻だから、その八割がソロモン方面で沈んだことになる。懸命の造艦努力にもかかわらず――十八年は十二隻の増加――保有隻数は減る一方であった。

昭和十八年末から連合軍の太平洋大反攻がいよいよ開始された。海戦は十八年八月のベラ湾海戦から十九年六月のマリアナ沖海戦までほとんど起こらなかったが、駆逐艦の喪失は依然として上昇線をたどっていった。基地が空襲をうけたり、船団護衛途上の損失があとを絶たなかったからである。

昭和十九年の四月に、駆逐艦保有隻数と沈没隻数の曲線が七十隻で交叉した。これは、その後は沈没隻数が保有隻数を上回るという危険期に達したことを示している。ちょうどこの頃、日本の商船隊についても同じ現象が起こったが、これは言い替えれば、もはや対米戦争は勝目がないという危険信号であった。

のるかそるかの大博打《ばくち》のレイテ沖海戦（昭和十九年十月）は、駆逐艦にとってもまさに正念場であった。しかし、このころ保有数はすでに五十隻台に落ち、燃料その他の関係でこの捷一号作戦用にかき集めた駆逐艦は、半分の二十五隻にすぎなかった。

こうして昭和十九年十月から二十年一月までの四ヵ月間に、フィリピン方面で日本は駆逐艦三十四隻を失い、その喪失合計は一二〇隻を上回った。すでにレイテ沖海戦後において、日本海軍はもはや組織的海軍としては存在しないほどの痛手をうけていたが、これでいよいよ手も足も出ないことになった。昭和二十年四月の大和隊の出撃には、八隻の駆逐艦が水上特攻の最後を飾ったが、四隻だけが生き残り、駆逐艦活躍の幕は降りた。

ハワイ海戦にはじまる大小三十一回の海戦に参加した日本駆逐艦は、延べ三〇八隻にのぼったが、そのうち沈没は三十八隻だった。これらの海戦による損失は、全体からみると案外すくなく約三分の一である。意外に多いのは船団護衛その他の行動中に失われたもので、その数は海戦の約二倍の七十八隻に達した。このうち潜水艦にやられたものだけでも四十三隻あり、これは何といってもレーダーの優劣の結果である。

全損失は一三五隻で残存は三十九隻であり、そのうち無傷は文字どおり八回の海戦に参加して生き残った武勲艦の雪風をはじめ二十九隻であった。

さて、失われた一三五隻の駆逐艦の乗員は、いったいどんな運命をたどったのか。

日本海軍で最初に沈んだのは、ウェーク島攻略作戦のときの疾風《はやて》と如月《きさらぎ》の両駆逐艦だった。両艦の乗員はそれぞれ一六七名だったが、生存者は疾風の一名だけだった。艦が沈んだときには全員戦死することもあり、一名か数名が奇跡的に生き残ることもあり、大部分が救助されることもあり、状況は千差万別である。ただし、海戦の場合は、二、三の例外をのぞいてほとんど全員戦死の場合が多いし、夜戦ということになればなおさらのことである。

駆逐艦の定員はいろいろあり、二等駆逐艦は約一一〇名、旧式駆逐艦は一五〇名程度、吹雪型は二〇〇名、開戦後に就役の夕雲型は二五〇名、さらに秋月型は二七〇名内外となった。

ところで、海戦による沈没で全員ほとんど戦死と認められる駆逐艦は二十五隻を下らない。さらに潜水艦に沈められたもののうち二十隻と、行動上生存者は皆無と認められたもの二十五隻をくわえると、沈没艦の約半数の七十隻は全員壮烈な戦死を遂げてしまったものと思われる。乗員（定員より二十名内外増）を平均二三〇名とすれば、この戦死者だけで一万六千名となる。

残りの約六十隻も、戦死者は最少三十名ぐらいから、多いものは二〇〇名内外に達してい

特型駆逐艦にいたる前の日本式一等駆逐艦・峯風型、神風型につづく睦月型2番艦・如月。艦橋は簡易構造で外周は薄鋼板囲い、天蓋は帆布張りで、艦橋と1番砲の間がくびれており、1番発射管がある。公試排水量1445トン、全長102.72m、速力37.2ノット、12cm砲4門、連装発射管2基

るから、平均一〇〇名とすれば六千名となり、駆逐艦乗員の損失は二万二千名を突破しよう。

日本海軍軍人全部の戦死者数は約十五万六千名（陸戦隊員を含む）であったから、駆逐艦乗員の損失は飛行機搭乗員（一万七千名強）や潜水艦乗員（沈没一二七隻）とならんで、もっとも大きな犠牲を払ったのであった。

とくに日本海軍では、艦長はその乗艦と運命を共にする鉄則がずっと厳格に守られていたので、その養成に二十年を要するといわれていた老練な駆逐艦長は、ほとんど戦死して残ら

なかった。艦は急造できるが、幹部や優秀な乗員は急速養成はできないので、日本海軍はこの点だけでも致命的な不利を甘受せねばならなかった。

開戦後の六ヵ月

開戦時の水雷戦隊を一覧すると、左の通りである。

第一艦隊—第一水雷戦隊（駆逐隊四隊）、第三水雷戦隊（駆逐隊四隊）
第二艦隊—第二水雷戦隊（駆逐隊四隊）、第四水雷戦隊（駆逐隊四隊）
第三艦隊—第五水雷戦隊（駆逐隊二隊）
第四艦隊—第六水雷戦隊（駆逐隊二隊）

以上のうち第五、第六水雷戦隊は旧式駆逐艦で編成されていたが、その他はすべて新型駆逐艦編成で、とくに第一、第二、第四水雷戦隊の駆逐艦は、のこらず九三式魚雷（酸素魚雷）を装備した最新鋭艦であった。この酸素魚雷は無気泡の日本海軍独特の恐るべき新兵器で、直径六一センチ、全長九メートル、重量二七〇〇キロ、炸薬量は八〇〇キロ、雷速四十ノット、射程三十二キロという要目だった。

連合軍側では昭和十八年末までこの新兵器に気づかなかったが、「長槍魚雷」または「青い殺人者」という名称で呼び、恐怖の的となっていた。この威力絶大な魚雷をそなえた強力な日本魚雷部隊に対し、性能においても、訓練においても、乗員の練度においても、対抗できる駆逐艦は当時世界のどこにもなかった。

こうして昭和十六年十二月の開戦とともに、六つの水雷戦隊をはじめ九十三隻にのぼる駆逐艦はいっせいに前線に進撃をはじめた。第一水雷戦隊（一水戦）は真珠湾攻撃の南雲機動部隊の直衛任務につき、他の水雷戦隊は南方占領軍の船団の護衛および援護に任じた。すなわち第二水雷戦隊（二水戦）はフィリピン（ミンダナオ島）、セレベス方面、第三水雷戦隊（三水戦）はマレー、ジャワ西方地域方面、四水戦はフィリピン（ルソン島）、ボルネオ、ジャワ方面、五水戦はフィリピン（西部）、ジャワ西部方面に行動し、しばらくの間は黙々と地味な仕事に従事して任務を果たしたが、やがてすばらしい本来の腕前をみせる機会がやってきた。

▽バリ島沖海戦

昭和十七年二月十八日、日本軍はバリ島に上陸し、十九日には早くも飛行場を建設した。そこで連合軍はドールマン少将指揮下の海軍兵力を三隊にわけて、十九日から二十日にかけてバリ島東南岸バドン海峡にいるバリ島攻略部隊（巡洋艦二、駆逐艦四および船団）を攻撃することに決めた。この攻撃は一時間おきの三波として計画された。

第一群は軽巡二、駆逐艦三による編成で、軽巡デロイテルを先頭として進撃した。日本側は大潮と朝潮の二艦が出動して駆逐艦同士が交戦したが、オランダ駆逐艦のピートハインは魚雷と砲弾の命中によって沈没した。

第二波はアメリカ駆逐艦四隻とオランダ軽巡一隻だった。軽巡トロンプは連続命中弾をうけて大破したが、やっとスラバヤに逃げ帰った。だが満潮も大破して約一〇〇名の死傷者を生じたが、沈むことはなかった。

第三波の魚雷艇群は進撃したが、なにも発見しなかったといって基地に帰投した。この海戦は連合軍側が兵力を分割して攻撃したために、優勢な兵力にもかかわらず駆逐艦一隻を失い、軽巡も大破されて、しかも目標の日本船団には一指もふれることができずに後退してしまった。

▽スラバヤ沖海戦

開戦して三ヵ月たらずのうちに、東西から包囲された連合国の艦隊は、オランダ海軍のドールマン提督の指揮のもとに、死中に活をもとめて全力をあげて出撃してきた。この兵力とジャワ島東部に向かった攻略部隊を護衛中の日本部隊との間に、華々しい昼夜にわたる水上決戦がはじめて展開された。

開戦の幕は昭和十七年二月二十七日、連合軍部隊が日本進攻部隊を反撃しようと、スラバヤ港外で反転したときに切って落とされた。兵力は両軍ともほぼ同等（日本軍の重巡二、軽巡二、駆逐艦十四に対し、連合軍は重巡二、軽巡三、駆逐艦十）であったが、日本側は二〇センチ砲で優勢だったので、まず遠距離砲戦の戦法にでた。五十分後にはじめて重巡エクゼターに砲弾が命中すると、同艦は戦列をはなれ、寄せ集めの兵力は混乱し陣形が乱れはじめた。オランダ駆逐艦一隻が雷撃をうけて沈むと、ドールマン部隊は支離滅裂となり、日本軍は突撃にうつった。交戦すでに二時間、戦場は暮色につつまれ砲撃の成果はあがらなかったが、日本側にとっては追撃の好機であった。ところが、午後七時半、日本軍は針路を西に向けて反転し攻撃を中止した。

一方、いったん戦場を離脱したドールマン提督は損害にも屈せず、日本輸送部隊を攻撃しようと残存部隊をひきいて北進した。午後九時すこし前、同部隊は高木武雄少将の指揮する重巡部隊の南東方に出現した。日本側は軽快部隊と合同するために交戦を避けたが、まもなく三度目の触接が起こった。

午前零時半、高木部隊とドールマン部隊はほとんど真正面でぶつかった。同航戦で射撃がはじまったが、距離約一万メートルで発射した酸素魚雷が、先頭のオランダ軽巡デロイテルと殿艦ジャワに命中し、両艦は火炎につつまれたと見るやたちまち沈没した。

こうして、この日の午後から深夜までの七時間以上の戦闘で、連合軍部隊の約半数（軽巡二、駆逐艦三）は撃滅されてしまい、戦場を離脱したエクゼターはスラバヤに避退した。日本側は駆逐艦一隻だけが損傷したにすぎず、船団にもまったく異状はなかった。しかし、日本側がもっと近迫し、さらに積極的に攻撃していれば戦果はより多かったであろう。

ともあれ、スラバヤ港に避退した英重巡エクゼターは、ジャワ島東端のバリ海峡が水深が浅くて通過できないので、いったん北上してから西進し、ジャワ島西端のスンダ海峡に向かうことになった。英、米駆逐艦が一隻ずつ行動を共にした。三艦は二十八日の夕方に出港したが、つぎの日は快晴で視界もよく脱出の望みは高まったが、それは長くつづかなかった。

前方には日本の重巡四隻と駆逐艦二隻が待ち構えていたからだ。直衛駆逐艦が煙幕を張ってエクゼターを脱出させようとしたが、しだいに追いつめられ、圧倒的な砲火に包囲された。

正午すこし前、かつてはラプラタ沖海戦で勇名を馳せたエクゼターは、雷撃をうけてジャワ海の海底に送りこまれた。二隻の駆逐艦もそう長くは生き延びなかった。英駆逐艦エンカウンターは砲火で沈められ、米駆逐艦ポープは爆撃機群に攻撃されたうえ、砲撃で撃沈されてしまった。

とにかく、連合軍の海上攻撃部隊はここに崩れ去り、それとともにジャワ近海の海上権を維持する望みもほとんど消え失せた。

▽バタビア沖海戦

連合国の海軍部隊はスラバヤ沖海戦でほぼ潰滅し、日本海軍と海上権をあらそう希望もほとんどなくなってしまった。いまや問題は、傷ついた巡洋艦以下の残存艦を、いかにして日本側の重囲を突破して脱出させるかということにあった。彼らは二月二十八日の夜半からジャワ島西端スンダ海峡を経由して、インド洋に脱出することになった。

米重巡ヒューストン、豪軽巡パースおよびオランダ駆逐艦一隻は、給油をおえ、バタビアをあとにしてスンダ海峡に向かったが、たまたま揚陸中の日本船団のなかに突入した。二隻の巡洋艦は砲火をひらいて輸送船団を攻撃し、その一隻を沈め三隻を撃破した。大破した輸送船の一隻には今村均陸軍大将が乗船していた。

その後ヒューストンとパースは二隻の日本重巡から砲雷撃の乱打をうけたが、最後の一弾まで応戦して、みごとな最後を遂げた。両艦の艦長と乗員の大半は艦と運命を共にして、スンダ海峡の暗黒の海に消えた。

夜暗に乗じてバリ海峡を突破した四隻の米駆逐艦よりなる一群だけが、脱出に成功した。ヒューストンと行を共にしたオランダ駆逐艦はスンダ海峡を突破したが、まもなく発見され、遁走中に座礁してしまった。こうして、連合軍海軍兵力は南方海域から一掃されることになった。

ガ島攻防戦（昭和十七年八月〜十八年二月）

▽第一次ソロモン海戦

昭和十七年八月八日、「ガダルカナルの敵輸送船団を撃滅せよ」という命令をうけた三川艦隊（重巡五、軽巡二、駆逐艦一）は、狭い水道をぬけてガ島沖の敵船団泊地に向かって進撃した。日本側の襲撃がおこなわれることを予想した連合軍援護部隊（米巡五、豪巡三、米駆逐艦六）は、サボ島の北と南に警戒隊を配備していた。

八月九日の午前一時半ごろ、重巡鳥海を先頭に縦陣列の隊形で航行中の日本軍は、速力を増してサボ島の南岸をまわった。数分後、南方部隊の巡洋艦群を発見するやいなや、日本部隊は残らず魚雷を発射した。その六分間攻撃によって、重巡シカゴとキャンベラはたちまち大破し、南方隊の戦力は皆無となった。

この襲撃直後に、日本軍は北方部隊に向かって左に変針した。この変針中に日本部隊は二群にわかれ、重巡隊は北方部隊の東方に進み、軽巡と駆逐艦は西方に向かった。

奇襲はふたたび成功した。日本側の砲火は圧倒的であり、そのうえ雷撃の威力もくわわった。重巡アストリアが最初の命中魚雷をうけ、砲火を浴びせられた。クインシーのうけた打撃は最悪だった。ビンセンズも三本以上の命中魚雷をうけて、たちまち沈没した。だが、この海戦で大成功をおさめた日本艦隊は、夜が明けてから航空攻撃をうけることを懸念し、丸裸の輸送船団には一指も触れずに、そうそうに退却してしまった。

▽サボ島沖夜戦

スコット少将のひきいるアメリカ部隊（重巡二、軽巡二、駆逐艦五）が、ガダルカナルに向かいつつあった日本砲撃部隊（重巡三、駆逐艦二）を、電探射撃によって奇襲攻撃したのがこの海戦だった。海戦の結果、日本側は重巡一、駆逐艦一を失い、重巡二が損傷をうけ、米国側は駆逐艦一が沈没、巡洋艦二と駆逐艦一が損傷をうけた。

昭和十七年十月十一日の午後十時半ごろ、進撃中だった米部隊はサボ島の北方で、北西方一万六千メートルに電探で五隻の艦隊をつかまえた。T字戦法をとった米部隊は十五分後に、まず軽巡ヘレナが砲火をひらき、他の艦もこれにならった。不意をつかれた日本側は、先頭の旗艦青葉と吹雪に初弾が命中し、司令官は重傷を負い、駆逐艦は転舵を終わらないうちに沈んでしまった。

古鷹も集中砲火をうけて沈み、衣笠も小破した。アメリカ側は軽巡ボイスと駆逐艦一が大破し、重巡一が小破し、駆逐艦一隻が沈んだ。両軍とも後退した。

この海戦は、レーダーの出現によって日本軍の夜戦に対する自信が打ち破られた最初のものである。しかし、アメリカ側はその後、夜戦における砲撃の威力を過大評価し、魚雷は夜戦で恐るるにたりないと思いこむようになった。

▽第三次ソロモン海戦

いわゆる東京急行（駆逐艦によるガダルカナル島増援）は重火器の輸送ができず、この欠陥のために米軍の頑強な抵抗を突破できなかった。日本側はついに十一隻の大型輸送船団を組み、重砲、戦車および増援隊を陸揚げすることに決め、田中増援部隊（二水戦）を戦艦および巡洋艦部隊をもって支援することにした。

一方、キャラガン少将の指揮する米上陸支援部隊（重巡二、軽巡三、駆逐艦八）は、ヘンダーソン飛行場砲撃のため進撃中の日本挺進攻撃隊（戦艦二、軽巡一、駆逐艦十六）を反撃し、ここにガダルカナル沖の暗黒の海上に、中世紀さながらの凄絶な近距離夜戦が展開された。

昭和十七年十一月十三日の午前一時半、距離二万四千で両軍ははじめて接触したが、たちまち距離は縮まり、米部隊は右に回頭してT字戦法をとろうとしたが、すでに先頭の駆逐隊は魚雷射程内に入ってしまった。駆逐隊が突撃したり、回避運動をやっているうちに、アメリカ部隊はバラバラになり、混戦、乱戦の末に同士討ちさえ起こった。

午前一時五十分、日本部隊は魚雷を発射し、戦艦も主砲弾を浴びせかけ、数隻のアメリカ巡洋艦と駆逐艦に致命的な損害をあたえた。彼我入り乱れての接戦のうちに、戦場の暗黒の夜は、発砲の閃光、星弾の白熱光、爆発の巨大な輝きで鉛色に染められた。オレンジ色の火が魚雷の命中からわきあがり、赤い煙が炎上する船体から立ち昇った。

戦艦比叡は、なかでもアメリカ部隊の主攻撃目標となり、八十五発の砲弾が命中して操艦

白露型4番艦・夕立の一番砲塔。天蓋上には土嚢と機銃が置かれている。艦橋にマントレット装着。白露型の主砲は仰角55度の連装C型2基と単装B型(白露のみは仰角55度A型改一)1基

不能となった。その間、駆逐艦暁《あかつき》と夕立が沈んだ。日本側が後退した後、ただひとり戦場にのこされた比叡は基地航空機の攻撃をうけて大破され、けっきょく乗員の手で自沈せざるを得なくなった。

こうして、米国側は指揮官二名が戦死したほか、軽巡三、駆逐艦四が沈没、重巡二、駆逐艦三損傷の大損害をうけたが、日本側も戦艦一、駆逐艦二を失い、駆逐艦四が損傷をうけて北方に避退した。この猛烈をきわめた三十分間の巡洋艦夜戦において、アメリカ側は大損害をうけ、しかも日本側の補給品の揚陸と飛行場の砲撃を阻止することはできなかった。こうして双方ともいちおうは後退したが、さらに十四日と十五日にかけて、この海戦は継続されることになった。

▽ルンガ沖夜戦

第三次ソロモン海戦ののち、日本軍はガダルカナルの奪回は断念したが、そのかわり、あらゆる方法でその占領確保のために高い代価を払わせようと考えた。そのためには、飢えと弾薬不足になやむ日本軍守備隊に補給をつづけることが焦眉の急であったが、いまや従来の〝東京急行〟では成功は望めなかった。そこでドラム缶入りの補給品を高速駆逐艦に積みこみ、夜中に揚陸地点ちかくの海中に投下する方法をとることになった。その第一回は六隻の輸送駆逐艦と二隻の護衛駆逐艦で編成され、指揮官は田中頼三第二水雷戦隊司令官が任命された。

この再興された東京急行を阻止、撃破するために米国側はライト少将の指揮する巡洋艦五、駆逐艦六よりなる部隊を編成した。昭和十七年十一月二十九日の夜半に、田中部隊はブインを後にタサファロングめざして南下した。この行動を知ったライト部隊も、エスピリツサントの基地からガダルカナルに急行して日本軍の近接を待ちうけた。

三十日の午後十一時すぎ、駆逐艦を前後に配したライト部隊は、南下する日本部隊をレーダーで左舷に捕えた。発射された魚雷が日本部隊の前方を通過すると同時に、巡洋艦部隊が砲火をひらいた。ところが、日本側はそのときまで、米部隊が付近にいることはまったく知らなかった。

しかし、一年有半にわたって夜間襲撃訓練と実戦をかさねてきた田中部隊にとっては、この奇襲はべつに驚くことではなかった。間髪を入れずに発砲の閃光によって認めた敵巡洋艦を攻撃するためには、ト連装の発光信号——突撃せよ——だけで十分であった。三隊の駆逐隊は発射のため、左舷一斉回頭を行ない、二十四ノットの高速で反転した。

こうして、思わぬ奇襲をうけ、甲板は積荷で混雑し、砲火をうけながらの不利な状況にもかかわらず、田中提督の精練の部下たちは一糸乱れず、二十本以上の恐るべき酸素魚雷をもって反撃にでた。

たちまち、重巡のミネアポリスに二本、ニューオーリンズに一本、ペンサコラに一本が命中し、いずれも大破した。三番艦のホノルルだけが回頭して逃げたのでやられずにすんだが、旗艦のノーザンプトンは最悪の打撃をうけた。二本の命中魚雷をうけるや、全艦火炎につつまれて暗黒の海上から姿を消したのである。日本側は高波を失い、長波（ともに夕雲型）が損傷したにすぎなかった。

軍需物資を補給して守備隊を増強しようとした計画は挫折したが、敵に大きな代価を払わせようという企図は十分に達成された。海戦はわずか十六分間であったが、アメリカ側は一隻の重巡と四百名の将兵を失い、大破した三隻の重巡は、その後、約一ヵ年にわたって前線に出られなかったという。

米側が圧倒的な兵力をもって、しかもレーダーによる先制奇襲に成功しながら大敗を喫したのは、魚雷よりも大砲を重視した戦法に出たことによるが、日本側の百戦練磨の夜戦能力がみごとに発揮されたことがその主因である。この海戦は南部ソロモン戦場における大きな海戦の最後のものであった。

▽イサベル島沖海戦

ライト部隊を撃破した田中部隊は、その後、四日おきにタサファロング沖に補給物資のドラム缶を投入することとなり、昭和十七年十二月三日には一五〇〇個を投げこんだが、三一〇個しか陸揚げされなかった。十二月七日にも駆逐隊は進撃したが、飛行機や魚雷艇の妨害をうけて失敗した。

十二月十一日、田中提督は照月に乗艦して東京急行を指揮したが、魚雷艇の攻撃をうけて照月《てるづき》は沈み、提督は辛うじて救助された。この戦闘の結果、東京急行は中止され、ガダルカナル撤収方針を大本営は十二月三十一日に決定し、昭和十八年一月四日に撤退作戦(ケ号作戦)が発令された。

日本側は二月一日より七日までに三回にわたり、延べ巡洋艦一、駆逐艦六十隻をもってガダルカナル所在兵力を撤収し、合計一万二六四〇名を収容したが、その間、一隻が機雷により沈没したほかは、四隻が損傷したにすぎなかった。

この間の断続した戦闘に対し、日本側はイサベル島沖海戦と呼んだ。米側はこの撤退作戦にはまったく気づかず、むしろ日本軍の増援作戦とばかり思いこんでいたという。そこでニミッツ提督は、この作戦のみごとな成功に対し、むしろ賞讃の辞を惜しまなかったという。

連合艦隊司令部では、この撤退作戦で半数の駆逐艦を失うことを覚悟していたことを考え合わせれば、幸運と同時に、日本駆逐艦がいかに巧妙に敵機や魚雷艇の攻撃を回避したかの証拠にほかならないのである。

中期（昭和十八年三月〜十二月）

▽ビスマルク海海戦

昭和十八年二月、日本側は東部ニューギニアの要地ラエの守備隊を増強することに決定した。そこで三月一日、増援兵力約七千名は輸送船八隻に分乗して、木村昌福少将指揮下の駆逐艦八隻の護衛隊とともにラバウルを出港した。

第一日は悪天候が日本船団に味方して無事だったが、二日の夜明けから天候が回復するや、連合軍の重爆撃機や中型爆撃機の大編隊が船団の上空に殺到し、激しい対空砲火をくぐって繰り返し勇敢な低空爆撃をくわえて大損害をあたえた。

三月三日、船団はサラモアの東方九十六キロにさしかかったところで、またもや爆撃隊の反復攻撃をうけ、残りの船団は火災を起こして大半が沈み、駆逐艦三隻も沈められた。さらに、夜になると魚雷艇群が大破した船に止めを刺した。四日には残りの駆逐艦のうち一隻が撃沈されて、四日間にわたる輸送船団と爆撃機との戦闘は終わりを告げた。

日本側はついに輸送船八隻全部を失ったうえ、駆逐艦四隻（白雪、荒潮、朝潮、時津風）を失い、四隻だけが脱出した。増援兵力も約三千名が失われ、一部だけがボートや筏《いかだ》でニューギニアに向かった。この海戦の結果、日本側はその後ニューギニアへの兵力増援は船団輸送を断念せざるを得なくなり、潜水艦または大発による小規模の増援に限定せざるを得なくなり、大打撃をうけることになった。

▽ビラスタンモーア夜戦

進水式にのぞむ朝潮型8番艦・峯雲。復原性改善のため吃水が深い。朝潮型は電源交流化で重量を軽減化すると共に、新型タービン採用により航続力強化。次発装塡つき4連装発射管2基

日本軍は昭和十八年の二月はじめにガダルカナル地区から撤退したが、ソロモン諸島の北西方の飛行場や基地の強化は、依然として続行することを止めなかった。コロンバンガラ島のビラスタンモーア飛行場も、そのころ完成したものである。（三五頁地図参照）

一方、米国側は日本の基地強化計画をたたきつぶすため、巡洋艦や駆逐艦の任務部隊を繰り出しては艦砲射撃をくわえる作戦をくり返し行なっていた。そうした三月五日の夜、日本駆逐艦二隻（村雨、峯雲）はショートランドを出港し、ビラ守備隊に糧食や弾薬を供給するために行動した後、作業を終わってまさに帰途につこうとしていた。

ちょうどこの時、ビラ飛行場砲撃のために巡洋艦三、駆逐艦二より成るメリル少将

の任務部隊が東方から近接中だった。湾内は暗黒で、日本側は敵部隊の接近に気がつかなかったが、米部隊の方では早くからレーダーで、日本駆逐隊の運動を探知してこれに備えていた。

六日の午前一時、距離九千メートルで巡洋艦部隊は村雨（白露型三番艦）に対し、電探射撃を開始した。まもなく村雨は射弾の雨につつまれ、魚雷も一本命中し、大爆発を起こして暗黒の海中に消え去った。目標もこんどは峯雲（朝潮型八番艦）に変えられた。同艦は応射したが、わずか数発を発射しただけで、相手の五インチ砲の射弾に圧倒されて、三分後には僚艦のあとを追った。それはまさに、レーダーの威力を思い知らされる戦闘だった。

▽クラ湾夜戦

昭和十八年七月はじめ、米軍はニュージョージア島のセギ岬に対する上陸作戦を開始した。これはビラおよびムンダの守備隊に軍需品を供給するためには通過せねばならないクラ湾航路を、日本軍に使用させないように計画したものである。その支援作戦が七月に二回の水上部隊の夜戦を生じたが、その第一回が七月五日夜から六日にかけてのこの海戦である。

日米両部隊のあいだには、一方は砲力と装甲がまさり、他方は三隻いがいの駆逐艦は輸送任務に従事中という不利があった。しかし、日本側は強力な酸素魚雷をもっており、米軍はその存在を知らなかった。

日本側は敵の遠距離射撃開始後、ただちに十六本の長射程魚雷を射ちこんだが、距離が遠すぎて一本も命中しなかった。米軍も二五〇〇発以上の砲弾を日本の先頭隊に浴びせかけて

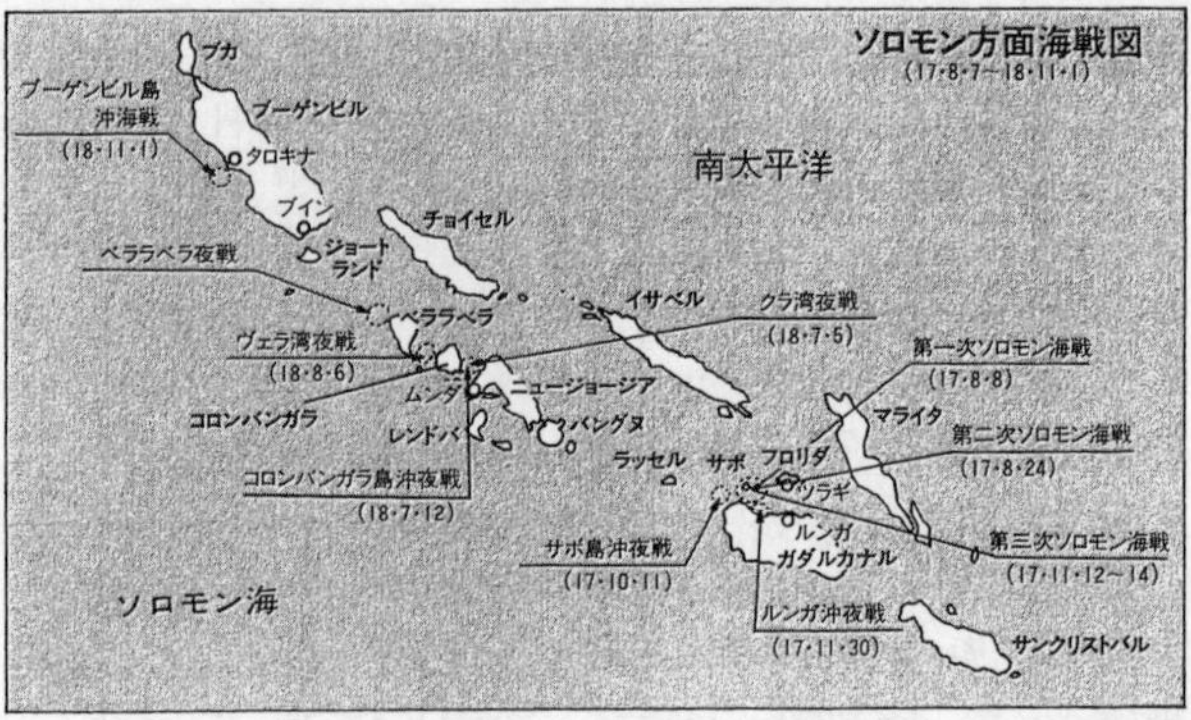

全滅させたと思った。実際には旗艦の新月《にいづき》が沈没して第三水雷戦隊の秋山輝雄司令官以下三百名が戦死したほか、駆逐艦二隻が中破しただけだった。その直後に日本の四本の長射程魚雷が軽巡ヘレナに命中し、同艦は艦首を切断された。米駆逐艦群も十四本の魚雷を発射したが、一本も命中魚雷はなかった。

こうして海戦は終わりをつげた。長月《ながつき》は座礁し、つぎの日、B25によって爆破された。けっきょく米側は六隻の日本駆逐艦を沈めたと信じたが、日本側は十隻のうち二隻を失い、三隻（皐月《さつき》、望月《もちづき》、涼風）が損傷した。一方、米側は軽巡一隻が沈没したが、そのほかに損傷はなかった。輸送はいちおう成功した。連合軍の夜戦能力は昭和十七年いらい大いに進歩してきたが、まだ日本海軍にははるかに及ばなかった。

▽コロンバンガラ島沖夜戦

クラ湾夜戦の一週間後、すなわち昭和十八年七月十二日夜から十三日にかけて、軽巡三隻と駆逐艦十隻より成る優勢な米任務部隊は、四隻の輸送駆逐艦を護衛中の軽巡一隻および駆逐艦五隻の日本水上部隊と、コロンバンガラ島沖で戦闘をまじえた。つまり、米軍の戦法は、日本側にはレーダーがないから、奇襲すれば成功するというものだった。つまり、敵を発見したら先頭の駆逐隊に魚雷を発射させておいて、巡洋艦部隊は急斉射で相手をたちまちのうちに撃破し、その恐るべき魚雷発射の目標となる前に反転して、これを回避しようという筋書だった。

一方、これに対し日本側は、電探のない現状では魚雷の力を最大に活用するよりほかはないので、長射程の酸素魚雷を敵の射撃開始前に、遠距離発射によって対抗しようと計画していた。さらに、新式精巧な逆探装置をそなえて、戦闘開始一時間前から正確に敵の動静をつかむのに成功した。

米国側は日本が戦艦主砲の射程よりも遠距離にとどく（三十二キロ）酸素魚雷を持っていることや、迅速な次発装塡装置をそなえていることは、この時期までは知らなかった。はたして米巡洋艦は、まだ射撃もはじめない遠距離から魚雷が走ってくるのを発見しておどろいた。

豪軽巡リアンダーがはやくも魚雷命中により落伍した。約五十分後、一本の魚雷は軽巡セントルイスの艦首に命中して、これを大破させ、他の一本は旗艦ホノルルの艦首を爆破して、一メートル以上も空中に投げあげた。両艦はまもなく行動不能となりその後数ヵ月、戦線に出られなくなった。さらに他の一本は駆逐艦グウインを海底に葬った。四隻の日本駆逐艦が発射した三十一本の魚雷のうち、四本が命中したわけである。

これより先、旗艦神通は三隻の軽巡の集中砲火（全部で二六三〇発）をうけ、少なくともその十発の命中弾により大破したうえ、突撃してきた駆逐艦の魚雷が二本命中して船体は切断され、司令官の伊崎俊二少将以下、艦長その他ほとんど全員が戦死した。

それでも日本側駆逐艦はさらに敵部隊を攻撃したが、この間、米駆逐艦二隻が衝突して損傷した。けっきょく日本側は神通を失い、米国側は駆逐艦一を失ったうえ、軽巡三、駆逐艦二が大破した。しかし日本はこの海戦の結果にかかわらず、やがてムンダ飛行場の失陥によりニュージョージアを失うにいたった。

▽キスカ撤収作戦

昭和十八年五月二十日の大本営指示によって、キスカ守備隊は主として潜水艦により撤退させることになった。しかし、このために大型潜水艦三隻を喪失するという高価な犠牲をはらった後、撤収作戦は夏の濃霧を利用して、軽巡と駆逐艦によって実施することに変更された。

そこで第五艦隊の軽快部隊は七月七日に幌筵を出港して、キスカの南西約四〇〇浬《かいり》の地点で待機して天候の回復をまっていたが、ついに燃料不足のために、いったん引き返さざるを得なくなってしまった。

軽巡二と駆逐艦十は七月二十二日にふたたび出撃して、二十九日に敵に発見阻止されることなくキスカ港への突入に成功した。木村昌福少将指揮のこの部隊は、濃霧のなかを高速でキスカ島の北端をまわり海岸線に近接して港に向かい、午後二時前に投錨し、約五一〇〇名の守備隊を収容して三十分後には早くも出港し、二隊にわかれて帰路についた。

内地に向かって航行中、先頭の阿武隈がキスカの北西岸沖に潜水艦一隻を認めたほかは、敵の艦影は見えなかった。日本部隊が米国部隊と接触したのはこれだけであった。

それは日本水上部隊がキスカ守備隊を撤退させた当日、強力な米任務部隊は燃料補給のため、キスカ島南西海面における駆逐艦哨戒をたまたま休止中であった。潜水艦による接岸哨戒と空中哨戒は実施されていたが、濃霧の妨害をうけて日本部隊を発見できなかったのだ。

その後、米航空部隊は六週間にわたり一二〇〇トンの爆弾をキスカに投下し、水上部隊は艦砲射撃をもって日本の陣地を攻撃した。八月十五日、合計三万四千名の上陸部隊は猛烈な準備射撃ののち、戦車揚陸艦を先頭に上陸を開始した。しかし、抵抗は皆無だった。避退戦法に老練な日本守備隊は、すでにその三週間以前に一兵も損せずに、撤退を完了していたのである。

昭和十八年二月はじめ、日本駆逐艦のべ六十隻は、ガダルカナル守備隊一万二千名を見事に後退させたが、今回もまた至難の作業を成功させたのである。これは日本の駆逐艦にしてはじめて可能な放れ業であり、米国側に奇跡の撤退と呼ばれたものである。

▽ベラ湾夜戦

ニュージョージア島のムンダ飛行場を米軍に占領された後も、日本軍はコロンバンガラ島のビラ飛行場に対し、ベラ湾を経由してブインから軍隊や補給品を送りこみ、その守備隊の強化をこころみていた。この新たな日本軍の増援航路に対し、米軍は六隻の駆逐艦を配備して阻止行動にでた。

昭和十八年八月六日の夜おそく、東京急行がこの航路を運行中だという、索敵機の警報に接したモースブラッガー中佐の指揮する駆逐隊は、二隊にわかれて南方からベラ湾に進入した。真夜中すこし過ぎに、ベラ守備隊に陸兵九五〇名と軍需品五十五トンを輸送南下中の、杉浦嘉十大佐の指揮する四隻の駆逐艦と出会った。

米部隊はレーダーで相手を捕捉するや、一隊は反航態勢で近迫し、二十四本の魚雷を発射しておいて一斉回頭で遠ざかった。その間、他の一隊は、日本軍の針路を直角に横切る反航態勢となり、魚雷を発射したのち反転して射撃もくわえるという新戦法にでた。

不意をつかれた日本側の駆逐艦三隻（萩風、嵐、江風）は、命中魚雷のために爆発をおこし、陸兵も乗員も海中にはね飛ばされ、艦はあっという間もなく沈んでしまった。護衛に当たっていた駆逐艦一隻（時雨）だけは、魚雷が艦底をすべったために命中をまぬがれ、辛うじて避退することができた。日本側も魚雷を発射したが、混乱のため一本も命中せず、米国部隊には一隻の損傷艦もなかった。

▽ベララベラ海戦

昭和十八年八月十七日の第一次ベララベラ海戦（日本駆逐艦四隻、米駆逐艦四隻）以来、この方面においては水上戦闘は長いこと起こらなかった。しかし、日本軍のコロンバンガラ撤収の最終段階において、十月六〜七日にかけて、ふたたびベララベラ島の北西方において、日米の駆逐艦同士による夜戦が起こった。

索敵機の報告で、小艦群を護衛中の日本駆逐艦六隻（秋雲、風雲、夕雲、磯風、時雨、五月雨）の近接を知ったウォーカー大佐は、三隻の駆逐艦をひきいて日本部隊を迎撃のためベララベラの北東海面に進入した。米駆逐隊は十四本の魚雷を南進中の日本部隊に発射するとともに、一番ちかい駆逐艦（夕雲）に猛射を浴びせた。同艦は火炎につつまれ、やがて沈んでいった。やがて日本側は煙幕を展張して避退した。

米国部隊は射撃効果をあげるため、針路をそのままにして直進したため、二隻は雷撃をうけて艦首を吹きとばされ、この混乱中に二隻が衝突してしまった。ちょうどこの時に米側の来援の駆逐艦三隻が現場に到着したので、日本部隊は後退した。しかし、米部隊が損傷艦の世話をしたり、艦首のとれた艦の処分をしている間に、日本の小艇群はベララベラ島に到着して撤収作戦は成功した。その直後に連合軍は進撃を完了して、ニュージョージア作戦は成功のうちに終結をみた。

▽ブーゲンビル島沖海戦

昭和十八年十月末、連合軍はブーゲンビル島に上陸拠点を確保し、ラバウルの無力化を目的としてここに強力な航空基地をつくろうとしていた。米軍の水陸両用部隊は十一月一日早朝から一万四千名の部隊が上陸をはじめたが、その北西方にはメリル少将の米巡洋艦四と駆逐艦八の任務部隊が警戒配備についていた。

はたして、ラバウルからは五戦隊司令官の大森仙太郎少将がひきいる日本の連合襲撃部隊（巡洋艦四、駆逐艦六）が敵船団を撃破せんものと進撃をはじめたが、夜暗とスコールを利用して二日の早朝、タロキナ岬沖に近接した。輸送隊の駆逐艦五隻は逆上陸する任務の陸兵を輸送していた。

メリル少将は軽巡隊をひきいて湾口をおさえ、砲撃によって日本隊を沖合に圧迫し、同時に二隊の駆逐隊をもって南北からはさみ討ちにしようとした。米軍は二十八キロの距離からレーダーで、日本軍をとらえて予定の行動に移った。

日本軍は重巡二隻による遠距離砲戦を予定していたが、相手を確認することができず、ぐるぐるとまわったので隊列が混乱した。二日の午前二時半に米駆逐隊は発射運動にうつったが、この夜戦で軽巡川内は砲撃と雷撃で沈められ、襲撃隊の駆逐艦五月雨《さみだれ》と白露《しらつゆ》は敵の魚雷と砲火を避けようとして高速運動中、衝突して戦場から後退した。

旗艦妙高もまた砲火を避けようとして、運動中に駆逐艦初風《はつかぜ》（陽炎型七番艦）と衝突し、初風は艦首を切断して速力が落ちたところを敵の集中砲火をうけて沈められた。重巡羽黒も六発の命中弾をうけたが、四発までは不発のため大破をまぬがれた。

日本軍は星弾や吊光投弾を多数使用したが、米国側はたくみに煙幕を展張したので、ついに敵情を確認できなかった。米国側も駆逐艦の同士討ちがあり、駆逐艦フットが雷撃で損傷し、軽巡デンバーと駆逐艦スペンスが砲火で損害をうけたが、沈んだ艦はなかった。

照明の効果はなく、敵兵力もつかめず、衝突による味方の損害も少なくないし、さらに夜が明けると敵の爆撃圏内に取り残される心配が大森少将の頭を支配した。日本部隊は戦闘を中止し、船団攻撃を断念してラバウルに後退してしまったので、日本側の目的はついに達成できなかった。こうして米軍の上陸拠点は確実に設定され、滑走路と海軍基地の建設が開始された。この基地の建設によりラバウルは素通りのうえ、攻勢作戦が実施可能となったのである。

▽セントジョージ岬沖海戦

この海戦はブーゲンビル作戦における最後の水上戦として、昭和十八年十一月二十四〜二十五日の夜半に起こった。当時、ラバウルの陸軍指揮官は、米軍がブカを攻撃しようとしていると考えたので増援隊を送り、同時に搭乗員を後退させるよう海軍側に要求した。

そこで駆逐艦五隻で編成された香川清登大佐（三十一駆逐隊司令）の指揮する東京急行が、この任務につくことになった。一方、この方面の米海軍部隊としてはバーク大佐の指揮する五隻の駆逐艦があり、ちょうどブーゲンビルに向かっていた。彼は〝ブカよりラバウルに至る日本軍の増援線を遮断せよ〟というハルゼー提督の命令をうけ、現場に急行した。

十一月二十五日の午前一時に迎撃地点に進出したバーク直率隊（駆逐艦三）は、日本護衛駆逐艦二隻をレーダーでとらえた。他の米駆逐艦二隻は、べつに日本部隊に射撃をくわえるよう分離行動しており、これは〝三十一ノット・バーク〟と呼ばれたバーク大佐の編み出した独創的な戦法だった。

バーク隊は日本駆逐艦二隻の左舷から正確な計算のもとに十五本の魚雷網で押しつつみ、いったん右回頭で避退した。日本側はレーダーのない悲しさ、敵がすでに魚雷を発射したことに気づかず、危険なワナに向かって直進した。待っていたのは魚雷の射線だった。大波と巻波がたちまち爆破されて沈み、司令以下全員が戦死し、完全な奇襲をうけたのである。

この攻撃に気づいた輸送駆逐艦三隻が右方に転舵するのを見たバーク隊と、別のオースチン隊は猛然と追撃戦にうつり、夕霧をついに砲撃で撃沈してしまった。ほかの二隻のうち一隻（卯月）は損傷したが、天霧とともに辛うじてラバウルにもどらざるを得なくなり、増援作戦は失敗に帰した。これに対し、米国側は損害皆無であった。

この海戦はまったく一方的なもので、米国側の駆逐艦戦法がレーダーの活用とともに、長足の進歩をとげた好例であり、まさにルンガ沖夜戦の米国版といえよう。

後期（昭和十九年）

▽スリガオ海峡海戦

日本は昭和十九年十月末の捷一号作戦にすべてを賭け、洗いざらい兵力を注ぎこもうとしていた。その部隊の一つ——西村部隊のうけた命令は、〝栗田部隊の主力と呼応して二十五日の明け方、スリガオ海峡から敵の泊地に突入し、船団および上陸軍を撃滅すること〟だった。

ところで、その兵力は旧式戦艦二、重巡一、駆逐艦四という貧弱なものだった。駆逐艦に例をとってみると、もうこの時期には日本の現有数は五十隻内外となり、この最後の決戦に集めた数がわずかに三十隻以下、西村部隊には四隻しかまわらぬという有様だった。

西村部隊は予定より早くスリガオ海峡にさしかかったが、そこにはオルデンドルフ少将の大兵力——戦艦六、巡洋艦八、駆逐艦二十六、魚雷艇三十七が待ちうけていた。まず、島か

砲撃訓練中の白露(左)と時雨(白露型2番艦)。白露は17年11月、被弾損傷。18年11月、五月雨と触衝。19年6月、衝突後に誘爆沈没。時雨はソロモンの激闘をへてトラック空襲やスリガオ海峡で損傷したが生き延び、27駆から21駆逐隊へ転じた後の20年1月、米潜の雷撃により沈没

げから飛びだした魚雷艇群が襲いかかったが、さらに三隻の駆逐艦が右側から二十七本の魚雷を射ちこんできた。

日本側が探照灯を点じて砲火を浴びせると、こんどは左側からの二隻が二十本の魚雷を発射した。はやくも戦艦扶桑は命中魚雷のために大破し、駆逐艦満潮《みちしお》も落伍した。西村部隊は第二陣の駆逐艦六隻の砲雷撃を突破して前進をつづけたが、こんどは旗艦山城に一本の魚雷が命中し、山雲もやられた。

旗艦の発した最後の命令により、傷ついた扶桑をはじめ重巡最上、駆逐艦朝雲、時雨《しぐれ》はなおもレイテめざして進撃をやめなかった。

午前四時すこし前、落伍した山城の弾薬庫に魚雷一本命中、艦は爆発して二つに裂け海底に消えた。つぎは第三陣の六隻の駆逐艦が三方から魚雷と砲弾を注ぎかけて、日本部隊の進撃を阻止した。間もなく、湾口に一列に

ならんだ六隻の米国戦艦群の片舷主砲の砲弾がなだれのように扶桑の上に落ちはじめた。

一方、西村部隊の後方二十浬を続航していた志摩部隊（重巡那智、足柄。軽巡阿武隈。駆逐艦曙、潮、不知火、霞）がスリガオ海峡にさしかかっていた。恐るべき正確な夜間レーダー射撃のため、扶桑はすでに爆破されて停止していた。最上も炎々と燃え上がり、時雨も命中弾のために舵機故障を生じて、よろめきながら両艦だけが戦場を後退してくるのと志摩部隊は出会った。同隊も突入の後、再挙をはかるためスリガオ海峡から反転して、戦場を去ることに決した。

西村部隊はほとんど全滅した。しかし、オルデンドルフ隊は魚雷も弾薬も使い果たしてしまっており、もし栗田部隊が後刻レイテ湾に突入していたら、その犠牲的行動は決して無駄ではなかったであろう。ともあれ、スリガオ海峡夜戦は日米物量の大きな開きと、その結果をまざまざとしめした典型的な海戦であったといえる。

末期（昭和二十年）

▽大和隊の水上特攻

沖縄錨地の米国部隊にたいする水上特攻のため、伊藤整一中将の指揮する第一遊撃部隊が〝菊水航空特攻〟と呼応すべく徳山湾を出動したのは、昭和二十年四月六日のことである。兵力は戦艦大和をはじめ軽巡矢矧を旗艦とする八隻の駆逐艦であったが、これが当時、日本の残った艦隊兵力の全部といってよかった。

日本側は辛うじてかき集めた燃料二五〇〇トン、病人、老兵および候補生を退艦させての第二艦隊の最後の出撃であった。これに対する米国側の兵力は第五八機動部隊の空母六（三八六機）をはじめ、戦艦六、巡洋艦七、駆逐艦二十一である。

矢矧を先頭に左右および両側斜め後方に直衛駆逐艦を配した大和隊は、七日の午前八時には敵機に発見され、十時には早くもミッチャー提督は空母機隊に攻撃開始を命じた。爆撃と雷撃の組み合わせの大編隊の攻撃のため、回避はほとんど不可能だった。

午後十二時四十分には早くも大和に爆弾二発が命中し、左舷に魚雷一本を打ちこまれた。左正横の浜風も魚雷をうけて船体切断し、まもなく姿を消した。矢矧は大和の身代わりになろうと必死で防戦したが、これまた命中魚雷と爆弾のため速力が落ちてしまった。

午後一時から一時間以上にわたって第二波の約二〇〇機が、とくに大和の左舷に猛攻をくわえた。一機の友軍機の救援もない大和隊の苦戦は悲壮そのものだった。

機関故障のため落伍した右側の朝霜は、すでに集中攻撃をうけて沈み、磯風と霞《かすみ》は浸水と舵機故障のため航行不能となってしまった。残りの四駆逐艦——とくに雪風、冬月、初霜は勇戦力闘して直衛任務を果たし、優勢な対空砲火をもって敵機を撃破、撃退して大和を護った。

しかし、第三波によって大和の左舷には五本の魚雷が命中し、第四波では魚雷三本がくわわり、命中爆弾も十発以上となった。午後二時、大和は傾斜して横倒しとなり、やがて大爆発を起こしてその巨体は波間にのまれた。目的地までの半分の行程の地点だった。

沖縄突入作戦は中止され、戦闘初期に前部に被弾大破し前進航行不能の涼月をふくむ四隻の駆逐艦は佐世保に帰投したが、「第二艦隊の犠牲的勇戦奮闘により菊水作戦の戦果は大いに挙がった」という言葉を、連合艦隊長官は生き残った将兵たちに贈った。こうして、日本駆逐隊は最後まで、その任務を敢然として十分につくしたのである。

世界の眼に映じた日本の駆逐艦

世界に冠たる酸素魚雷と特型から夕雲型にいたる精鋭駆逐艦の真骨頂

元大本営参謀・海軍中佐　吉田俊雄

「要するに世界は、日本の巡洋艦や駆逐艦ほどに、日本の（戦艦や）空母を問題にしてはいなかった」と私は述べたことがある。巡洋艦で平賀デザインが、いかに世界を驚かせたかは、あらためてここに繰り返す必要を認めないほどであるが、駆逐艦の場合、巡洋艦よりももっと直接的な衝撃を与えた。いささか大げさではあるが、全世界をどよめかせた、ということもできる。

吉田俊雄中佐

「軍艦建造における日本のもっとも独創的な努力は、その駆逐艦に認められた。一九二八年（昭和三）から三二年にわたって完成した吹雪型の各駆逐艦は、その設計と装備で世界の海軍の先頭に立つものだった。この吹雪型駆逐艦は、五〇口径、二連装の五インチ砲塔砲、防《ぼう》楯《じゅん》（タテ）をつけた魚雷発射管、全鋼鉄製の高い艦橋などを、世界ではじめて装備した」とはアメリカ海軍史の権威モリソン博士の言である。

博士はまた、こうもいう。

「ある文献には、前記の二連装砲塔砲は一九三〇年以降には最大仰角が七十五度に増加したため、優秀な対空兵器になったと記されている。いわゆるデュアルパーパス（艦船も射て、飛行機も射てるもの。主砲と高角砲の二種類の砲を備えていたものが、このデュアルパーパス一つで間に合うのだから、えらい進歩である）である。

アメリカ海軍では一九三四年から三五年に完成したファラガット型駆逐艦八隻は、まだ砲塔のない、剝き出しの単装、三八口径五インチのデュアルパーパス砲四門をもったにすぎず、一九三五〜三六年に完成したポーター型駆逐艦ですら、二連装ではあっても艦船射撃専用（対空射撃には使えない）の砲しか装備されなかった。それ以後の米駆逐艦は、全部デュアルパーパス砲にはなったが、砲塔式二連装砲は、戦争のなかごろまであらわれなかった」と。

こころみに、ファラガット型やポーター型駆逐艦と、それよりも進水のはやい、言いかえれば六、七年旧式であるはずの吹雪型すなわち特型駆逐艦とを比べてみられるがよい。特型の方が古いと、どうして見えようか。

こう見てくると、まず、疑問がおこる。そんなズバ抜けた駆逐艦が、一体どのように設計され、どのように完成されたのか。どこでアメリカと、そんなに喰い違っていったのか。

日本の駆逐艦は本来イギリスの流れをくんだ、もっとズバリと言えばイギリスを真似して造られてきたことは、周知のとおりだ。このイギリスから脱却させたものは、八八艦隊計画、つまり日本海軍力の大飛躍計画である。

イギリス流の駆逐艦は主力艦の、ほんのお添えもの程度から出ていない。昔ながらの主力艦のお供であって、魚雷は小さいし大砲も弱い。おい、ちょっとひとっ走り様子を見てこい。ヘイ、畏《かしこ》まりやしたという、あの三下野郎なみだ。走らすと韋駄天だが、力はない。力は、もっぱら親分たる主力艦がもっている。敵との戦闘は主力艦か重巡だ。敵の主力艦にブチ当たろうなどという大それたことは毛頭も考えていない。

が、日本の駆逐艦は、この「大それたこと」を考えていたのだ。こうである。

まず敵が大がかりの輪形陣をもって、太平洋をひた押しに西進しているものと考える。日本は軍縮条約で、対米六割の比率に値切られている。その劣勢力をもって、いざ、ござんなれと身構える。

作戦の根本は二つある。一つは、その劣勢力で勝ちやすい状態をつくるために、敵主力艦(戦闘の中核は主力艦つまり戦艦と考えられている頃の話だ)を減殺すること。もう一つは、そうやって減殺された敵主力艦隊に、日本の主力艦隊がどういうふうにブツかっていくかだ。第一の作戦の主役が潜水艦と水雷戦隊。第二の作戦が戦艦と空母である。

潜水艦部隊がずうっとつけてきた敵主力部隊は巡洋艦兵力、つまり味方駆逐艦には苦手の艦で固められている。よし、それならばというので、高速戦艦が先頭に立って、ぐいぐい敵陣に追いせまる。邪魔しにくる敵の重巡は、戦艦の砲力で蹴散らす。道を切りひらく。そこを、編隊全速で敵主力艦部隊（速力二十ノット前後）を、敵砲力の餌食にならぬような距離から遠巻きにする。

夜に入るとともに、夜戦部隊は一斉に敵主力めがけて近迫し、逆落としに突っ込むと同時に、魚雷を射ち込む。一つの駆逐隊が四隻、魚雷は一艦八本ないし九本だから、一駆逐隊で三十二本以上。それが四つ集まって一個水雷戦隊をつくるので、全部で一二八本以上の魚雷が、網の目のように敵にせまる。

一本の魚雷は、まっすぐにしか進まないでも、網の目のような一二八本の魚雷は、敵がどちらに回避してもこれを捉える。一目標一個水戦協同包囲攻撃が建て前だ。一二八本が、前後左右から飛びかかってくる。

「駆逐艦乗りは消耗品さ。いざというとき、うちの隊の、いったい何隻が射てるかね」などと、なんだか背筋がゾクゾクするようなことを喋《しゃべ》りながら、せっせと魚雷を磨いていたものだった。

が、それはちと取越苦労で、実際はそんなこともなかろうというのが定説だった。なにしろ小さな艦で大きなアメリカの戦艦と刺し違えるのは、本望ではないか。うむ、それだ。痛快痛快——などと意気あがった。

刺し違え精神は、どうも海軍の気分にピッタリ来ていたようだった。太平洋戦争中の特攻だって、刺し違え精神そのものである。特攻特攻と、いかにも惨《むご》たらしげにいうが、駆逐艦

特型Ⅱ型6番艦・夕霧を僚艦・曙の舷側ボートダビット越しに望む。宿毛湾停泊中

乗りだってそのとおりだ。相手だけ殺して、自分は生き残ろうと考えるのは、虫がよすぎる。だからビクビクする。ビクビクするから、よけい死ぬ。惨たらしいのは、刺し違え精神のせいではない。劣勢で優勢にあたろうとするからだ。ではない。そもそも戦争だからだ。

彼らはこう言って、昂然とする。センチメンタルなヒューマニズムだけでは、国も守れないし戦争も防げないというのが、駆逐艦乗りの生活と意見だ。海軍では、そんな連中をさして、あいつ、行き足があるといった。機械をストップしても、なかなか艦の惰性が止まらない意味だ。しかり。駆逐艦は三十何ノットである。宮殿みたいな戦艦あたりとは、ちとセンスが違う。しかも、ぶつかっていく相手はその戦艦なのである。

比類なき酸素魚雷の威力

こういう目的のために、新しい、独特の駆逐艦を軍令部が要求した。大正十三年のことである。魚雷は六一センチ九本。主砲一二・七センチ（五インチ）六門。速力三十七ノット。太平洋の荒波を、高速で駆けまわることができるような耐波性を持たせろというのだ。

なにしろ峯風型や睦月型にくらべると、兵装の重量が七割も重くなる。だからといって、それに応じた艦をつくると、敵が発見しにくい小さな艦——という駆逐艦の特徴はなくなってしまう。

ところが、ここに平賀博士の傑作、軽巡夕張というモデルがあった。夕張はほとんど五五〇〇トン軽巡と戦力に差はないのに、トン数は三千トンに満たない。これでいこうと考えるのは、まったく自然であった。夕張はご承知のとおり、世界をアッといわせた艦である。日本造艦技術者の苦心のポイントは、いつでも「最小のトン数で、どうしたら最大の兵装を積みうるか」にあった。一グラムの重さでも、ゆるがせにするなを合言葉のようにして、彼らはこの駆逐艦に取り組んだ。こうしてできたのが特型だった。

つまり、イギリス、アメリカの駆逐艦にかけた期待と、日本のそれとは違うのだ。だから、出来上がったものも違ってくる。まず、攻撃の武器である魚雷が、六一センチもの巨大な怪物で、それがまた稀代の酸素魚雷だ。

「アメリカの魚雷は日本より劣っていた。日本はものすごいこの兵器で、大進歩を遂げていた。一九三三年までの間に、酸素に富んだ燃料の魚雷をつくっていた。そのつぎには、日本は酸素そのものを燃料とする魚雷を発明した。戦争中に日本は速力四十九・二ノット、射程六千ヤードあまり、頭部に一二一〇ポンドの炸薬をつめた二四インチ（六一センチ）の魚雷をつかった。この炸薬量は、アメリカの五三センチ魚雷の二倍以上だった。しかも戦争が終わるまでの間に、日本は射程二万二千ヤードの魚雷をつくった。これらの酸素で走る怪物は、実際問題として航跡（ウェーキ）を残さなかった」

これは、第二次大戦米国駆逐艦戦史を書いたセオドア・ロスコーの言葉である。

九三式六一センチ酸素魚雷を搭載した特型以後の駆逐艦は、まことに鬼に金棒であった。九三魚雷（爆薬量五〇〇キロ）は、四十九ノットで二万二千メートル、四十二ノットにすると三万メートル、三十六ノットにさげると四万メートル走った。ところがアメリカの魚雷

（爆薬量三〇〇キロ）は、四十八ノットで四千メートル、三十二ノットにすると八千メートルしか走らない。

スラバヤ沖海戦で日本艦隊が射った魚雷が、途方《とほう》もない遠距離から高速で走り、敵を撃沈破したとき、敵はそれが魚雷によるものとは夢にも思わず、機雷だろう、いや潜水艦だ、それ潜水艦が近くにいるぞと、気がくるったように逃げまわった。

これがあのときの混乱をいっそう救えないものにし、惨澹たる敗北になったのだが、その狼狽も、前記の数字を見るとき、さもあろうかと見えるのである。

その上に、これには付録がある。

あとで、あれは日本艦隊の射った魚雷だと聞かされても、なかなか納得しない。だとすれば、なぜ魚雷の航跡（雷跡という。排気が魚雷の尻尾から吐き出され、ブクブクと水面にのぼって、すごく真っ白な泡のあとを残す。これは非常に鮮明なあとで、昼でも夜でも、よく見えたものだ）が見えなかったのか。もし魚雷だとすれば、魚雷が走っていったはずの海の面を、なぜ日本の駆逐艦が勢いよく駆けまわっていられたのか（これは、駆逐艦の深さは浅いので、その下を潜るように深さを調定しておけば、駆逐艦には当たらぬが、それより深さの深い巡洋艦には命中することになるはずだ）。

疑問はいくつも出る。わからぬことだらけである。ただわかっていたことは、突如なんの前触れもなくものすごい水柱が奔騰すると、そこにいたはずの艦がきれいに消えてしまった事実だった。

終戦直後のことになるが、英国海軍を中心に米国海軍がその中にまじって、魚雷の調査団がとんできた。そこで日本は、バラバラになった工員たちを呼びあつめ、呉の発射場で潜水艦魚雷（五三センチ酸素魚雷）十本を発射してみせた。調査団員は飛行機に乗って魚雷のあとを追跡したりしたが、そのあまりにも見事な走りぶりを見て呆気《あっけ》にとられ、ただ「ワンダフル、ワンダフル」と連発しているだけだったという実話がある。

昭和二十一年三月十九日、連合軍総司令部は「調査の結果、日本海軍の魚雷は列国のそれに比してはるかに優れていたことを確認した」と発表したが、二十一年八月六日付の米海軍公式報告の中では「日本海軍は過去二十年間、あらゆる努力を傾けて研究した結果、世界に比類なき魚雷を発明し、これを実用していた」と述べた。

また、前述のロスコーによると、米海軍は日本の魚雷を「蒼き殺人者」と呼んで恐れていたというが、この魚雷の大成功が、日本駆逐艦を世界、ことに当面の敵であった米英などに高く評価させ、またその駆逐艦の勇敢な乗員たちの献身と奮戦が、空前の利剣をいよいよ冴えさせたのであろう。まことに日本人の誇っていい話ではないだろうか。

レーダーと酸素魚雷の闘い

吹雪型を完成させた日本海軍は、初春、白露、朝潮とすすんで、昭和十四年暮れに陽炎型を完成させた。そのころアメリカがさかんに送り出していた駆逐艦は、シムス型一五七〇トン、三十七ノット、五インチ砲五門、二一インチ（五三センチ）魚雷十二門という艦だった。

ところが、陽炎型を見てびっくりした。これはとても敵《かな》わないと、急いで建艦計画を変え、フレッチャー型二〇五〇トン、三十五ノット、五インチ砲五門、四〇ミリ十梃、二一インチ発射管十門の近代型駆逐艦に切り換えた（昭和十七年から十九年の間に完成）。これが大戦中期から、もっとも働いた米駆逐艦であるが、その後、昭和十六年暮れには、ベストシップスの夕雲型が出現した。すわこそと大急ぎで造りはじめたのが、サムナー型とギヤリング型だ（昭和十九～二十年に完成）。

対抗型が三年くらいずつ遅れて出現していることは、いうまでもない。アメリカが日本の新鋭駆逐艦に完全に引きずりまわされた証拠であろう。

もっとも、それだからといって、間違えてはならぬことがある。

三年くらいずつ遅れていた駆逐艦で、アメリカは日本の駆逐艦に押し勝ったのである。むろん数もであるが、そればかりではない。彼らはレーダーという、魚雷や大砲や戦術に先立つ「眼」をもっていた。駆逐艦同士の戦いが戦われたソロモン諸海戦を研究すると、レーダーが艦船の見張りと射撃に使われるようになって以後、日本駆逐艦は、じつに苦しい戦いをしている。もっとズバリといえば、敗け戦さの連続だ。

これは日本の駆逐艦が駄目だったせいでも、乗員が勇敢でなかったせいでもないことは、もちろんである。レーダーである。それと、日本の駆逐艦が設計され建造されたとき考えられていた使用目的と、じっさいの戦いで使われたときの作戦目的とが、悲劇的に相反していたからである。

その適例は、ソロモン諸海戦の中にも、幾つかある。敵がレーダーを振りまわしていたにもかかわらず、日本が勝った例である。第一次ソロモン海戦、ルンガ沖夜戦、ベラベラ島沖海戦など、みなそうだ。レーダーが、たとえば島が近くにあったというような理由で、日本の見張員の訓練された眼の力以上に、その威力を発揮できなかった場合だ。

もう一つある。それは、駆逐艦の幹部の過労である。休む間もなく使いつぶされ、血尿を出しながら彼らは頑張ったのだが、人間にどうしてそんな無限の耐久力があるだろうか。

敵機が急降下してくる。艦長は、ジッとそれをマバタキもせず見詰めている。黒いものが

朝潮型5番艦・朝雲。朝潮型は2400トン、全長118mの艦隊型駆逐艦で速力35ノット、航続18ノット5000浬

胴体からチカリと離れる。瞬間、彼は「前進全速。面舵《おもかじ》一杯」と号令する。艦はグウッと進み出して、どこかキキキキとかすかな音を立てながら飛ぶように右にアタマを振りはじめる。と——ダーンとすごい音。水柱が、いままで艦が進んでいた線の真上に、艦のすぐ左に、ガッと躍りあがる。

この微妙なタイミングは、艦長の研ぎすまされた頭脳の働きによって、はじめて得られる。もし、十日も二十日もほとんど眠らず、三十ノットでガダルカナル往復と荷揚げをつづけたあと、クタクタになっていたとしたら、どうであろう。

ソロモン海域で沈没し、損傷した駆逐艦の数は、驚くなかれ延べ一二六隻に達している。それも、けっして旧式艦だけではない。敵主力部隊を夜襲するためにつくられた特型以後の駆逐艦が、その大部分を占めているのだ。

しかも、敵主力部隊と刺し違えて果てたのは、ごく少数しかない。大多数は飛行機にやられ、潜水艦にやられ、あるいはレーダーにやられたのである。

敵将も賞讃する日本の水雷屋魂

ここで、ルンガ沖夜戦を述べたロスコーの言葉に耳を傾けたい。

「米ライト少将の指揮する各艦はあらかじめ警報を受け、あらかじめ武装し、それまでの戦闘でアメリカが失敗した教訓を全部とり入れた戦法をつかって、戦闘に突入した。アメリカはレーダーがあり日本にはなかった。なかんずく、彼らは日本よりも兵力の点で恐るべき利があった。米巡洋艦五隻、米駆逐艦六隻に、日本は駆逐艦八隻、しかもその六隻は便乗者と荷物で場所をふさがれていた。

ここで、日本の駆逐艦と日本の駆逐隊のために、表彰の言葉を贈るのが至当であろう。彼らは海の知識を一杯もった、無骨な水兵を乗せた不恰好な小艦だった。しかし、長い月日にわたり、大和とかいう巨艦が恐れて入ってこない水域に進入して、汗水たらす作業をやりとげた。彼らは激しい使役で疲れてはいたが、同時に裏通りの猫のように、訓練で打ちかためられていた。そして古猫の利口な戦術である遮蔽をもっとも上手に使うにはどうすればいいか、一撃を加えて逃げるにはどうすればいいか、夜間どう戦えばよいかを心得ていた。しかもそのほかに、彼らは一つの武器をもっていた。蒼い殺人者——高速の日本の魚雷だ」

「日本は、アメリカの仕掛けた罠を、スルリとぬけた。田中頼三少将は、魚雷で反撃を命じた。米艦隊の発砲の閃光をねらって、日本の駆逐艦乗りたちは魚雷を射った。（中略）日本の魚雷は正しく、ものすごく、しかもいつものように走っていた。ただ、狙われた目標にとって、あまりにも致命的な走り方をしていた、というだけだった。（中略）

ニミッツ大将はこれに関して、米海軍の戦闘員たちに訓練、訓練、もっと訓練を必要とする痛烈な訓示をしたが、これはおそらく問題の核心をついたものであったろう。彼はまた敵駆逐艦の攻撃精神の強さと、雷撃の巧みさとを賞讃した。タサファロングでは、米海軍は日本のもっともスマートな提督の一人と戦ったといってよかろう。田中は立派だ。ある米駆逐艦長の言葉を借りると、じつに、癪《しゃく》にさわるほど立派だ」

日本の駆逐艦にたいする外国の評判は、まだキリがないほどある。しかし、敵の主将を讃嘆させたことは、その中でも圧巻である。駆逐艦を主力としている海上自衛隊の艦が、外国に出かけ、信頼と厚遇を受けてくるのも、戦後何年たっても変わらぬ、日本駆逐艦と駆逐艦乗りに対する外国の評価のあらわれであろう。

されど特型駆逐艦「綾波」涙するなかれ

東京急行の一艦として遺憾なく本領を発揮した栄光の駆逐艦の戦歴

当時十九駆逐隊付・海軍主計大尉　小池英策

昭和十六年十二月、太平洋戦争の開戦時、綾波はコタバル上陸作戦とその援護を中心に、マレー沖を行動していた。やがてアンダマン諸島攻略に進出、その間オランダ潜水艦撃沈など相当な戦果をあげて、十七年四月、修理のため内地に帰還した。

私が第十九駆逐隊に着任したのは、昭和十七年五月十六日朝であった。呉軍港の駆逐艦岸壁には、晩春の小雨が静かにけぶっていた。隊付の発令は、乗艦はどれとも指定されていないので、私はまず司令駆逐艦綾波《あやなみ》に行った。

小池英策主計大尉

「特型」と称される綾波クラスは、昭和初期の建造ながら当時の日本駆逐艦としては最大のものであったが、戦艦で生活していた私にとっては正直なところ、玩具《おもちゃ》の船のように感じられた。目刺しよろしく横につながれた僚艦敷波《しきなみ》らが、まったく同型で見分けがつかないことも、「はなはだお手軽」な印象を強めたことは否定できない。

とりあえず私は、狭い、急なラッタルをぬけて司令室に着任の挨拶にいく。こちらに向きなおった胡麻塩ひげの司令大江《おおえ》覧二大佐の第一声は、「なんだおまえ、候補生じゃないか」。そうとう図々しいはずの私も、この御挨拶には面喰らった。

考えてみれば私の前任者は中尉で、その後釜《あとがま》に若僧の候補生がひょっこりやってきたのだから、大江大佐も人事局をうらんだのであろう。「頼りにならない奴をまわして寄越して」と。そして私も丸い舷窓ごしに、港内でも揺れている隣りの敷波と、その一二・七センチ砲をながめながら「心もとないブリキ艦隊にきたものだ」と思っていた。

好きになったブリキ艦隊

私は司令駆逐艦の綾波に乗艦を指定された。戦闘配置は、情報と駆逐隊戦闘記録である。その綾波が呉を出港したのは、私の着任四日目の五月十九日。そのままミッドウェー海戦に参加した。しかし、これは主力部隊の援護行動がほとんどで、戦闘らしいことはなかった。記録すべきことといえば、ミッドウェーの帰路、旗艦大和にかわって、大本営あての極秘電報を打ったことくらいのものである。電波管制のため、本隊を遠く北にはなれて敗戦の詳報を発信した。六月十四日午前零時のことである。

その後、呉に給油のため十五時間寄港、月末まで雑任務と訓練で近海を行動していた。六月二十六日ふたたび呉に入港して、補給と若干の修理をほどこした。そして、七月一日付を

特型II型1番艦・綾波。雨除けつきの前部煙突左の筒状は烹炊室煙突、基部に空気予熱効果のあるお椀型罐室給気筒

もって少尉に任官した私のために、士官室一同でお祝いをして下さった。「候補生じゃないか」の一幕をご披露して一同大笑い、特に大江司令自身、腹をかかえて笑われた。「まあ、なんとか少尉になったんだから、気にするな」と、すっかり仲よしになった綾波の水雷長谷中《やなか》英一中尉がひやかす。そして私自身、一ヵ月をすぎて、気どらないこのブリキ艦隊がたまらなく好きになっていた。

お流れになった海賊稼業

われわれは南に行くことになっていた。修理の終わらない磯波をのこして、綾波・敷波・浦波の三艦である。任務はまだわからない。六月三十日午前九時三十分、錨をあげる。生きてふたたび日本に帰ることがあるのか、これが母なる山河の見おさめになるのかと、それは単なる二十一歳の感傷ではなく、きわめて身近な実感として湧いてくるのであった。

途中、奄美大島に寄り、高雄港を経由して一路南下する。ようやく行き先がわかってきた。シンガポールである。だが、入港直前に命令は変更されて、『メルギーに向かえ』の指令がはいる。マレー半島のインド洋側に、瀬戸内海のように点々と緑の小島が点在する。それがメルギー諸島で、七月三十一日、われわれはその秘密泊地に入った。呉を出てからちょうど一ヵ月である。

そのメルギーでわれわれを待っていた「B作戦」の内容は、一口にいえば「海賊作戦」であった。インド洋の敵艦船をつかまえてこい、というのである。戦時国際法によって、それは合法的な行為ではあるが、危険と困難がともなう。しかし、海戦が目的ではなく、敵船舶の拿捕《だほ》と通商破壊であるだけに、やりようはある。

拿捕要員に任命された私は、とたんに忙しくなった。戦時国際法の復習、隊員の編成と訓練、それに英語、国際旗旒《きりゅう》信号の練習などである。「本官は戦時国際公法によって、ただいまより貴船を臨検する。まず航海日誌の提出を求める」けんめいに、英語で暗記したものである。そして、一週間はたちまち過ぎた。決行の日は八月十三日ときまった。

明日はベンガル湾に向け海賊船出撃、という七日、一通の電報がはいった。

『敵大部隊ソロモン群島ツラギに上陸』

B作戦は延期となり、明くる八月八日には、われわれはメルギー泊地を出港して、緑のマラッカ海に入っていた。運命の電報は、綾波とその第十九駆逐隊を、戦線の西の果てから東の果てガダルカナルへと招いたのであった。シンガポール沖を通過、ジャワ海に入るところで、私は綾波としばらく別れることになった。作戦のつごうで綾波は単独行動することになり、司令と私は浦波、敷波の指揮をとるため浦波に残ったのである。

八月二十三日、トラック島南方洋上で連合艦隊旗艦大和に合同する。浦波・敷波は二十九日ラバウルに寄港。三十日にはすでにソロモンの入口で、空の要塞B17の爆弾の洗礼を受け、ついで凄まじい雷鳴と豪雨に出迎えられて、八月三十一日早朝、ショートランドに入港した。

これから彼女たちの「駆逐艦の墓場」ソロモンでの、限りない死闘がはじまった。単艦行動の綾波は、前進部隊と行動を共にしていたため、ショートランドに進出してきたのは、九

特型Ⅱ型2番艦・敷波。全長118.5m、3連装発射管3基、航続14ノット5000浬

月二十三日であった。

そこは駆逐艦の墓場だった

綾波がソロモンに投入された昭和十七年九月は、ガダルカナル飛行場の争奪を中心にして、海陸空のすさまじい戦闘が連日連夜、南の海に展開されていた。戦闘の山場が何回かあった。

すなわち主要な事件として、八月八日＝第一次ソロモン海戦、八月二十四日＝第二次ソロモン海戦、九月十三日＝陸軍第一回総攻撃、十月十一日＝サボ島沖夜戦、十月二十四日＝陸軍第二回総攻撃、十月二十六日＝南太平洋海戦、十一月十二日〜十五日＝第三次ソロモン海戦、十一月三十日＝ルンガ沖夜戦、二月七日＝ガダルカナル撤退作戦が戦われ、この間における駆逐艦の喪失は日本十二隻、米国十五隻であった。

数字は無造作に示しているが、この日本駆逐艦のなかには、六月三十日母港を出撃して、赤道の海を放浪したあげく、怨《うら》みのガダルカナル沖で永遠のピケットラインについたわが綾波が、その一隻として数えられている。彼女はついにふたたび日本に帰ることはなかったのである。しかし十一月十五日に壮烈な最後を遂げるまで、ソロモンの暴れ者、東京急行の一艦として、遺憾なくその本領を発揮していたのである。

陸軍の第二回総攻撃にそなえて、十月十三日夜、戦艦榛名、金剛によるガダルカナル飛行場の砲撃が行なわれ、「同基地所在のアメリカ機で無傷で難をのがれ得たのは、たった一機にすぎなかった」（太平洋戦争の諸作戦第七章）という成果をあげた。時を移さず、強行輸送のための高速船団、九州丸・吾妻山丸・笹子丸・南海丸・埼戸丸・佐渡丸の六隻が、十四日午前十時ショートランドを出港する。綾波は直接護衛である。

綾波艦長である作間英邇中佐の対空戦闘は、独特であった。作間艦長はガダルカナル戦に投入されるや、艦橋の天井の鉄板を工作兵に丸く切り取らせたのである。敵機が現われると、この穴から長い頭をにゅーと突き出し、大声で戦闘指揮をとる。急降下爆撃回避には絶対的な自信を持っていたし、事実、綾波は対空戦闘ではほとんど無傷であった。

ある敵急降下爆撃機は、投弾後に超低空で引き起こしながら、この天蓋から上半身を乗り出した指揮者に対し、手をふって敬意を表した、という話も伝わっている。このパイロットの三〇キロ爆弾もまた無駄に海面をたたいたのであった。

護衛に成功し、高速船団は敵機の妨害を排除して、ぶじガダルカナル西北海岸、タサファロングに入泊した。徹夜で第二師団の精鋭と大量の兵器弾薬、物資の揚陸が開始された。

この護衛に出動したラバウル航空隊の零戦は、はじめから片道掩護の覚悟であった。そのパイロット救出も綾波の任務の一つである。夕闇せまるソロモン中水道に、燃料を使い果たした零戦が、一機また一機と不時着水する。綾波の内火艇は全速で着水点に急行する。不時着水の零戦は数分しか水面に浮いていないのである。

脱出した四名の搭乗員は、ぶじ救出された。だが、二名は脱出してこなかった。着水の時、うねりの山に衝突顚覆し、そのショックでパイロットは失神したのであろうか。内火艇はエンジンも焼けよとばかりに急行する。逆立ちになった零戦は、ほんのしばらく尾翼を水面に出してはいるが、すーと吸い込まれるように姿を消してしまう。

目の前にこれを見る救助隊員の気持、艦橋でそれを見守るわれわれの心情は、とても筆では表現できない。内火艇がその地点に近づいたとき、非情の海にはガソリンすら浮いていないのである。海には墓標はない。だが、こうした犠牲のあとをソロモン海にたずねるならば、単純な戦争否定はもちろん、戦争の批判すらわれわれ生きている人間には、言う資格はないのではなかろうか。

満身傷だらけの出撃行

これから五日たった昭和十七年十月十九日、第十九駆逐隊の浦波、敷波、綾波の三隻は、ガダルカナルへの途中、猛烈な対空戦をくりかえして、ついに浦波が傷つき、左舷にかたむいて一隻だけショートランドに引き返した。第十九駆逐隊としては、なんと十八回目のガダルカナルへの出撃であり、途中参加の綾波もすでに四回目になっていた。

敵前輸送と出撃をくりかえして十一月にはいった。綾波はあいかわらず無傷である。浦波は十三番タンクに破口があって左に傾いたまま、その他かすり傷ていどのもの無数。敷波もまた満身創痍だが、いずれも戦闘航海にさしつかえなし、との判定で、せっせとガダルカナルに出撃していた。幸運なことには、この間の戦死者はただひとりだけ(浦波)で、負傷者こそいくらか出たが、ほとんど奇跡的に軽い人的損失であった。

そして十一月五日、二十二回目のガダルカナル出撃、敵前輸送任務である。しかし、どうやら三隻ともぶじショートランドに帰ってきた。六日、われわれはトラックに帰投することになり、やっと第一線をはなれた。

十一月九日午前十時トラック入港、午後三時半出港。またおなじ航路をガダルカナルに向かう。なんのことはない、前進部隊主力をはるばる迎えにきた結果になった。この前進部隊は、十三日にガダルカナル突入予定の、輸送船団を援助するための出動である。援助する方法はふたたび敵飛行場の砲撃である。

十二日夜、前進部隊主力から分離した戦艦比叡、霧島と軽巡長良《ながら》以下、駆逐艦十四隻からなる砲撃部隊は、サボ島南方で敵大部隊と遭遇、混戦の末、敵巡三撃沈、二撃破、敵駆逐艦四撃沈、三損傷の戦果はあげたが、味方もまた比叡をはじめ駆逐艦暁と夕立が沈没、そのほか四隻損傷の被害を出し、敵飛行場の砲撃はできなかった。輸送船団の突入は一時延期された。

第三次ソロモン海戦の第一ラウンドである。

十三日、三川軍一中将の重巡部隊は砲撃に成功した。だが翌日の輸送船団の被害は大きかった。十四日、いよいよわれわれの出番である。

ガダルカナル最後の砲撃部隊の先頭は、ベテランわが第十九駆逐隊である。浦波、敷波、綾波の順で、その後方に軽巡川内《せんだい》がついてくる。この掃蕩隊の二十浬《かいり》ほど後方に本隊である重巡愛宕（旗艦）、高雄、戦艦霧島、直衛駆逐艦二。この本隊の前衛に軽巡長良と駆逐艦四。要するに、われわれ第十九駆逐隊はモルモットのかたちである。敵と遭遇しても本隊は約一時間しないとやってこない。その間浮いていられれば幸いである。一方本隊としては、この余裕は貴重である。隊形をととのえ、もっとも有利な態勢で敵を攻撃することができる。

万事承知はしているが、ブリキ艦隊乗員は気にしない。むしろ、早く敵にぶつかりたい、という気持ですらあったといっても、嘘ではない。

南海に漂う焼けただれた鉄塊

夕方から怪しくなっていた空は、雲がしだいに濃くなり、午後八時フロリダ島を左舷正横に見るころには、ソロモンの海はすっかり闇が支配していた。月は見えない。海は静かである。綾波は一隻だけ分離して、サボ島西側に向かった。浦波、敷波、それにつづく川内は、敵に遭遇する公算の大きいサボ島東側を南下する。約二時間後にルンガ沖でわれわれが合同できれば、敵水上部隊はいないと見てさしつかえない。

はたして敵はいるのか。

午後八時十二分、南転した掃蕩隊から分離した綾波は、暗黒の海を西進、やがて南転してサボ島の黒い姿が左舷正横に落ちるころ、もう一度、取舵《とりかじ》をとった。

「一三五度ヨーソロ」打合わせ針路に入った。午後九時にはまだ間がある。「見張りを厳にせよ」

もっとも危険な海域である。作間艦長は二十八ノットに増速、完全な戦闘態勢をととのえた。艦橋の見張員は闇に目をこらして、塑像のように動かない。水雷長の谷中中尉の白い鉢巻が、ときどき動く。掃蕩隊の僚艦からも、本隊からも、なにも通信は入らない。綾波は確実にひとりぼっちで敵の海面に入っている。谷中中尉は自分自身にいい聞かせていた。

「谷中英一、落ち着けよ。俺はあわて者で、できが悪くて、兵学校も普通科学生もビリッケツだった。今夜こそ落ち着いて俺にまわってくる、俺にしかできない仕事を、誰よりも立派にやり遂げるのだ。やり直しはきかない。絶対確実のところで、九〇魚雷をぶっ放すんだ。谷中英一がんばれ、落ち着けよ」

そして以前、米陸軍輸送船を轟沈させたときの成功を、ちらと思い浮べてみた。

午後九時十分、綾波は敵を発見した。島影から、いきなり敵艦がとび出してきたのである。米艦もまたレーダーで綾波を探知した。右艦首方向、約一万五千メートル。巡洋艦らしきもの二隻、いや四隻らしい。さらにその後方に大型艦二隻。こちらは綾波一隻。

作間艦長の決断は明快そのものだった。『敵見ユ、巡四、サラニ大型二ヲトモナウ』と発信しながら、最高スピード三十四ノットで、変針することなく真っしぐらにこの敵艦隊に突撃したのである。

九時二十二分、敵は発砲してきた。一万三千メートル。だが綾波は射たない。砲弾の雨の中を気狂いのように驀進する。若干の被害がでているようだ。しかし、敵の鼻づらをとらえて致命傷をあたえるには、まだ遠い。

距離八千メートル。

「射ち方はじめ」ついに綾波は火蓋をきった。「命中！」

綾波の一二・七センチ砲弾が、空気をひきさいて飛んでいった直後には、敵艦列の三番艦は、どっと火を吹き出していた。綾波はつぎつぎと確実な有効弾を、しかも矢つぎ早に送りこむ。さらにもう一隻燃えはじめる。火炎と閃光は、南溟の夜空を赤く照らし出し、絶え間ない爆発音と発砲の轟音がソロモンの海をゆるがす。

艦橋の後方に被弾し、重油が赤黒い炎をどっと吹きあげ、さらに上甲板の内火艇に火がついた。この火は綾波艦橋の人々を赤く照らしだす。だが、だれも動かない。綾波最強の武器である魚雷の発射が迫っているのだ。

敵は右舷正横、五千メートル。絶好の魚雷戦態勢にはいった。砲撃はすでに、砲にほとんど仰角を与える必要のない零距離射撃である。

「右魚雷戦、反航」鉢巻をしめなおした谷中中尉は「さあ俺の番だ」とばかりに、どら声を張りあげた。「発射！」

全艦の祈りをこめた九〇魚雷が、生きもののように、つぎつぎと赤い海におどりこむ。

「目標、敵の二番艦。発射用意」すでに綾波の傷は大きく、速度も落ちた。火勢も盛んである。「発射！」

また魚雷がしぶきをあげて、目標に猛進してゆく。とつぜん敵一番艦が大爆発、ズシンと大きなショックが綾波をふるわす。

「当たりましたあ」叫んだのは、魚雷の行方を眼鏡で追っていた谷中水雷長である。

また、爆発。こんどは二番艦。六本のうち二本命中だ。自分の艦が燃えていることも一時忘れて、綾波乗員はどっと歓声をあげた。作間艦長と谷中中尉は、しっかりと手をにぎっていた。

敵弾はぴたりと止まった。敵一番艦は、どす黒い火炎を夜空に高く噴きあげながら、艦体はほぼ中央で二つに折れ、艦首と艦尾を水面に持ちあげ、海の魔神に引きこまれるように、急速に消えていった。轟沈である。

「敵はいません」射撃指揮所の鈴木直臣砲術長の報告である。九時四十三分。約二十五分の戦闘であった。

ソロモンにふたたび闇と静寂がかえってきた。ひとり綾波は十度右に傾き、手のほどこしようのない猛火につつまれていた。エンジンは全壊し、武器は使い果たし、ただ残された浮力で漂っている焼けただれた鉄塊にすぎない。

駆逐艦綾波は、乗員が退去したのち爆発を起こし、炎とともに静かに消えていった。昭和十七年十一月十五日午前零時十分、サボ島の南五千メートルの地点であった。

駆逐艦「暁」主計科兵曹どんぱち奮迅録

ルンガ泊地突入で重傷を負いつつも艦を爆沈から救った主計兵曹の記録

当時「暁」主計科・海軍上等主計兵曹　井上尚一

「主計、看護が兵隊ならば、チョウチョ、トンボも鳥のうち」または「電信柱に花が咲く」——これは当時の兵科のものや機関科のものたちが、主計科をさして言っていた言葉である。

私は昭和十三年一月、弱冠二十歳で現役志願をし横須賀海兵団に入団した。そこで初年兵教育も主計科としておそるべき鬼教班長のところで仕込まれ、半年間にわたる横須賀海軍航空隊主計科分隊に配属を命ぜられた。時あたかも上海事変、支那事変がおこり、風雲急をつげていたときであった。

実施部隊でのはじめての主計科の教育とは、海軍諸法規、経理、庶務などすべての官報書類、接受具申書類、さらに叙位叙勲書類の作成ならびに申請をしなければならないので、これらのことが中心になった。そのほかもっとも重要なことは、兵員の台所を受け持つことである。これは衣糧を担当する烹炊員長の命によって、パイロットに出す航空糧食、准士官以上の士官にたいする食事の用意をするのであるが、これがまたほかには見られぬ技術を要す

南京桟橋に横付中の暁。煙突前に発射管、左舷に内火艇、基部に罐室給気口

るものであった。

一般兵にたいする栄養のバランスも大切で、これは掌衣糧長（いまでいう栄養士）や主計兵曹長以上が中心になって事にあたるのである。このように主計科は、じつに多事多難であり、兵科や機関科にもまさる努力なしでは努まらないのであった。

これらの教育のほかに、私は衣糧関係に配置され、第一番に飯炊き訓練、陸戦隊としての野外演習のさいの配食方法などをおそわり、さらにカッター訓練、ランチの上げ降ろしなど、すべてを寸時の休みもなく教育され、当時の横空はまことに恐れられた陸上部隊であった。そのころ軍艦においては、「金剛、山城鬼よりこわい、陸の横空地獄なり」といわれたものであった。

また、主計科本隊の先輩には格差があって、半年ごとに配属されてくるのであるから、たとえ私よりわずか半年前に配属されていれば、すべて上司としてたてまつっていかなければならない。このため上海陸戦隊帰りのモサ連中に毎夜連続で、夜の十一時すぎまでお説教をされ、ついでその下の上司たちから次からつぎへとわれわれ初年兵は、バッター、ビンタの〝おめぐみ〟をいただくのである。

艦船勤務でみせた料理の腕前

このように〝しごき〟の連続で、ビンタによって顎《あご》がはずれたり、前歯を二本も折った同年兵もいた。それでもわれわれは「どうも有難うございました」と最敬礼をして、十二時すぎてやっと解放され、わが釣床へ入るのである。だが、バッターの威力で腰が釣床へあがれず、しばしばその下で寝たものであった。

やがて昭和十四年十二月、地獄の横空より特型駆逐艦暁《あかつき》に乗り組めとの転勤命令をうけ、初めての艦船勤務を命ぜられた。そのときは非常に喜んだものであった。しかし、この転勤命令がくる前、あまりの多忙さに主計科がつくづくいやになり、丙種予科練合格をねがってパイロット試験を受けたのであるが、みごと適性検査で落とされてしまった。

パイロットをあきらめた私は、いよいよ駆逐艦乗りとして勤務することになり、横須賀に停泊中の暁の主計科分隊へ転勤したのであった。艦にいけば、また一年生となるため、駆逐艦内のすべてが真新しく見え、ここに暁の配乗第一歩をふみだしたのである。

当時、暁は第二艦隊第四水雷戦隊第六駆逐隊所属で、連合艦隊の一艦として行動していた。私は、初めての艦船海上勤務であり、しかも大海原をこれから駆けめぐる喜びが力強くわいて、いつとはなく張りきっている自分に気がついた。

まもなく暁は、旗艦である軽巡那珂とともに艦隊訓練の明け暮れがはじまるのである。だが、内地から出港する場合、糧食関係はさほど心配がない。呉や佐世保など内地であれば各軍需部があって、そこで調達できるからである。当時は主計長がすべて糧食の打合わせをして、烹炊員長ならびに先任下士、兵たちが糧食を各港で受け取ったものである。

艦内でいかに乗員に喜んでもらえるかが、主計科の腕の見せどころであったと思う。ましてや駆逐艦は、大艦とちがって上下の差はほとんどなく、非番にあたったときは家族そのものであった。私は幸いなことに、海軍に志願する前は洋食関係の調理士でもあった。そこで駆逐艦に配乗した直後に士官たちの食事をつくったのであるが、これが洋食なのでみなから親しまれたことがとてもプラスになったと思う。

航海長の染谷大尉が私の履歴を見て「ただちに料理をつくれ」といわれ、私はただただ一生懸命に腕によりをかけてつくりあげたものであった。その結果、青木久治艦長以下みなは、料理のできぐあいをほめてくれ、みなの心をやわらげたことと思う。それも主計科の任務でもあり、責任であった。

さて、明けても暮れても艦隊訓練はつづき、きょうは土佐沖、明日は台湾海峡あるいは小笠原と、連日連夜、海上をかけめぐる暁は、最大戦速三十八ノット以上が出る特型駆逐艦（Ⅲ型）で、勇壮そのものであった。また、第八駆逐隊を編成する大潮、満潮、朝潮などは朝潮型であるが、つねにこれらと行動を共にしたものであった。

艦隊の訓練中、いちばん楽しかったのは見知らぬ港に入り、その土地の風俗や習慣、食物にふれたときであった。それが沖縄であったり、あるいは台湾であったりした。こうして一一ヵ月も二ヵ月も艦隊訓練はつづくが、さまざまな港に寄って物資を補給するのである。つど各港の特色ある糧食を受け取るのであるが、馬公でのバナナは世界一おいしいと思った。その

英極東艦隊の新鋭戦艦を求めて

やがて香港《ホンコン》東方バイアス湾の敵前上陸（広東攻略作戦）がおこなわれることになるが、このとき、かの有名な陸軍の柳川師団を援助するため、暁は南支方面の警備に僚艦とともに行動をおこし、つねに警備の重大なる局面を肌で感じていた。

戦局はいよいよ風雲急をつげ、われわれ駆逐隊は昭和十五年十一月、軽巡阿武隈を旗艦とする第一艦隊第一水雷戦隊に編入され、ふたたび南シナ海の警備に出動したが、その際そこで日夜くりひろげられる訓練は実戦そのものであった。

昭和十六年末になるとフランス領インドシナのカムラン湾に進駐することになり、われわれもその付近の海上警備にあたっていた。そしてある時、海南島三亜に集結したが、あつまったわが艦隊を見ても、また南シナ海方面に目を転じても、いよいよ戦局の重大なことを感じ身のひきしまる思いがしたものであった。そして十二月五日、突如として海南島三亜を出港したが、ますますあわただしさを感じさせた。

それより三日がすぎた十二月八日午前零時、艦長より、わが国は米英にたいし宣戦布告をしたむねの報告があった。このため、わが南方にあった主力部隊の全艦にたいして、ただち

に戦闘態勢にはいるよう命令がくだった。折りしもシンガポールから、英極東艦隊の最新鋭戦艦プリンス・オブ・ウェールズとレパルスが、護衛駆逐艦にまもられて北上してきたのである。昨夜の宣戦布告と同時に艦長は、褌《ふんどし》をはじめとする下着類すべてを着かえるよう総員に言いわたした。これは極東艦隊との一戦になみなみならぬ決意をいだいていたからであろう。初めての戦闘であるが、海戦をまぢかに、みなは冷酒で乾杯した。これが十二月九日の夜半であったとおもう。

やがて血気にはやったわが艦隊と英国艦隊は、スコールの激しさと天候の不順になやまされた。そこで英国艦隊はわが艦隊を発見できず、やむなく一路シンガポールへ引き返すことになった。このとき、わが潜水艦がこれをいちはやく発見し、サイゴン基地にいる千歳航空隊派遣隊に打電した。そして飛び立った千歳空らの中攻隊によって、一瞬にして巨艦をほうむってしまったのである。

こののち暁は、ある時は護衛に、ある時は夜襲にと大海原をかけめぐった。また、ボルネオ島バリックパパンへ、さらには糧食補給地であるミンダナオ島ダバオへと東奔西走したものであった。しかし、わが水雷戦隊の威力を発揮したスラバヤ、バタビア沖海戦ほど駆逐艦が勝利したときはない。

なにしろ英米蘭の巡洋艦、駆逐艦のほとんどを全滅させたのであった。だが、ミッドウェー海戦を境にして日本と連合軍との攻守はいれかわり、わが方の戦局は目にみえて不利になってきた。

主計科泣かせの戦闘配食

ガダルカナル島を奪回しようとして、昭和十七年八月から十月上旬にかけて実施したあらゆる企ては成功しなかった。そのため十月十三日、榛名、金剛の二戦艦はガ島の飛行場を砲撃し、かなりの損害をあたえた。日米対決の機運は熟し、暁は敵艦隊掃討と物資輸送のためガ島進撃を命じられた。

忘れることのできないこの海戦は、敵側が撃ち込んだ弾丸の炸裂ではじまった。まず、暁の三番砲塔左舷の舷窓付近から三番砲塔の給薬室のなかで敵弾が炸裂したのである。しかし、われら主計兵やほかの乗組員たちすべてが、これまで数々の戦闘を経験してきているので、驚くにはあたいしなかった。むしろ、この十月二十五日の午後、第六駆逐隊司令山田勇助大佐、高須賀修艦長指揮のもとに、暁は雷《いかづち》、白露とともに突撃隊となってガダルカナル島ルンガ泊地に突入した。

その前に、全速で走るわが暁の上甲板では、主計兵によって戦闘食がくばられた。これは一度、戦闘状態に入れば五、六時間は飲まず食わずで戦わなければならない。そこで前もって受領したカンメンポウ（カンパン）を司令以下の全員約二四〇名分をくばって艦内をかけめぐるのであるが、これも主計科員の重要な任務であった。カンパンは一袋に十枚ずつ入っており、それを一人分二、三袋ずつ各部署に合わせて置いてくるのである。

ある戦闘のときの戦闘食などは、握り飯だったこともある。これは敵と砲火をまじえるの

縦陣をくみ突撃訓練中の第6駆逐隊。司令駆逐艦・響の後檣ごしに続航する暁、雷、電を撮影。右手は第27駆逐隊

に時間的な余裕がある場合、ご飯をたいて梅干しをなかに入れるか、味噌をぬりつけた握り飯をつくり、それを全員にくばるのであるが、カンパンとくらべて数倍の時間と手間ひまがかかり、主計科員泣かせの戦闘配食であった。

この日は司令以下全員にカンパンをくばったのであるが、波は艦橋までかぶるほど高いため、上甲板では命綱をしっかりつかんで各所に命の糧をはこんだ。そうするうちにも、「右砲戦」「左砲戦」「戦闘用意」のラッパが艦内いっぱいに響いた。そこで戦闘食をくばりおえた主計科掌経理の伊藤は戦闘詳報をつけるため艦橋へ、そして私は三番砲塔給薬室へと、それぞれの部署についた。主計科員といえども、戦闘がはじまると他の兵科員とおなじように戦闘に参加するのである。その部署もあらかじめ決められてあり、この日のために訓練もつんできたのであった。

ガ島の米軍陣地に暁の一番砲、二番砲、三番砲から撃ち込む一二・七センチの砲声が雷鳴のようにひびいていた。暁は一番艦、つづいて雷とわが第六駆逐隊の意気はまさに天をつく勢いであった。三番砲塔の給薬室は兵科二名、主計科一名、機関科一名の配置であった。仕事としては、弾庫から揚弾機をつかってつぎつぎと上がってくる弾丸ならびに装薬を、砲塔にいる阿見兵曹のもとへつぎつぎと届けるのである。

暁の大爆発を救った感激

そのとき突然、ガァーンという音とともに私の目がくらんだ。三番舷窓の付け根より敵弾がこの給薬室にとびこんできて炸裂し、一瞬にしてうちのめされた私は、両手に装薬をかかえたままその場に倒れてしまったのだ。しばらくして気がついてみると、あたりは真っ暗で戦友の姿も見えなかったし、声さえ聞こえなかった。

まもなく、あちこちから火の手が上がりはじめた。まず、兵員のチェストが燃えはじめ、各所で火災が発生したのだ。そこで一二・七センチ砲の装薬とともに倒れていた私は、この装薬に点火する寸前にわれに返り、驚いて自分を見つめなおした。そうして初めて、この場を脱出しなければと、必死になって立ち上がろうとしたけれども、体の自由はまったくきかなかった。

それでもすかさず暁が爆発の危機に瀕していることを感じ、全身の力をふりしぼって火災の光で三番連管にぬけるハッチを頭であけて、さらにドアをあけて表にころがりでた。

その瞬間、真昼の明るさを全身にうけ、それからまっすぐ立つラッタルをどうやって登ったのかもわからなかった。こうしてようやく上甲板に着くやいなや、三番連管長である菅田兵曹に「井上、しっかりしろ」と抱きかかえられながら、敵の特設巡洋艦や駆逐艦が炎上しているのを見つめながら、ふたたび気を失ってしまった。

こんど気がついてみると、桑原軍医長と倉岡看護兵曹が、士官室に寝かされている私の衣服を鋏《はさみ》をもってたち切っていた。血のりは衣服全体にベットリとこびりついていた。戦闘はすでに「打ち方やめ」の命令が出ており、全速で基地に帰る暁の士官室で治療をうける私の耳に、「すでに井上は駄目だッ」とみなが話していることばが入ってきた。

右大腿部、右頬、左ひざ下など全身七ヵ所の重傷である。それでも桑原軍医長や倉岡看護兵曹たちが必死で手当をしてくれたおかげで、どうやら一命はとりとめることができた。重傷であることも知らず、必死になって頭で居住区のドアを開けたため、朦々たる黒煙が表にながれたので、みなは初めて三番砲塔給薬室の火災を知り、応急員はただちに弾庫に注水して火を消し、暁の大爆発は寸前でくいとめられたのであった。しかし、三番砲塔給薬室のわが同士四人は即死、阿見兵曹も後頭部に重傷をうけたのであった。

こうして昭和十七年十月二十八日、私は幸いなことにショートランド島に停泊中の病院船高砂丸に移されることになった。あの戦闘の最中、全身を包帯でまかれて暁からランチにうつされ、さらに高砂丸に向かうとき、山田司令はじめ高須賀艦長以下総員が第二種軍装に着がえて私を見送ってくれた。ここに一主計兵である私にとって、最高の栄誉に浴することができた。

司令や艦長のいうところによると、たった一人の主計兵である私が三番砲塔から脱出しなければ、だれも火災には気がつかず、やがて暁は弾庫が大爆発を起こして沈没したであろうとのことであった。さらに私のこの行動は第八艦隊長官にも打電をするとのことであった。

このように偶然からにしろ、私が暁を救ったことになったのには、ただただ感激で胸がつまった。しかし、私はそのようなつもりで重傷の身でありながら三番砲塔から脱出したのではない。ましてや暁を救ったなどとは夢にも思っていない。ただ、自分自身が苦しさのあまり抜け出ただけのことだとおもう。天の慈悲か、祖先の徳によってか、ただ一人のために第二種軍装に着がえて見送ってもらったこの私は、生きてゆくかぎりこのご恩を忘れることはできない。

昭和十七年十一月十二、十三日、第三次ソロモン海戦において暁は、戦艦比叡の直衛としてサボ島付近において司令、艦長以下二百二十有余名とともにふたたび帰らぬ轟沈の運命をたどった。それは私がショートランドから高砂丸で佐世保海軍病院に無事についた二週間後のことであった。

六駆逐隊「電」ニューギニア輸送の日々

魚雷をおろして人員物資を満載した特型駆逐艦と大敵B17との死闘

元六駆逐隊主計長・海軍主計大尉　梅沢祥一

梅沢祥一主計大尉

駆逐艦暁《あかつき》と響《ひびき》は南シナ海の哨戒任務に、雷《いかづち》と電《いなづま》は香港攻略作戦にというのが、開戦の日を迎えた第一水雷戦隊第六駆逐隊の展開状況であった。

その後、メナド、アンボン、マレー、比島方面作戦や空母護衛に任じながら、スラバヤ沖海戦では電が英巡エクゼターを撃沈した。ついで五月末には、四艦そろってキスカ攻略作戦に従事。その後の十月二十五日、ガダルカナル島輸送作戦のさいには暁と雷は敵艦隊と遭遇、これと交戦のうえルンガ泊地に突入し、暁は三番砲塔に被弾している。

これら特型駆逐艦Ⅲ型四艦に共通の一番煙突が二番煙突より細いマストな艦型は、帝国海軍でも独特のものであった。排水量二〇〇〇トン、速力三十八ノットで、一二・七センチ連装砲、二五ミリ三連装機銃、六一センチ三連装三基の魚雷発射管を装備していた。

さて、南太平洋海戦直後の昭和十七年十一月一日付をもって、私に第六駆逐隊（暁、雷、電、響）付の転任電報が舞いこんだ。そのころ、私はミッドウェー作戦のさいの北方支援作戦から帰投して、当時、内海の柱島にあった戦艦扶桑の艦上で、いささか無聊《ぶりよう》をかこっていたのである。なお日米艦隊はこのころ、ソロモン海域において死闘をくりひろげていた。

飛行機便のないまま、タンカーの宝洋丸に便乗して十一月六日に呉を出発、十五日にトラック島へ到着した。泊地いっぱいにひろがる各艦艇や、初めて見る南の前線基地に目を見はったものである。この宝洋丸がサイパン島沖を静かに通過する日、私は日記帳にサイパン島を写生している。

ちょうどこのころ、第三次ソロモン海戦のため、トラック島を出撃した第六駆逐艦（「響」欠）のうち、暁（艦長・高須賀修中佐）が十一月十三日未明、比叡の護衛中に轟沈した。私を待ちながら出撃したであろう司令・山田勇助大佐、前任者の志波達見主計中尉は、二二六名の乗員とともに還らぬ人となった。

二番艦の雷（艦長・前田実穂少佐）も霧島を護衛中に一、二番砲塔に被弾して火災を起こし、前檣を破損した。戦死者十九、負傷者二十、行方不明四を数え、横須賀に回航することになった。

三番艦の電（艦長・寺内正道少佐）もいまだ硝煙けむる状態にはあったが、とくに被害はなかった。そして二十日、第三次ソロモン海戦の死地からやっとの思いで帰ったのも束《つか》の間、ただちにつぎの出撃命令がくだった。

すなわち挺身輸送隊と銘うたれて、ラバウルから陸軍部隊をニューギニア東岸のサラモア、ラエ、マダン地区へと輸送するのである。これは飛行場の設営と攻防にからむもので、七、八隻の駆逐艦とともに、トラック島南水道をあとにした。

あの雨の降る日、一番砲塔下の水線近い私室で聞いた艦首にくだける波の音は、今もって忘れられない。これが戦争というものなのだ、としみじみ思ったものである。

海軍としては、ガダルカナル島方面は一時、現状維持にとどめ、ブナ方面の作戦を積極的に展開することに方針を転換したときであった。しかし翌年の昭和十八年一月二日、ブナ守備隊は玉砕し、ガダルカナル島もまた撤退を余儀なくされる。

すなわち、南方資源とマリアナ、カロリン方面の確保に専念し、一方では大艦巨砲の思想をすてて航空優先に徹すべきであったのに、各地にあがる戦果に、軍の最上層部もつい戦線の拡大にばかり目をうばわれ、貧しい国力という足元を忘れたのである。ここをパイオニアスピリットに支えられた米軍に反撃されて、敗戦にいたるわけである。

しかし、この中にあって、前線の忠良な将兵は勇敢に戦った。これから行こうとするニューギニア輸送作戦も、その一コマであった。

大敵のB17との戦い

さて、この挺身輸送隊であるが、ガ島をめぐっての死闘を演じていたころには、もう輸送船には頼れなくなって、われわれ駆逐艦に大役がまわってきたわけである。敵の目をかすめての輸送には、天候の悪い日が望まれたが、あいにく、このころは気象がよく、そんな贅沢《ぜいたく》はいっていれなかった。「待つとても雨にはならず決死行」「行けば潰え行かねば友の最後かな」と、当時の連合艦隊宇垣《うがき》纒参謀長の日記にも見える。

輸送作戦は往復一昼夜半の戦闘航海で、敵艦よりも敵潜よりも、大型機ボーイングB17との闘いであった。したがって、ラバウルでは魚雷を降ろした。これは陸軍部隊を一兵でも、半トンの物資でも余計に積もうとしたためで、おかげで艦内はぎゅうぎゅう詰めの状態であった。乗る側もいっさいの私物は携行しなかった。ここでは陸海軍とも、たがいに誠意を示しあったわけである。

出撃は夜半で、直衛機の掩護をうけるのはラバウル出入港の十時間足らずだけで、あとは裸の航海である。これは出撃前から了解ずみのことではあったが、いざその場に直面して見ると、大変なことであった。

七、八隻の駆逐艦は、誘導の陸上攻撃機にみちびかれて、かなりのスピードで揚陸地点へむかう。やがてB17の触接をうける。雲の彼方の、こちらの砲撃の届かないところから見張られているのは、神経が疲れる。直衛機が追いかけると、一時、雲の中へかくれる。ときどき、陽光に翼がぴかっぴかっと光る。ゆうゆうと飛ぶB17。われわれの兵力、針路、速力を刻々と無電で通報しているのだ。それが、われわれにも平文で入ってくる。が、辞書にもないような俗語隠語なので、通信士が翻訳願いますと持ってきても、さっぱりわからない。このもどかしさはイヤなものだ。余談だが、兵学校を出たばかりの紅顔の少尉であったこの通信士は、最近、海上自衛隊を退職した。

空はあくまでも晴れあがり、南の海はこうした息づまるような緊迫下にあっても、まことに美しい。ところどころ、環礁に白い波頭がくだけ散っている。燦々《さんさん》と降りそそぐ強い南洋の陽ざしに、金粉をまぶしたように照り輝く海面《うなも》、艦首にくだける波頭と白く尾をひく航跡、この、まるで白昼の幻影のような、うっとりする光景を眺めていると、一体どこで戦争がおこなわれているのか、と一瞬疑いたくさえなってくる。

さてB17だが、雲に見えがくれするこの接触機には、まったく疲れさせられる。ときどき、われわれを見失ったかのごとく、どこへともなく飛び去ってホッとさせる。と、それを嘲笑《あざわら》うがごとく、また舞いもどってくる。やがてこの触接機に誘導されて、空をわがもの顔に十数機のB17が、グラマンに護衛されてやってくる。ついにやってきた!

艦長の寺内少佐は、八字ひげをねじり上げ、航海長の両肩に乗って、上半身を艦橋の天蓋から丸出しで敵機をにらむ。ラッパは高鳴り、ブザーははけたたましく響きわたる。

「総員配置につけ、砲戦用意」

狭いラッタルを駆けあがり、駆けおりる乗員。私は戦闘記録をとるべく艦橋に駆けあがる。艦橋にはぴーんと張りつめた緊張感がみなぎり、計器類のかちっかちっという音のみが一斉にこだまする。下では砲塔が右に左に旋回をはじめ、砲身は仰角を上げ下げしている。

もうこの頃には、これまで単縦陣で航行してきた各艦は、B17との応戦に少しずつ散開していく。そして色とりどりの旗旒信号が各艦にはためく。信号兵の手旗がいそがしい。空では敵味方機が入り乱れて、空戦がはじまる。やがて爆撃がはじまる。

敵機をにらむ艦長は、棒を持って目測をつづける。そのうち、敵機は艦首から襲いかかってきた。見張員は「方位三十度、高角四十度、六機本艦に来ます」と、一二センチ双眼鏡にかじりついたまま叫ぶ。艦はまだそのままの針路をとり、速力は最大戦速三十八ノットに上げている。艦首にくだける波頭が、目のくらむような速さで走りさる。

砲術長の「撃ち方はじめ」の号令に、六門の高角砲と機銃は一斉に火をふく。敵機の近く

性能改善工事後の特型Ⅲ型4番艦・電。艦橋の縮小、船体強度の補強や重心降下により速力は34.5ノットに低下した

に炸裂して、ぽかっぽかっと浮いている対空砲火の硝煙。命中弾を一度だけ見た。断片の撒布界にはいったB17の巨体は、一瞬にして飛び散って、何もなかった。ときどき、ぴかっぴかっと光る機銃の曳光弾、敵機の侵入をふせぐ味方の弾幕は厚い。

それでも、爆撃針路に入ってきたB17は、数発の爆弾を投下した。しかし、艦はまだ、そのままの針路をとりつづけている。やがて爆弾の黒点がすうっとこちらに向くとき、艦長は避弾のため、敵機の側へ転舵の号令をかける。と同時に、艦長の足が航海長の肩を右に左に三、四度ずつ力強く踏みつける。

これを受けて、航海長の「面舵《おもかじ》」「取舵《とりかじ》」の号令、そして操舵員の両腕が舵輪をかかえて、復唱しながら右に左に大きく素速くまわる。コンパスの針が目まぐるしく動く。高速で突っ走る艦は、波の抵抗を受けて大きなきしみ音を立てる。が、航海長の命じた目盛に針をあわせて、艦は相変わらずの最大戦速を保っている。

機関科からは、絶えずスクリューの回転数を報じてくる。艦橋では、われわれも足をふんばって頑張っている。高速で舵を一杯にとると、艦の傾斜がはげしく、立っているのさえむずかしい。

そのとき、舷側にさほど遠くないところからだんだんと、こちらに向かって数個の爆弾が、独特のうなりを生じながら等間隔に落とされて、数条の水煙があがる。さいわい命中弾はない。艦橋ではホッとした喚声がわき起こる。しかし、至近弾に艦体はゆらぎ、リベットはゆるむ。

夜に護られて

水平爆撃に呼応して、敵小型機が低空に舞い降りてきて、機銃掃射をくりかえす。命中による金属音。それに対して、ここぞとばかり応戦する甲《かん》高い味方機銃の音、飛びかかる零戦、舷側近くにぱっぱっと上がる水しぶきの弾痕が、何十メートルもつづく。

澄《す》みきった大空と海面を背景に繰りひろげられるこの殺戮《さつりく》のシーンは、ある意味では、残酷なほどの芸術的美しさにみちているとさえいえた。

前檣の旗索《きさく》にゆわえられた信号旗は、ちぎれんばかりにはためき、その鮮やかな色彩は、南の海にいっそうくっきりと冴《さ》える。このころの装備では対空砲火が足りず、便乗した陸軍部隊の機銃も動員して、甲板から撃ってもらったこともあった。

一難さってまた一難と、ほっとする間もなく、これの繰り返しがつづく。寺内艦長は、避弾運動に対空戦闘にと、いつも颯爽《さっそう》とした指揮ぶりを見せた。もっとも、ときには両舷から数機ずつに襲われて舵のとりようもなく、「今の針《は》路《り》宜候《ようそろう》」と運を天にまかせたこともあった。大酒豪で操艦の名手、まことに頼もしい大男の艦長であった。

前後の僚艦にも敵機はおそいかかる。わが身にふりかかる火の粉を必死に払いのけながら、僚艦はいかに、とこれも気にかかる。が、援護の射撃をするにも、遠すぎて役に立たない。と見るまに、僚艦に敵機が襲いかかって投弾する。これも最大戦速で突っ走る艦のきしむ音がここまで聞こえるかと思うような、大きな舵をとる。僚艦の内部の様子が手にとるようにわかる。

……十数秒、艦をとりまいて七つ八つの大水柱があがる。一瞬、やられたなと思う。やがて空にたゆとうように、さながら高速ビデオを見るように大水柱が、ゆっくりと海面に落ちるとき、にゅっと現われる灰色の艦首。すると、こちらの艦橋にまたわっと歓声がわく。先方からも被弾被害の信号はない。血のかよった同士のあいだに通じる無言の友情だ。しかし、ときには人間の本態を見せつけられることもある。たとえば、すぐ隣りの艦へ機首を下げて向かってくる敵機が、低空から機銃掃射をかけ、これに僚艦が応戦する。そして、こちらからも援護の射撃をするのだが、見張員が大きな双眼鏡とともに、「大丈夫、うちじゃない、うちじゃない」と、つい叫んでしまう。

死と生との極限状況においても、畢竟《ひっきょう》、人間とはエゴイスチックなものなのだろうか。たとえ、それが無意識のうちに出た言葉であっても、見張員たらずとも、誰しもそう思ったであろう。私にしても、また同じである。

さて、味方戦闘機はもう上空にはいない。いつ果てるとも知れぬ敵機の一波、二波、三波の攻撃がつづく。早く夜にならないか、と祈るような気持になる。なかには、至近弾を受けたり、あるいは命中弾による火災をおこして、反転する艦も出てくる。われわれも十時間ともたず、ラバウルへ引き返したこともあった。ときには直衛機や誘導の攻撃機が撃墜されて、搭乗員を救助したこともあった。衆人環視のなかで、カッターにひろいあげられて屈辱に耐えかねた顔をしていた若人たち。

しかし、あのころのパイロットは、まだまだ腕がよかった。こうして、ようやく昼間の爆撃をかわして、やっと待望の夜がくる。艦内では、早くも陸軍部隊が上陸の準備をはじめ、にわかに騒々《そうぞう》しくなってくる。南洋の落日は早い。夕闇がせまると、すぐ夜がやってくる。そして月が昇る。月のないのが理想だが、そう都合のいいことばかりはない。

昼間の応戦に意外に手まどったわれわれは、帰り途《みち》が心配になって、揚陸地点へと速力を上げる。と、また夜の空襲だ。投下される吊光弾が、あんなに明るいものとは知らなかった。昼をあざむくとはこのことか。されど海は広い。

しかも幸運なことに、ニューギニアの海岸線は長い。見当ちがいに落とされる照明弾のむなしさ。まさに闇はわれらの〝護り〟である。敵機もわれわれの所在を求めて、今まさに真剣な探索をつづけているのだろう。しかし、夜戦にきたえぬかれた見張員も、いくどか星を敵機と見誤ることがある。星も凝視していると、動いているように見えて来るのだ。

やがて艦は停止して、錨《いかり》を降ろさないままで漂泊する。そしていつでも動ける状態で、陸兵の揚陸作業がはじまった。上空には、相変わらずわれわれを求める敵機があって、遠く近くに落ちる吊光弾が、花火のように尾をひいている。ときには、敵機がわれわれの頭の真上へくることもある。煙突からは煙幕として夜の暗さと同じ色の煙を出すのに、機関長は苦労する。

真上に聞こえる爆音に、砲術長は昼間のカタキと砲撃下令を求める。艦長は肯《がえん》じない。砲術長はまた催促する。「撃たせてください」とその声は悲痛だ。たまりかねた艦長が「待て」と怒鳴り返す。一発撃ってしまえば、たとえ命中しても発見されてしまう。若い血気にはやる砲術長（当時中尉）には辛かったであろう。この人も最近、海上自衛隊を退職した。

やがて、艦に積んできた小発がするすると舷側に降ろされた。小発は波にゆれて上下している。それに縄梯子《なわばしご》をつたって、陸兵が乗り込む。艦の食糧もかなり小発に積み込んだはずである。暗夜のなかでも、陸兵は整然と乗り移っている。

敵機の爆音の聞こえる中を、「離せ、離せ」と号令がかかり、小発は舷側をはなれる。「有難うございましたぁ」と叫ぶ小発の陸軍兵。白い航跡を残して一路、陸岸めざして進む。また、はるかな地点から「有難うございましたぁ」と叫ぶ声がする。われわれも艦橋から手をふって応《こた》える。あの陸軍部隊の人たちは、その後どうなったであろうか。輸送した中には、海軍の陸戦隊員もいた。このなかには、私の同期生もいた。

紙一重の哲学

私の日記を見ると、昭和十七年十一月二十四日は〝月夜〟となっている。この月夜にサラモアに突っ込もうというのが、そもそも無謀なことだが、事態はそのくらい逼迫《ひっぱく》していたのである。

サラモアを去ること二十四浬《かいり》、あと一時間というとき、ついに敵五機の爆撃をうけた。早潮（陽炎型五番艦）に爆弾が命中して、機銃の掃射を浴びた。早潮の救援に向かえとの第二駆逐隊司令の命令にかけつけると、早潮の艦橋が燃えていた。真紅な炎を夜空に吹きあげて

昭和9年6月29日、済州島南方で演習中に特型Ｉ型の深雪と衝突、艦首を失った電。12.7cm連装Ｂ型一番主砲塔は辛うじて残ったが、切断され押しつぶされた破孔が凄い。深雪は沈没した

いる。

「おおい、おおい」と同胞が叫びながら泳ぎ寄ってくる。同胞を一人でも多く救いたい。しかしそのとき、ふたたび聞こえる敵機の爆音。燃える海を泳ぎながら、「来るな来るな」と叫ぶ者をおいて、各艦はいきなり全速力で走り出す。

本艦（電）の前に、右舷に、後部にと、至近弾が降ってくる。本艦のコース上二千メートルはなれて、ついに早潮は最後の爆発を起こして、サラモア沖の海底に消えた。

その後、ふたたび敵機に発見されたが、夕方六時、ようやくラバウルに帰りついた。Still living 真実そう思う。人間とは運命のことなのか、とそのときの日記には記してある。

あの暗夜の海面に置きざりにされた早潮乗員の「君が代」の歌声こそ、今もって私の耳もとから消えない。救助中における突如の空襲では、救助作業の見切り発車をあえてしなければなら

ないときもあったのである。これは、まことに切ないひと時であった。あの乗員たちは、今もあの海底に眠っているのであろうか。

このときの早潮艦長・金田清之中佐は、このあとの昭和十八年七月六日、第一次クラ湾の夜戦で、米艦隊と同航砲雷戦を華々しく戦って、戦死された。また、この夜、この艦で、私の同期生である沖静一君が艦と運命を共にしている。

さらに十二月三日の日記には、暗夜、バサブアに陸兵一八六名を揚陸中、電が突如として空襲を受けたとある。両舷二十メートル足らずに挟叉弾をくらって「旗甲板に出て作業急げ」と大声をあげていた私は、頭から海水を浴びてびしょ濡れになった。

だが、この濡れた軍服も、ラバウルに入港までには、海風に吹かれてすっかり乾いてしまった。帰途、敵機をかわしながら、爆弾と機銃掃射の下での〝熱風乾燥〟というところであったのだろう。

日記にはつづけて、やがてラバウルに入港のころ、敵潜がいるらしいとのこと。朝潮は爆雷を投げ込む。かくて午後七時ぶじ入港。ともかく、ねらわれとおしだった本艦が、一人の負傷者もなく帰ってきたのが嘘みたいだ。いや、私自身かすり傷ひとつ受けずにいるのが事実とは思えない。もう十二月なのか、と書いてある。

このほかにも、飛行機と戦えるものは飛行機だけだ、生産力の戦争だ、などの文字が散見される。B17とその投下する爆弾に、よほど物量を感じたのだろう。制空権のない悲哀を、しみじみと味わわされている様子がわかる。ともかく、生命はないものと思っていたらしく、両親に遺書を送るともあるが、一人息子であることを自覚してか、断じて死なず、とも書いてある。

艦長を肩車していた航海長は、現在、東京におられて健在である。あの挟叉弾については、「あれは夜明け、ちょうど太陽の昇ろうとするときで、三機の編隊がこれを背にして向かってくるのがはっきり見えた。しかし舷側では、まだ小発がとも綱をとられて陸兵の移乗中であり、前進をかけることも、後進をかけることもできなかった」と回想する。

第六駆逐隊会の会長である寺内さんは、「あのときばかりは、もう駄目だと思った。マストのヤードが航海灯といっしょに海中に落ちるのが見えた」と語る。私の日記にも、兵員と物件を半分つんだところで、急いで小発を離したとある。

まさに紙一重の運である。敵機は巡洋艦一隻撃沈と平文で無電を打っていた。機銃の弾丸も爆弾も、たとえ身のそば数センチをかすめても、当たらなければ大丈夫、天命のあるうちは死なない、と自分ながらの哲学を身につけたのもこの頃である。当時、私は二十五歳、初陣の海軍主計中尉（短現八期）であった。

とはいえ、機械をとめての揚陸作業中は、上空を心配しながらも、われわれ乗員には休息のひとときである。南海の闇のかなたに黒々とそびえるスタンレー山脈に、ふと故国を思ったりする。巨《おお》きく高かったあの山々。戦闘配食に、上陸部隊の給食にと、疲れはてた主計兵が二、三人、上甲板で背のびをしている。

揚陸作業が終わって、夜の明けないうちに味方直衛機の来るところまで逃げこもうと、猛然と速力をあげる。陸兵を揚げて身軽になったので、スピードは出る。が、夜明けとともに、また敵機につかまる。最大の味方であった夜の闇はすでにない。

また例の避弾運動、対空射撃である。これも何度か繰り返しているうちに、乗員もみな馴れて結構うまくなる。避弾運動中には、敵機にばかり気をとられて、リーフ(珊瑚礁)すれすれに通ったこともあった。のし上げていれば、万事休していたであろう。目に残るリーフの青さ、くだける波の白さは、ことさら印象的であった。

やがてラバウルに近づいて、やれやれと思う間もあらばこそ、こんどは敵潜がいるらしいとの無電情報がはいる。爆雷を投げこんだと思うと、これが誤報であったりして、錨を入れるまでは気がぬけなかった。

名艦長、名司令たちの伝説

その後もブナ輸送、軽巡天龍が沈んだマダン輸送とつづき、十二月十三日には、第二十一混成旅団司令部をマンバレー河口に輸送している。ときにはラバウルからいったん北上して、マヌス島で重巡鈴谷から燃料補給をうけたうえで、ダンピール海峡を夜半にぬけて一路、南下したこともあった。コースによっては、一昼夜半からせいぜい二昼夜の行動であったが、芯の疲れる任務であった。

それに、月々火水木金々と連日連夜、夜間の魚雷戦にきたえに鍛えぬかれた駆逐艦乗りが、その生命であった魚雷をおろして、思いもよらぬ敵大型機の下を、ただひたすら逃げまわる運動に憂き身をやつすのだから、大変であった。あのとき戦死した人たちは、こんなところで死ねるか、とさぞ口惜《くや》しかったであろう。しかし、この大戦争は犬死をも怖れない人たちによって支えられていた。

このころ、行を共にしていた駆逐艦は白露、涼風（白露型）夕雲、巻雲、風雲（夕雲型）沢風（峯風型）荒潮、朝潮（朝潮型）早潮、磯波などで、いま、ふり返ってみると、あのころの駆逐艦長あたりには、出世欲などさらさらなく、ただただ駆逐艦乗りに徹することにだけ生きがいを感じていた人たちが大勢いた。いつの世にも尊い存在である。

寺内艦長は後に、かの有名な不沈艦雪風艦長になった人だ。寺内さんと一緒であった私の同期生・中川理一郎は、この名艦長についてこう言っている。

「豪放にして乗員全員の信頼と尊敬を受け、親しみやすく分けへだてがなかった。兵学校の成績はビリ。あるいは、だからというべきであろうか、潮気のぷんぷんする海の男そのものであった。戦場における判断の的確さ。操艦その他の技量は抜群であり、栄達から離れたところに男の仕事の純度が輝くことを、われわれはよく知っていた。私はいまだに人間的な敬服の念を持ちつづけている」と。

三日すれば忘れられないの意味で、〝乞食商売〟といわれた私の駆逐艦生活は、それ以後も二年近くつづいた。乗員二五〇名が上下の分けへだてなく、十八本の魚雷を抱いて死なば諸《もろ》とも、まことと海の男の生活であった。

このあと、第六駆逐隊は高橋亀四郎司令のもとに、昭和十八年二月、雷と電は第五艦隊

（北太平洋・幌筵）に編入され、アッツ、キスカ島への輸送作戦に従事した。そのさい、この大戦で二度しかなかった飛行機の飛ばない典型的な海戦・北太平洋海戦（アッツ島沖海戦＝コマンドルスキー島沖海戦＝昭和十八年三月二十七日）を経験している。この日、北の海はうそのように晴れあがり、気温も高く、波おだやかな日であった。

このころ、電には後にアッツ島で玉砕された山崎保代陸軍大佐が便乗されていた。この幌筵停泊中に猛吹雪、大時化にあい、雷は走錨し、転錨せんものと出港を余儀なくされた。が、その後、不運にも駆逐艦若葉《わかば》（初春型三番艦）と衝突事故をおこした。荒天、暗黒の北海が原因であった。それから翌朝の日の出まで、雷は占守島北西の怒濤《どとう》のなかに遊弋《ゆうよく》しながら、哨戒の任務についた。

しかし、艦首に軽微な損傷を負うたので、修理のため船団を護衛して横須賀へ帰り、戦列をはなれた。高橋司令は司令部へ打合わせにいき、不在中のことであった。

それから三十四年、高橋亀四郎司令（大佐）の三十三回忌《き》の席上、このときの前田実穂艦長（当時少佐）は、「私がその後、終戦まで駆逐艦生活をつづけられたのは、あのときの高橋司令のご親切なご指導と、温情あふるるお取りはからいがあったからだ」と述懐された。ついで響（艦長・森卓次少佐）は、キスカ撤退作戦にくわわる。北太平洋では艦名識別のため、二本の煙突にペンキで白い線を巻いていて、これを鉢巻といっていた。

第六駆逐隊の終焉

あ号作戦まで、第六駆逐隊は船団、空母護衛に明け暮れた。そのなかで、戸村清司令（大佐）着任後の昭和十九年四月十四日、駆逐艦雷《いかづち》（艦長・生永邦雄少佐）は、中部太平洋水域（北緯一〇度三〇分、東経一四四度）にて被雷のため沈没（米潜ハーダー）し、艦長以下、全員が艦と運命を共にした。これは山陽丸船団護衛中のことであった。

ついで五月十四日には、電（艦長・常盤貞蔵少佐）が私の乗艦響《ひびき》（艦長・福島栄吉中佐）の目の前で沈没、一六九名が戦死した。この日はあ号作戦を前にして、機動部隊がリンガ泊地からタウイタウイへ集結する日であった。シブツ海峡を通ってボルネオの東三十浬、バリックパパン入港の前日で、タウイタウイとタラカンの中間であった。北緯三度八分、東経一一九度三八分、米潜ボーンフィッシュの雷撃によるもので、タンカー日栄丸、あづさ丸、建川丸を護衛中のことであった。

かくて第三次ソロモン海戦で暁を、今また雷と電を失った第六駆逐隊は、響のみがあ号作戦に第一補給部隊（日栄丸、国洋丸、清洋丸、浜風、時雨、響、白露、秋霜）として参戦したあと解隊となり、ここに永かったその歴史をとじた。

横須賀鎮守府の一室で解隊事務を終わった私は、あらたに軽巡五十鈴の主計長兼分隊長に任命された。そして小沢艦隊の一員として、捷一号作戦に参戦し、右腕に貫通銃創をうけた。

一方、単艦となった響はその後も戦いつづけた。昭和十九年九月六日、船団護衛中に被雷して、艦首のたれさがる大きな被害（一九一頁、二八二頁写真参照）をうけ、馬公にて入渠修理中、こんどは敵機におそわれて応戦したが、さらに五名の戦死者を出している。このため、捷一号作戦（レイテ湾作戦）にさいしては、栗田艦隊に属しながら参戦できなかった。さらには昭和二十年四月、大和とともに沖縄特攻艦隊として呉を出撃後、豊後水道で触雷のため反転し、ついに響は艦命を全《まっと》うして、終戦の日を迎えた。以後、復員船として再度、活躍する。

さて、復員輸送艦に生まれ変わった響は、石川島重工業のドックで砲身、機銃、魚雷発射管がはずされ、上甲板に居住区（復員者収容設備）がつくられた。そんな響を見て、かつては第六駆逐隊にあって、キスカ島撤退作戦をはじめ、いくたの栄光に輝いたその乗員たちは、改めて敗戦の屈辱を味わうのであった。まさに、第六駆逐隊の栄辱そのものを体現しているとでもいおうか。響はその後、昭和二十二年、賠償艦としてソ連に引き渡された。

日本の特型駆逐艦の第一号艦は吹雪（昭和三年八月竣工）であり、昭和七年から八年に竣工した第六駆逐隊の四隻は、その最後のものであった。大戦中、特型駆逐艦は二十三隻あり、その受けた損傷は約五十回、一隻平均二回であり、損傷の大半は中破以上のもので、うち二十一回は沈没につながっている。かくて終戦時に生き残った特型駆逐艦は潮と響のみであり、この二艦は霞《かすみ》（朝潮型九番艦）とともに、第七駆逐隊を編成していた。

あれからすでに三十余年、今ここに平和な日本がある。その礎《いしずえ》は英霊によって護られたものだとはよく聞く。だが、彼らが生命にかえて護った祖国とは、今のような日本であったのであろうか。声なき声に聞いてみたいものである。しかし、理想のために生命をも捧げたという事実は尊く、この精神は、われわれが次代に伝えてゆくべきものであろう。

霧の中の奇跡「響」キスカ脱出作戦

北洋の荒波と濃霧の中を疾走した特型駆逐艦Ⅲ型二番艦の奮戦

当時「響」機関科・海軍一等機関兵曹　宮川　正

昭和十八年五月――日本軍がキスカ島とアッツ島を前の年に占領してまもなく、キスカは鳴神島、アッツは熱田島と命名されていたが、わが方はこの二つの島を根拠地として北洋を制圧、わがものとしていたものの、連日にわたる米軍の空と海からの攻撃に戦況は厳しく、後退の色が濃くなってきていた。

そのころ内地からの補給船は、途中で敵潜水艦の雷撃や飛行機の爆撃により撃沈され、日ごとに弾薬も食糧も少なくなってきて、このままの状態がつづけば敵弾に倒れるか、飢えに倒れるか――守備している将兵を全滅に追い込むことになるわけで、一時を争う情勢にあったため急きょ出動命令が出された。

前年（昭和十七年）六月にキスカ島を占領したときは日本海を航行したが、今回は距離的に近い太平洋をえらんだ。いつの間にか僚艦が集結していて遠くに、また近くに、後になり先になりして進んでいる。太平洋は日本海にくらべてうねりも小さく静かである。しかし、太平洋には敵潜水艦が餌物を狙って、いたるところに網の目のように待機しているにちがいない。見張当直兵は緊張そのものである。それにしても輸送船の姿が見当たらないので不審な気持でいたところ、船足のおそい輸送船は足手まといになるので、今回は見合わせたという。とにかく撤退を短時間で終わらせ、各艦に将兵を収容する。

わが乗艦である響（特型駆逐艦）は横須賀を出港する前に燃料の積み込みをしたが、満量の状態ではなかった。満載量四五〇トンていどの駆逐艦では、どうしても長い航行は無理である。しかも敵潜の狙いをかわすため蛇行をつづけるのだから、直線に進むより燃料消費は倍加されるわけだ。

そのため燃料残量は、四時間ごとに計量されて報告される。速力によって消費量はだいたい判定されるので、燃料庫はそのつど切りかえられる。戦闘にそなえて燃料はあるていどの余裕をもたねばならない。

そうこうしながらも二日間近く要し、われわれは室蘭港に入港した。そこで各艦に燃料が満載され、いよいよ出港準備完了である。

われわれとともに油槽船が一隻、作戦に参加することになった。艦が北に進むにしたがって波はますます高く、うねりも大きくなってきた。

波が左右の舷を往復するそのたびごとに、艦全体がきしむ。そして刻々と敵の制空圏内に近くなってくる。室蘭を出て一昼夜すぎたころ、突然ハトの巣（マスト上の見張台）から「右三〇度潜望鏡発見！」の見張兵の力強い叫びがひびき渡った。

それと同時に「対潜戦闘配置につけ」の号令が全艦に報じられた。艦尾では爆雷発射準備がなされ、全員が戦闘配置についた。艦橋では潜望鏡の位置を確認するためその方向に舵を取ったが、しかしそれは誤認であった。潜望鏡に見えたのは、漁で使う竹棹で、それが縦に浮いていたからである。ただちに戦闘配置は解除されたが、ハトの巣の当直兵は、誤報であったにもかかわらず、当直士官より賞賛された。

「まちがった発見とはいっても、見張りはその任務に忠実であった。よく発見してくれた」

作戦成功のカギを握る〝神霧〟

撤退作戦が成功するためには、北洋特有のこの季節に発生する霧を利用することである。それが敵に発見されない条件の一つでもあった。

上陸から十一ヵ月目にして、占領した地より撤退せねばならない悲しさは、撤退作戦に参加しているわれわれより、キスカ、アッツを守備している将兵の方がはるかに強く、はかり知れないものがある。食糧も残り少なく迎え撃つにも弾丸はなく、ただただ死を待つのみの状態がつづいているかと思うと、われわれは一時もはやく撤退させてやりたい一念である。

室蘭を出港してちょうど一週間目、完全な敵制空圏内にはいった。

いよいよ決行のときが近くなった。キスカ島守備隊と無電連絡をとりながら、旗艦の指揮下に行動をとる。運よく霧が発生した。〝神風〟が吹きまくるように、われわれには〝神霧〟が幕を張りめぐらせてくれた。

霧はますます濃くなってゆく。そのとき旗艦より準備命令が発せられ、僚艦同士の接触をさけるため、霧笛航行がつづけられた。探照灯では敵に発見される恐れがある。着々と準備がすすめられ、艦は刻々と島に近づいてゆく。緊張した中にも動作はきびきびとしている。

そのとき突然、異変がおきた。いままで濃くたれ下がっていた霧が、まるで吸入器に吸い込まれるようにアッという間に晴れてしまった。〝神霧〟はどうしたのだろう。このままでは敵に発見される率が高い。

しかし、ここまで来てはこのまま引き揚げることはない。多少の犠牲はやむをえないのではなかろうかと思っていると、「ただちに全速で後退せよ」と司令より全艦に送信してきた。いたずらに犠牲者を出したくないと、司令は判断したのだろう。

どのくらい航行したころだろうか、すでに島影はどこにも見えなかった。各艦ともに燃料が残り少ないのである。司令はこのようなことがあると計算にいれて、油槽船を一隻同行させたのであろう。警戒体制のうちに補給作業が開始された。油槽船に近づき、おたがいに舫《もや》いを取り、おなじ速力で航行しながら艦間距離約七メートルに保持せねばならない。

北洋のうねりと波とで、距離もうまく保持できず、舫いを延ばしたり縮めたり安定させるのに約三十分以上要してしまった。両艦の上甲板では、一定の間隔をおいて数十人の水兵が、竹棹を手に間隔が狭くなるとおたがいに突っぱって接触をふせいでいる。

艦間にまずワイヤロープを張り、滑車で三インチのホースを油槽船側より引っぱり、やっと接合完了。相当の圧力で送油されるので、もし切断されたときのことも考慮して、中間をウインチで吊りあげ余裕をもたせた。いよいよ送油が開始された。

「しっかりと竹棹で突っ張れよ」あちらこちらで怒鳴る声がひびく。

北洋の海の風は、するどい刃物のように冷たい。狭くなると全身の力を竹棹に集中、寒さも忘れての約一時間であった。舫いをゆるめて徐々に油槽船から離れた。僚艦はおたがいに警戒をつづけていた。

兵士が告白するキスカの表情

新造時の響。羅針艦橋上に発射指揮所、射撃指揮所、方位盤射撃塔、測距儀と雛段式に配置された艦橋が特徴的

翌日になっても待望の〝神霧〟は発生しない。霧に期待をかけるのは無理であろうか。だが、この作戦にはどうしても霧が必要なのだ。乗組員のなかには焦《あせ》りの色が濃くなってきた。「司令は何を考えているんだろう。このさい、多少の犠牲は仕方あるまい。このままではキスカの連中も、われわれも駄目になってしまう。せっかく補給した燃料も、たとえ微速で航行しても尽きてしまう。霧などあてにせず、ただちに決行すべきだ」という苛立《いらだ》ちの声が、艦内では高く激しくなってきた。

二日目もおなじ状態がつづき、艦は停泊することもできず、相変わらず走りつづける。三日目の朝、ようやく待望の霧の幕が張られた。神はわれわれを見捨てないでくれた。非番で休んでいた者はブザー吹鳴にたたき起こされ、「決行」の命令である。にわかに乗組員は殺気立ってきた。ところが作戦は急に変更された。

当初は島の正面海岸より撤退とされていたが、それでは発見される恐れがあるので、裏側を利用することになった。しかし裏側は崖が多く、小さい島が無数にあり、水深もわからない。しかも全長一一八・五メートルもある駆逐艦が、果たしてその間を航行できるだろうか。無理すれば座礁はまぬかれない。

霧は依然として重く垂れさがったままで、ますます濃くなる一方であり、まったくチャンス到来であった。響は先頭に立って徐々に進む。艦首に深度をはかるため木綿ロープの先に鉛の分銅をつけ、間断なく計測する一方、乗組員は艦首より身を乗りだして、左右航行をつねに艦橋に指示を送りながら、三ノット(約時速五、六キロ)でノロノロ航行した。

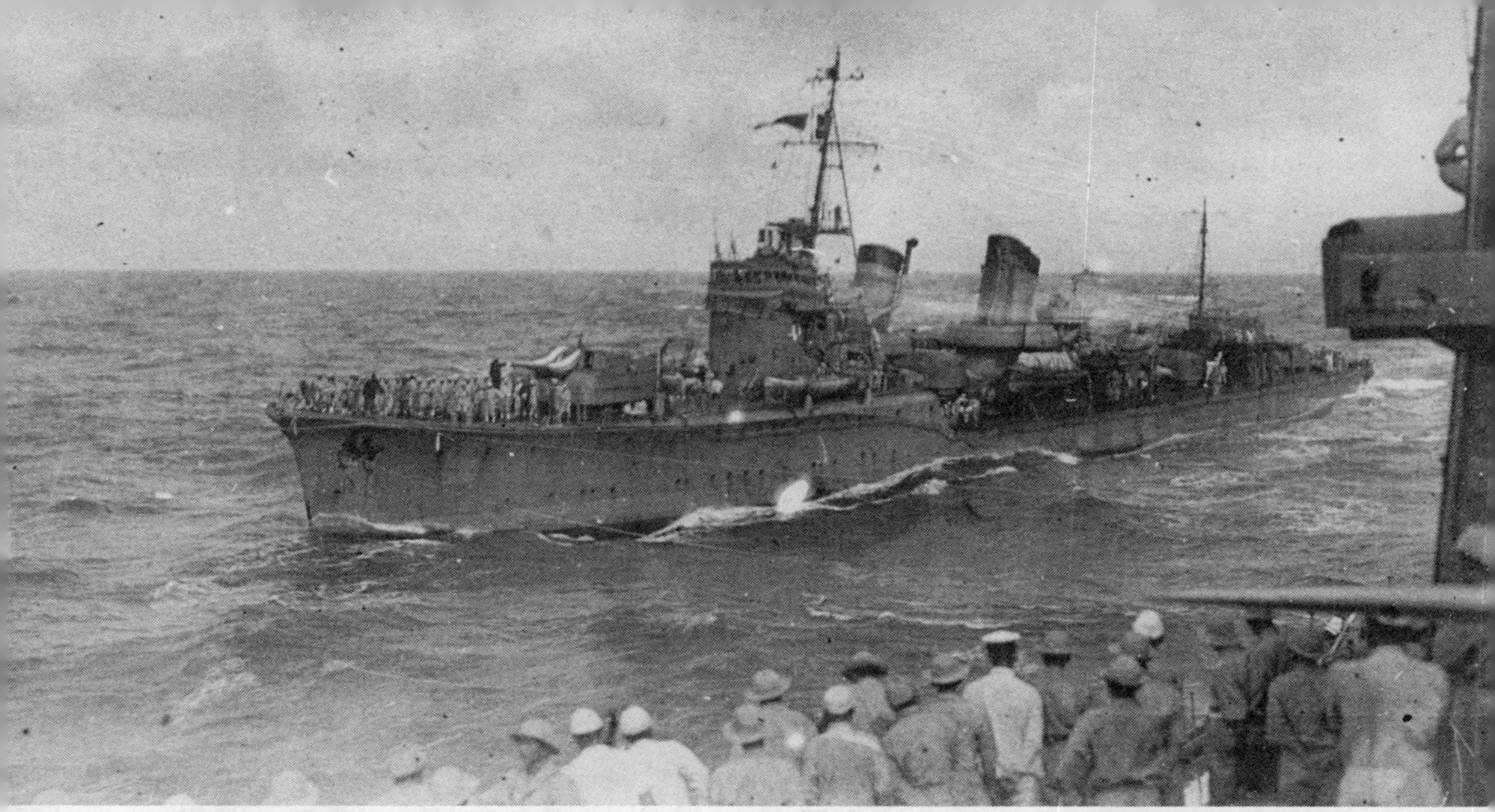

開戦直後の昭和16年12月10日ころの響。手前の重巡愛宕と併航し、艦首からロープを張って書類の移送中である

艦橋より機関室と罐室には速力指示盤でもって間断なくつたえられ、同時に伝声管（パイプで通話）で「前進微速」「後進半速」と伝わってくる。三罐とも焚き、全員配置について緊張度はさらに高まる。

小島と小島の間を身のこなしも敏速に、かつ慎重に艦は進む。各艦ともぶじに難所をきりぬけ、入江の海岸に集結した。さて難所は切りぬけたものの、これからが大変であろう。各艦とも間隔をおいて停止し、同時にカッターが降ろされると島にむかって出発した。その後を内火艇が追うように島にむかう。

事ここにいたった以上、時間の問題であり、すみやかにひとり残らず各艦に収容せねばならない。乗組員は分担を決め、つぎからつぎへと到着する将兵を縄梯子を使って乗艦させた。縄梯子をつかむ手にはいっそう力がはいる。必死に上甲板にあがってくる兵の顔は、みな安堵に満ちていた。

やがて「全員撤退完了」の合図とともに、カッター、内火艇が艦に収容された。「出港命令」と同時に主機械は始動し、各艦いっせいに航行体形をとった。裏側から表側に進路をとる。思ったより小島は少なく、容易に出られそうである。微速で警戒しながら徐々に進む。やっと表側に出る各艦は二十ノットの速力で一気に島から離れた。

乗組員と陸軍将兵は、おたがいの無事を喜び合った。そして戦死した友の冥福を祈るように、遠ざかってゆく島を眺めながら、目に涙をいっぱい浮かべている将兵の姿を見て、胸を痛めた。

将兵のなかには病気の者、連日の敵の攻撃にやられた負傷兵がいるため、士官室が治療室につかわれ、軍医は目のまわるような多忙さである。病気といっても、ほとんどが食糧欠乏による栄養失調である。

時がたつにしたがってみな落ち着きが出たのか、笑い声が聞こえるようになった。うねりはますます激しくなり、波はあいかわらず上甲板を洗っている。陸軍将兵にとっては狭いところだが、暖かい居住区を提供した。われわれには勝手知った艦内である。適当に暖かい場所をさがして身体を休めた。

私は応召兵だが、と前置きして、ある兵は語る。

「そうですか、この艦は占領の時も参加したのですか——あの時は無血上陸でしたが、その後がいけない。毎日のような敵サンのお見舞いには、ほとほと参ってしまいました。だいいち食糧がなくなってくる。内地からの補給はあてにはならず、敵サンがきても応戦もできず、全員戦死は覚悟でした——一年もたたないうちに撤退とは残念なことです。

内地はどうなっておりますか。こんな調子では、内地も相当攻撃されているんではないでしょうか。俺と一緒に応召されてキスカにきた隣村の奴は俺の目の前で……あいつには坊主がいて、応召される前に生まれて、よく写真を見せてくれて自慢していやがった。それを思うとくやしくて……内地に帰って奥さんになんと話してよいやら。

でも、艦の人たちはよく迎えにきてくださった。ほんとうに有難う。このままだったら生きて内地に帰れなかったろうなあ。このままでは済まされないぞ、きっといつかは戦友の仇を討ってやる。みなさんも頑張ってくださいよ。ヤンキーどもの頭をたたき割ってやる」

目に涙を溜めて興奮した口調でそう言いおわると、周囲の水兵の手を握りしめて礼をいった。

小樽で聞くアッツ玉砕の悲報

キスカ島における戦闘は相当に激しく、苦しいものだったようである。まず内地からの補給が断たれ、弾薬、食糧が欠乏したため、敵の攻撃にも積極的な応戦ができない状態で、弾薬も無制限に使用できず、日一日と戦死者と餓死者がふえた。また死を待つだけの栄養失調の兵も続出した。

艦内で用意された食事を喜びにあふれた眼差しでながめ、なかには両手を合わせて涙をながす兵もいた。軍医の指示により、栄養失調者には食事は半分ぐらいしか支給されなかった。急に栄養分をとることは医学上好ましくないとのことからである。

キスカ島において十一ヵ月の間に散った将兵の数は、どのくらいだったのだろうか。その数は聞き出せなかった。それは士気にも関係するので、部隊長は伏せていたのか。あるいは下士官兵に堅く口止めしていたのだろうか。

しばらくして上甲板に出たところ、いつの間にかわれわれの作戦の成功を祈るかのように、霧はすっかり晴れていたが、相変わらず波のうねりはおとろえず、対潜、対空警戒を厳にしながら航行はつづいている。

そのとき旗艦司令より「撤退作戦成功。各艦将兵の奮闘を感謝する」という信号が送られてきた。この司令の言葉に喜びがふたたびわき出てきた。

戦死者の数はもちろんのこと、引揚げ将兵の数もとうとう極秘にされ最後まで発表されなかった。しかしわれわれの推定では、駆逐艦に約一五〇名ぐらい、海防艦に約一〇〇名ぐらいとして、合わせて一千名ちかくが引き揚げていたのではなかろうか。

われわれの居住区を陸軍将兵に提供して、乗組員たちは勝手知った艦内の適当な場所を選んでやすんでいたが、北洋の厳しい寒さにゆっくりと休むことができず、乗組員の間に体調をくずす者が出てきた。艦長は心配して各分隊に通達を出した。「もう少しの我慢だ。身体には充分に気をつけてほしい」――通達と同時に、旗艦に速力を出すよう指示をあおいだ。司令よりさっそく指示がなされて、速力をくわえて一路小樽港にむかった。

すっかり陸軍将兵も落ち着き、乗組員との交流も深まってゆく。生にたいする喜びとともに、つぎに出てくる言葉は必ず戦友の仇討ちの話になる。

そして五日目の夜――小樽港外に投錨し、さっそく上陸がはじまった。まず負傷者、栄養失調者を担架でハシケに移し、元気な者は縄梯子で移った。別れぎわにおたがいに抱きあって「お世話になりました。みなさんのお蔭です」という言葉のくりかえしで感謝の気持をつたえている。

しかし、なぜ上陸を夜にしたか。昼間にすれば上陸作業も順調に進められたのに、と当時は思ったが、これは後で知ったのだが、上陸は極秘であったとのことである。

その翌日から、急いで艦の整備に取り組んでつぎの作戦にそなえた。それはアッツ島撤退作戦である。キスカ島があの状態では、いつアッツ島も攻撃されるかも知れない。一日もはやく撤退すべきである。

いよいよ明日出港するための準備をほとんどおわったとき、突然、無電がはいった。山崎部隊長以下アッツ島将兵全員玉砕——の報らせである。艦長はただちに旗艦に出向いた。艦内は失望の声しきりであった。

「なんてことだ。もう少し頑張ってほしかった。でも俺たちのくるのを待っていたのだろう。辛かったろうなあ」「すぐ引き返せば、こんなことにならずにすんだのだ。これは作戦の誤りだ。みすみす死なすことはなかった」

この作戦にたいする不満の声が高まってきた。しかし、その声もしだいに薄れて、怒りに変わってきた。

「こんなことになったのも、アッツの連中には申し訳ないが、運がなかったのだ。俺たちは生きているじゃないか。俺たちの手でアメ公を叩きのめしてやればいいんだ」

作戦にたいする不満から徐々に米軍にたいする怒りに変わり、「お前たちの仇はきっと俺たちの手で討ってやるぞ」と手を堅く握りしめ、暗い北の海に向かって叫んだのである。

特型駆逐艦「磯波」「浦波」水雷長の戦闘詳報

マレー上陸支援からミッドウェー、三十六回に及ぶガ島輸送体験記

当時「磯波」「浦波」水雷長・海軍大尉　宇那木勁

私がはじめて駆逐艦乗組を命ぜられたのは、昭和十三年十二月である。当時、第十九駆逐隊綾波《あやなみ》と浦波《うらなみ》の二艦は、鎮海を基地として、朝鮮警備の任務に従事していた。私は綾波乗組の航海士として朝鮮の東西両海岸を行動し、駆逐艦長・原為一中佐の薫陶《くんとう》をうけた。

当時、綾波など特型は世界最強を誇る大型駆逐艦であって、兵装が強力で乗組員も精鋭で、警備行動または演習をつうじて、船乗りとして厳しい訓練をうけた。

宇那木勁大尉

とくに艦長の原為一中佐は、傑出した戦術家であった。のちに天津風艦長、二十七駆逐隊司令、矢矧艦長を歴任され、赫々たる戦歴をへて戦後に『帝国海軍の最後』を発表された。わずか一年たらずの期間であったが、綾波で受けた薫陶が、私を駆逐艦乗りにしてしまった

のだろう。

その後、終戦までに子日《ねのひ》、旗風、磯波、浦波と、四隻の駆逐艦乗組をへて、最後に昭和十九年十二月、駆逐艦竹《たけ》の艦長として、レイテ島オルモックに突入する巡り合わせとなった。

昭和十六年十二月三日、駆逐艦磯波《いそなみ》の艦内において、出陣の祝宴がひらかれていた。華南・海南島の三亜港内である。艦内はわきかえり、全乗組員は大いに飲み、大声をはりあげて歌っていた。

「われら、すでに生還を期せず、遺書等もすでに発送せり、兵たちも最後の酒を呑《の》み気炎をあげおるも、天に代わりて不義を打つ、九段の桜、靖国の母など、その歌にも一抹《いちまつ》の哀愁あり、かれらは敵に精鋭あるを知るや知らずや。われらは敵情を知る、この戦《いく》さの決して容易ならざるを知る。天佑《てんゆう》と神助を信じ、必勝の信念をもって日ごろ鍛練の腕前を発揮せん」

——これは磯波水雷長であった私の、その夜の日誌である。

第十九駆逐隊（十九駆）は綾波、磯波、敷波、浦波の四隻編成であった。司令は大江覧治大佐で、磯波艦長は菅間良吉中佐である。軽巡洋艦川内に座乗の橋本信太郎少将の指揮する、第三水雷戦隊に属していた。

陸軍第二十五軍の先遣兵団をのせた輸送船約三十隻を護衛して、十一月二十六日に三亜港へ到着いらい、哨戒をしつつ揚陸の準備と訓練をおこない、魚雷は全部発射準備を完了していた。情報によれば、シンガポール方面にある英国の主たる兵力のうち、確実なるものは英国の新鋭戦艦プリンス・オブ・ウェールズ、巡洋戦艦レパルス、やや不確実なるもの戦艦キングジョージ五世、レナウン、そのほか航空機一〇〇機、乙巡、駆逐艦数隻と私の記録にある。

対するわが方の兵力は、南遣艦隊司令長官・小沢治三郎中将の座乗している旗艦鳥海をはじめ、第七戦隊（重巡四）、第三水雷戦隊（軽巡一、駆逐艦十六）、第四、五、六潜水戦隊（軽巡二、潜水艦十六）、第二十二航空戦隊、掃海艇、駆潜艇などであり、兵力の優勢さにおいて、また士気の旺盛さにおいて、はるかに敵にまさるものであることは、何ぴとも疑う余地はなかった。

しかし、そのような目前のことだけではなく、支那事変の勃発いらい南支（中国南部）作戦に従事し、海南島占領作戦から支那事変の早期終結のため、いわゆる〝援蔣ルート〟を断つ目的で決行された仏印進駐作戦に参加した私にとって、これらの作戦がかえって戦争をエスカレートし、今またあらたに米英蘭の三国を敵にくわえて開戦せんとしているこの現実を、戦争を指導する最高首脳部はどのように考えているのか、またどこまで勝算があるのかという疑問と不安は、私の心の奥に暗影を残していた。

マレー半島上陸支援

十二月四日未明、第十九駆逐隊は第二十五軍の先遣兵団の乗船する船団を護衛して、三亜港を出港した。輸送船団の船舶は、いずれも速力十四ノット以上の優速船ばかりで、輸送船十七隻、病院船一隻の計十八隻であった。この部隊は、上陸作戦専門の精鋭第五師団を中心として編成され、師団長・松井太久郎中将は香椎丸に、マレー作戦総指揮の任にあたる第二十五軍司令官・山下奉文中将は竜城丸に乗船していた。

　護衛の海軍艦艇を合わせ、その数はじつに六十隻以上におよんだ。先導艦から最後尾の艦までの距離は十キロ以上にもおよぶ、大規模なものだった。波は静かで、船団は順調に航行をつづけた。三亜出港後、緊張の第一日目である十二月四日が暮れた。

　十二月五日午前二時過ぎ、輸送船団の左前方を先行していた浦波が、夜の海上を航行中の商船一隻と遭遇した。浦波はもとより、護衛艦隊の緊張はいっそうその度合をました。

　浦波艦長の萩尾力少佐は、第三水雷戦隊旗艦の軽巡川内よりの指示をうけ、高速力でその商船に接近して停船を命じ、臨検員を派遣して臨検した。商船はノルウェー国籍の船で一五〇〇トン、速力九ノットの貨物船であった。臨検隊は無線機を破壊したうえ針路を変更させ、この船を釈放した。浦波の初仕事であった。無線封止のため、連絡はすべて発光信号によっておこなわれたが、これは容易なことではなかった。

　十二月七日、英国偵察機に触接されているとの情報がはいったが、視界には入らなかった。この飛行機は英軍の飛行艇で、わが陸軍の戦闘機によって撃墜された。

　この日の十時三十分、川内および第十九駆逐隊は、本隊と分離して上陸する地点中、唯一の英領マレー半島コタバルに上陸を敢行する佗美《たくみ》支隊が乗船する淡路山丸、綾戸山丸、佐倉丸の三隻を護衛して、コタバルへむかった。その船団は優秀船ばかりで編成され、二十一ノットの快速で一路、目的地へむかい、静かな海面を疾走していた。

また第二十五軍の先遣部隊の主力を乗せた船団は、タイ領のシンゴラ、パタニにむかって進んだ。午後になると、天候が悪化しはじめた。そして時々スコールが海上をわたってきて、各艦船は白いしぶきにつつまれた。雲が低くたれこめ、視界も急に悪くなってきた。船団が隠密に行動するためにはまさに天佑《てんゆう》であった。

この日、午後四時すぎ、浦波はふたたびノルウェー国籍の商船を発見し、これを臨検した。この船が諜報任務についていることはほぼ確実とみとめられ、萩尾艦長は旗艦川内の指示をあおぎ、船員たちを退避させたあと、キングストン弁をひらいて沈没させた。

張りつめた静寂のなかを、数時間が無気味に流れていった。ことに、イギリス領マレー半島のコタバルに上陸を企図する佗美支隊の船団は、当然、多くの危険が予想された。

十二月七日の陽も没した。奇跡的にもイギリス、アメリカ海空軍の来襲はなく、そのまま夜に入った。月が出たのか、午後十一時ごろから視界が明るくなってきた。船団は月明かりの海面を、高速で進んだ。コタバル上陸船団を先導する磯波艦橋は、息づまる緊迫感にみちていた。初めてきた敵地に真夜中に進入することは、艦長、航海長にとってたいへんな難事業であった。

十二月七日午後十一時三十分、船団は泊地進入に成功した。上陸部隊はただちに上陸準備を開始した。その間、駆逐艦はあらかじめ定められた哨戒任務についた。しかし、そのころから気象状況が急速に悪化しはじめた。風が出て、うねりが高まり、輸送船は大きく動揺する。淡路山丸では上陸用舟艇をデリックで吊り上げ、海面におろす作業中に落下事故がおき

特型Ⅰ型最終9番艦・磯波。波除け防楯なしの3連装3基の発射管を右舷に指向、全速発射訓練中。魚雷は八年式二号または九〇式。ミッドウェーで浦波と接触損傷。18年4月、被雷沈没

た。

各船では困難な状況のなかで、将兵はしゃにむに舟艇に乗り移り、十二月八日午前一時三十分ごろ、「上陸部隊は発進せり」との連絡があった。われわれは、ただ上陸の成功を祈るのみである。

上陸用舟艇が陸地に接近したと思われる頃、前方の陸地から閃光がひらめくのが望見された。上陸部隊は激しい抵抗のなかを、上陸を強行したのである。

刺し違えを覚悟して

午前四時ごろ、まだ暗い夜空に爆音が聞こえ、いきなり爆弾の洗礼をうけた。磯波の左舷一〇〇メートルくらいのところに落下した。相当の振動である。はたして三隻の輸送船は爆撃され、たちまち綾戸山丸と佐倉丸に爆弾が命中して、火災が起きた。

上陸作戦は難航をきわめ、戦死者約六十名のほか多数の負傷者をだした。開戦第一日にして被爆炎上した淡路山丸は、じつに悲愴そのものであった。

この困難な状況のなかで、午前二時十五分、佗美支隊は第一回の上陸に成功した。敵機は三ないし五機の少数と思われたが、飛行場が近いため、たびたび舞いあがってきた。

十二月八日の朝となった。ひきつづき船団は揚陸作業をつづけ、駆逐隊は警戒にあたったが、空襲がつづくため、船団は一時タイ領のパタニ方面に避退した。そして、その夜十二時ごろ、ふたたび泊地に進入した。陸上に火災が望見された。上陸部隊の焼き討ちらしい。この日は視界が悪く、じつに困難ななかを苦労して入泊したが、揚陸用の舟艇がこないため作業ができず、夜明けを待った。淡路山丸は、まだ真っ赤な炎と煙をあげて燃えていた。この船はあとで十二月十三日、味方の雷撃により沈没する運命となった。

十二月九日午前六時、陸地に接近して付近に避難中の大発小発を集めて、上陸作業を開始した。陸軍装甲艇の話によれば、昼間は敵機の攻撃がはなはだしく、作業困難という。

今朝、わが駆潜艇は英軍機一機を撃墜した。落下傘で降下した英空軍中尉一名と兵一名は、わが軍の捕虜となり、旗艦川内に送られたという。同じ日の午後三時、川内およびその他の艦艇は、次期作戦のためカムラン湾方面にひきあげた。綾波と磯波は日没ごろまで、二隻で警戒していた。

午後六時、哨戒中の伊六五潜水艦から「敵レパルス型戦艦二隻見ゆ」との情報がはいった。敵は北上しつつありという。海図によって判断すれば、われわれの背後に位置している。しかも近い距離である。コタバルまたはシンゴラの輸送船団攻撃にむかっていることは間違いない。

綾波と磯波の二艦の緊張は、最高度に達した。十九駆逐隊司令の大江覧治大佐と綾波艦長の作間英邇中佐は、ともに綾波にあり、綾波と磯波の二艦をもって、敵の戦艦群に夜襲を決行しようとした。相手は、英国極東艦隊の主力である。相手にとって不足はない。さいわいにして、視界も悪い暗夜である。敵に接近することができれば、刺し違えて果てても本望である。われわれは下着を新しく着替え、決死の覚悟をあらたにした。

この夜、終夜三十ノットの高速で敵を求めて航行したが、発見できなかった。この方向の味方艦艇は、敵を夜襲しようとして盛んに連絡をとり合ったが、視界不良のため遂に目的を達せなかった。われわれは十二月十日午前二時、川内と合同して、燃料補給地プロコンドル島へむかった。

見失った二戦艦がふたたび発見されたのは、十日午前三時過ぎ、クァンタン東方、約四十浬《かいり》の海面で、シンゴラの日本船団攻撃にむかう途中であった。

「敵主力艦発見」の報に接し、第二十二航空戦隊を基幹とする海軍航空部隊は、全力をあげて攻撃にかかった。かくして、英国が世界に誇る最新鋭戦艦プリンス・オブ・ウェールズおよび巡洋戦艦レパルスは、マレー沖にその姿を没した。

われわれ作戦部隊の士気は、いやがうえにも上がった。第十九駆逐隊は十二月十一日カムラン湾に到着し、補給のうえ十二月十三日、第二次輸送船団の低速船四十一隻を嚮導《きょうどう》して、ふたたびコタバルへ向かった。第一回のごとく優秀船は一隻もなく、速力は九ノットていどで、編隊を組むにも時間を要した。

十二月十六日、コタバルに到着した。このころより敵潜水艦が出没し、被害を受ける船も出はじめた。翌十七日、ボルネオ攻略作戦に参加した第十二駆逐隊の東雲《しののめ》（特型I型六番艦）は、機雷に触れたのか、あるいは敵潜の雷撃によるものか沈没した。艦長以下、全員が艦と運命を共にした。

望遠鏡にうつる白人捕虜たち

第十九駆逐隊の四隻は引きつづき健在で、十二月三十一日、馬公を出発した第二十五軍主力の船団三十五隻、第十五軍の船団二十隻の計五十五隻を護衛して、シンゴラおよびバンコクへ向かった。この航行中の一月三日、輸送船の明光丸はとつぜん火災をおこし、ついに大爆発となり、白煙天に冲して沈没した。

綾波は救助にあたった。同船には、わが陸軍最初の落下傘部隊「第一連隊」が乗っていた。船団は一月九日、ぶじバンコク沖に到着した。以後は、おおむねカムラン湾を基地として、マレー半島の東方を行動し、陸軍のマレー半島攻略作戦に、海上より協力した。

一月二十六日、海軍第九根拠地隊はシンガポール北東二〇〇浬のアナンバス島に上陸を決行して、水上機基地を設置した。これを支援した駆逐隊は、以後の燃料補給にアナンバス基地も使用可能となり、一段の前進であった。

コタバルに上陸した陸軍部隊は快進撃をつづけ、二月十一日にはシンガポール市街へ突入した。われわれはジャワ島攻略の第十六軍の船団を護衛するため、二月十日、カムラン湾を出発した。そして二月十三日に赤道を通過して、ジャワ海に入った。当時、連合国軍の大半はジャワ方面に後退し、アメリカのアジア艦隊司令長官ハート大将指揮のもとに相当数の艦艇が行動していて、わが海軍との間に数次の海空戦がジャワ海で行なわれた。二月四日、ジャワ沖海戦。十九日、バリ島沖海戦。二十七日、スラバヤ沖海戦。三月一日、バタビア沖海戦などである。磯波は直接、敵艦と砲火を交えることはなかったが、おおむね赤道付近を行動し、これらの作戦を支援した。三月一日、陸軍部隊がジャワ島上陸に成功したときには、バタビアの北東海面を警戒中であった。そして三月五日午後六時、シンガポールのセレター軍港に入港した。海上よりの一番乗りである。シンガポール市内には、戦火の煙が散見され、水路には生々しい死体が浮いていた。

ジョホール水道左岸一帯は捕虜収容所となっており、多数の白人捕虜が散歩をしたり海水浴をしていたりした。仮設の便所で白人が素裸で用を足しているのが望遠鏡に大写しになり、それがなんとも滑稽で、はじめて大笑いをした。白人が東洋人の捕虜になろうとは、誰が想像しただろうか。

三月九日、マラッカ海峡を通過してインド洋に進出、三月十二日、サバン島攻略作戦に海上より参加。三月二十三日、インド洋上のアンダマン諸島攻略作戦に参加。ここにインド洋上の補給基地ができた。アンダマン島は山々の緑が濃く鳥が啼《な》き、またポートブレアは港の設備や道路などが完備し、まことにロマンチックな平和境であった。

三月十五日、マレー半島西岸沖のペナン港へ入港。ここで内地からはじめての便りを受けとり、私は長女の出生を知った。第三水雷戦隊はアンダマン諸島を基地として、インド洋を行動し、その警戒にあたるとともに、第一航空艦隊のコロンボ空襲に策応した。が、このころより、英空軍中型機の来襲がその回数を増してきた。また、敵潜水艦によるわが軍の被害もふえつつあった。第三水雷戦隊は次期作戦にそなえるため、四月八日にインド洋を発《た》って内地帰還の途につき、四月二十二日、ぶじ呉に帰投した。

大和直衛でミッドウェーへ

私は昭和十七年四月二十九日、入渠中の浦波に水雷長として着任した。浦波艦長の萩尾力少佐は身長一八〇センチに近い偉丈夫で、寡黙にして豪胆、いかにも海軍の武人らしい独身の艦長であった。いつも、よく磨かれた靴をはいておられたのが、印象に残っている。

五月十九日、浦波はドックを出て柱島にむかった。瀬戸内海西部の柱島泊地には、ミッドウェー島攻略作戦に参加する艦隊が集合していた。出撃を前にして、旗艦大和の艦上で作戦打合わせ会がおこなわれた。各部隊の参謀や指揮官が打合わせ事項を述べたあとで、山本連合艦隊司令長官が立ちあがって、最後の訓示をあたえられた。その要旨は「戦さは勢いである。今こそミッドウェー島を攻略して敵の主力艦隊を誘致し、これを撃滅せんとす」というものであった。

われわれは自艦に帰り、第一段作戦の経過を見ても、米国海軍の戦力を過小に評価するこ

特型改Ｉ型・浦波。Ｉ型のキセル型罐室給気筒は海水侵入の不具合のため、煙突周囲をドーナツ状にとりまくお椀型に改正。主砲は新型砲完成と竣工期日の都合上、Ｉ型と同じＡ型を搭載

とは危険である。これからの戦いはさらに難しくなるのではないか、と話し合った。

思い出されたのは、日本海海戦が勝利に終わって連合艦隊を解散するにあたり、名将東郷元帥が残された連合艦隊解散の辞である。「一勝に安んずる者より神は永久に勝利の栄冠を奪う。古人曰く、勝って兜《かぶと》の緒を締めよ」と。

五月二十七日八時、浦波は柱島を出港して、豊後水道外の対潜掃討《そうとう》をおこなった。明くる二十八日には四国沖、宮崎沖の対潜掃討をおこなっている。そして二十九日、浦波は第一戦隊大和の直衛となった。

これより先、攻略部隊、機動部隊などはぞくぞくと内地を出撃していった。総数百隻におよぶ大艦隊で、まさに意気天

を衝《つ》くものがあった。米国が多年にわたって喧伝してきた太平洋渡洋作戦を、逆に日本がおこなうのである。

浦波は山本長官の乗艦する戦艦大和の右前方二キロにおおむね位置し、忠実な番犬が主人をふり返るように、つねに後方の大和を気にしながら、前方の警戒にあたった。速力はおおむね十八ノットで、昼間は之字運動も容易であった。が、夜間はときに視界が悪く、無灯の警戒航行でときたま緊急斉動（変針）がおこなわれるので、直衛の駆逐艦は前方の潜水艦にたいする見張りとおなじように、後方の本隊の運動にも気をつかった。

ミッドウェー攻撃予定日の六月五日の夜が明けた。第一次攻撃隊発進の報は入手したが、その後は赤城炎上中の報をはじめ、悲報ばかりであった。そして午後、赤城、加賀、蒼龍の三空母が大火災をおこしたことを知った。

われわれは、心配顔で大和を凝視しつづけた。山本長官はその夜、ミッドウェー作戦の中止を下令した。われわれには、とうとう会敵のチャンスがなかったが、空母四隻の喪失という深刻な現実に落胆することははなはだしく、出撃いらいの疲れが一度に出る思いであった。

部隊は帰途についた。六月九日夜半に大きな衝撃音が聞こえた。私は大和に魚雷が命中したと判断して、とび起きた。見ると、僚艦磯波の艦首が、わが浦波の左舷中部に接触しているではないか。乗員があまりの落胆に疲れはてて、どちらかが変針時刻をまちがえたのだろう。両艦に相当の損害があり、浦波の西尾兵曹が負傷した。

かくしてミッドウェー作戦は大敗に終わり、六月十四日、呉に帰投した。第十九駆逐隊司令の大江大佐は、司令駆逐艦を浦波にかえた。

ガ島への東京急行はじまる

第三水雷戦隊のつぎの作戦は、インド洋交通破壊作戦だった。七月十三日、柱島を出発して台湾、シンガポールをへてインド洋へ向かった。船舶の被害がしだいに顕著となってきたので、インド洋に進出してここを航行中の敵船舶をなるべく捕獲して、味方基地まで曳航せよ、というものだった。虫のよい話である。

この悠長な作戦は、昭和十七年八月七日早朝、米軍のガダルカナル島上陸によって中止となった。われわれは八月十二日、シンガポール付近から急きょ方向を変え、ボルネオ島タラカンを経由して、何回か燃料補給をおこないつつ東カロリン諸島トラックへ向かった。これは連合艦隊旗艦大和《やまと》のトラック島進出を護衛するもので、その後はさらに方向を変え、ニューブリテン島ラバウルをへて、ソロモン群島のブーゲンビル島南端沖のショートランドに到着した。時に八月三十一日であった。

この航海は、敵潜水艦の跳梁する海面を、之字運動をおこないつつ航海すること四十日以上におよび、乗組員の疲労困憊《こんぱい》はその極に達した。当直に立つわれわれも睡魔におそわれ、ふらふらで立ったまま眠るほどだった。

昭和十七年九月一日、浦波は早々に陸軍部隊を収容してガダルカナルにむけ、ショートランドを出撃した。パラオに集結して、モレスビー作戦の準備と訓練に従事していた川口支隊の輸送である。第一回は九月一日の深夜、ガダルカナル島タイボ岬の西方に揚陸、敵戦闘機の妨害があったが揚陸は成功した。陸兵は持てるだけの弾薬と一週間分ほどの糧食を背負い、敢然として上陸していった。いわゆる第十九駆逐隊による〝東京急行〟の第一便である。

第二便は九月四日、川口支隊の田村昌雄大隊長以下一七五名を輸送した。駆逐隊は敵戦闘機の攻撃圏外は二十四ノットぐらいで進み、夜にはいると三十ノットに増速して、夜半に揚陸を完了、夜明けまでに敵戦闘機の攻撃圏外に出るように行動した。

第二便は、敵機の攻撃もなかった。田村大隊長以下、若い精鋭は服装もととのい、自信にみちた言動であった。糧食も敵さんの方が上等で、倉庫に豊富にあるはずだ。飛行場占領は時間の問題であるといい、駆逐艦としては内火艇で曳航したカッターで水ぎわまで運べば、あとは自分で上陸してくれるのが何よりであった。

九月六日、第十九駆逐隊の四隻および夕立は、敵艦艇攻撃のため、ルンガ泊地に進入した。九月八日、おなじ目的のため、川内および三水戦の駆逐艦七隻とともに、ツラギに突入した。なお、この夜、友軍は敵駆逐艦一隻を撃沈した。

このころ、川口支隊の岡明之助連隊長は、駆逐艦に搭載する小内火艇による上陸では、糧食弾薬および兵器の揚陸が不十分との判断から、第二大隊を三十数隻の大小発動艇に分乗させて、八月二十六日にブーゲンビル島を出発、ガ島へ向かった。この部隊は、不運にも悪天候に妨害され、約二週間、難航がつづいたあと、舟艇の約半数、十数隻が無残にも沈み、あるいは損傷した。

岡連隊長は、わずか四百数十名の残兵を指揮して、軍旗とともにエスペランス岬に上陸したが、約半数の舟艇は漂流し、または付近の無名の孤島にたどりついた。これら陸兵の救助がまた、われわれ駆逐艦の仕事となった。

浦波は九月十日、遭難した陸兵救助のため、セントジョージ岬に向かった。私はこの救助の指揮を命ぜられ、内火艇にカッター二隻を曳航して、夜にまぎれて黒々とした島へ向かった。味方識別をさせるため、「君が代」「総員起床」などのラッパを吹かせながら陸岸に接近した。島からはなんの反応もない。と突然、灯火を認め、双眼鏡でよくたしかめると、まぎれもなく浮上潜水艦である。

急いで反転して本艦へ帰り、カッターを引きあげた。夜の無人島から友軍を救助することは、容易なことではない。

九月十一日も、ムフ岬の陸兵救助に向かった。この夜は、陸上より大発艇が接近して、陸兵八十三名を収容した。そして大発一隻を曳航してショートランドに帰投した。この日は敵機の空爆を受け、至近弾が一発あった。

九月十五日、陸軍は川口支隊の主力をもって、ガ島飛行場の総攻撃を開始した。一時は飛行場の南半部を占領したが、後続部隊がつづかず戦場を離脱した。先に浦波が輸送した田村大隊は、飛行場の中部にたてこもり、三日二晩戦いぬいたという。しかし援軍きたらず、食糧と水がなく、うらみを呑んで引きあげねばならなかった。

この日、飛行場を占領した、との情報がはいり、水上部隊は敵の脱出阻止のためルンガ泊地にむかったが、飛行偵察の錯誤とわかり、引きあげた。

九月十五日、第二師団の中熊直正連隊長は軍旗を奉じ、部下二〇〇名とともに浦波に乗艦した。この部隊は若々しく、服装もととのい、若い将校は米国製のピストルを持っていた。ジャワ島から転戦してきたという。捕獲品であろうが、われわれの拳銃とくらべてスマートであるので、珍しそうにすると、進呈してもよいという。「われわれは手榴弾があればよい。拳銃はめったに使わない」と、まことに頼もしい言動であった。

このころから駆逐艦は、一隻または二隻の陸軍大発を曳航するようになった。着想はよかったが、高速を出すため、この夜は曳索が切断して沈没した。陸兵はカミンボ岬の揚陸に成功した。私は連絡のため、この夜はじめてガ島に上陸し、ジャングルの中の通信所を訪問した。

壮絶なる綾波の最期

九月十八日、飛行場砲撃のため、川内および駆逐艦三隻（十九駆）はルンガ湾に突入、飛行場を目がけて海上より砲撃した。敵は探照灯を照射して、海岸砲をもって応戦した。ガ島争奪戦はいよいよたけなわとなり、浦波はおおむね隔日ごとにガ島へ向かった。

駆逐艦による輸送では、重火器が揚陸できないため、水上機母艦の日進、千歳がガ島へ向かった。十月十二日には、浦波は両艦の収容作戦に参加した。

十月十三日、栗田健男中将のひきいる戦艦金剛と榛名は、高性能の焼夷弾、三式弾をガ島飛行場へ一千発撃ちこんだ。浦波は直衛としてこれに参加し、砲撃中はガ島〜ルッセル間の哨戒任務にあたった。基地は火の海と化し、艦上からも炎が望見された。飛行場は数日間、使用不能となった。しかしながら陸上部隊はこれに策応することができず、第二師団の第三次総攻撃もまた失敗に終わった。

第十七軍の第四次総攻撃に策応して、十一月十二日、阿部弘毅中将のひきいる戦艦比叡と霧島がガ島砲撃に再度、出撃した。十二日夜、サボ島西方海面で、日米両艦隊入り乱れての夜戦がおこなわれ、明くる十三日、比叡は沈没した。

重火器を搭載した十一隻の輸送船団は、ガ島に接近しつつあった。十四日、この船団は米軍機の攻撃を受け、午後四時までに七隻が沈み、残った四隻の輸送船はガ島に接近したが、やがてことごとく転覆あるいは炎上した。

北上した霧島は、その後方を進撃していた近藤信竹第二艦隊司令長官のひきいる部隊と合同した。近藤長官はただちに飛行場砲撃部隊を再編し、ルンガ岬へ突撃した。先陣は橋本信太郎少将の川内と、十九駆逐隊の浦波、敷波、綾波の三隻および木村進少将の長良と駆逐艦六隻であった。

橋本部隊、木村部隊の後方を愛宕（近藤長官座乗）、高雄、霧島が進んだ。四隻の残存輸送船がガ島揚陸を強行する時期に、飛行場を砲撃するためである。浦波は午後十時四十五分、ルンガ岬に突入して、敵戦艦二隻と駆逐艦四隻を発見したが、報告すると同時に砲撃をうけた。暗い静かな海面に、白い水柱が高々とあがった。友軍もただちに砲撃を開始した。第十九駆逐隊の浦波と敷波は、サボ島の東側を進んだ。綾波は単艦で西側をまわった。

数分の後、綾波がサボ島の島影から出てきたと思った瞬間、綾波のむこう側で大きな火柱があがった。しばらくして綾波の第一煙突付近から火災が発生して、綾波は停止した。綾波は敵艦とすれちがいざま、文字どおり刺し違えたのである。敵艦は轟沈した。その有様は、まさに壮絶というほかはない。綾波艦長の作間英邇中佐にふさわしい、まことに勇敢な突撃だった。

十九駆逐隊司令・大江大佐の指示により、浦波は綾波の救助にあたった。カッターをおろし、綾波乗組員を収容した。綾波のカッターもやってきた。浦波に収容した者は一九六名で、艦長以下三十九名は、別のカッターでガ島に上陸した。艦内戦死者十名、サボ島に泳ぎついた者八名であった。

炎上中の綾波の処置について、司令より撃沈命令があり、浦波は九〇式魚雷一本を発射したが、近すぎて下をくぐりぬけて当たらなかった。だが火災はしだいに大きくなり、艦も傾斜してきたので、沈没することは間違いないと判断し、心を残して戦場を去ったのである。

浦波に収容した綾波水雷長は、敵艦轟沈のあの興奮がまださめぬらしく、その感激を繰返し話していた。これが第三次ソロモン海戦である。この夜、敵側は戦艦一隻が大破、駆逐艦三隻が沈没した。わが方は綾波のほかに戦艦霧島が、サボ島の西方十一浬で最期をとげた。

三十六回におよぶガ島通い

浦波は九月一日のタイボ岬の陸兵揚陸を皮切りに、十一月十四日までに陸兵輸送、糧食の輸送、また艦船攻撃、他部隊の救援収容など、ガ島通いは三十六回におよんだ。最初の人員輸送は、自力で上陸してくれたが、あとの糧食輸送は艦の乗組員が陸上までとどける必要があった。しかも、空襲がしだいに烈しくなり、被害を受ける艦が毎日のように出てきたので、塩や味噌と運命を共にすることに疑問を感ずる者もあった。

橋本司令官は、この件にとくに心を痛められたが、糧食がドラム缶につめて運ばれ、現地で海に投入されるようになったのは、このあとである。東京の大本営は、戦力とは将兵の数と考え、最前線では人員は不要で、糧食、弾薬、兵器が欲しいという喰い違いがあった。しかし、輸送にあたる駆逐艦は、こんどこそは勝つ、こんどこそは勝つと、いつも戦勝への希望に燃えていた。

ガ島通いの駆逐艦は、ブーゲンビル島のショートランド湾内に、昼間は錨をいれることもできずに漂泊していた。好天の日は釣糸をたれて、実益をかねて気慰めとした。敵機の来襲があると、湾内の小島を中心に、左回りにグルグルと大きい円を描いて回避運動をした。敵機はたいてい大型機であった。これをわれわれは〝盆踊り〟と呼んだ。

内地から生鮮食糧をつんだ船が来るのが、なによりの楽しみであった。浦波は昭和十七年十一月十八日、東カロリン群島のトラック基地に入港した。私は海軍兵学校教官を拝命して、トラックより雪風に便乗して呉に帰った。ガ島転進のニュースを涙ながらに聞いたのは昭和十八年二月、江田島においてである。

浦波は武運めでたく、その後も最前線で戦いつづけ、昭和十九年十月二十六日、レイテ島のオルモック輸送で敵機の攻撃をうけて沈没した。十九駆逐隊司令・大江大佐は、のちに重巡の艦長となり、艦と運命を共にされた。橋本信太郎中将と萩尾艦長も戦死された。つつしんで、御薫陶をいただいた上官のご冥福を祈る次第である。

私は歴戦艦「江風」の水雷長だった

無念の涙をのんだ白露型駆逐艦水雷長が迎えた三度目のチャンス！

当時「江風」水雷長・海軍大尉　溝口智司

昭和十七年八月二十一日の夜、第二十四駆逐隊所属の江風《かわかぜ》（白露型九番艦）は、暗い海面に一すじの白い航跡をひきながら、一路南下していた。海は相当に波立っていた。艦首から吹きあげる飛沫《しぶき》が艦橋の窓ガラスに当たって、ときどきミルクをぶちまけたように白くかすむ。目ざす方向は、まったく闇につつまれて何も見えないが、はるか彼方にはフロリダ島をかこむようにガダルカナル、マライタ、イサベル等の島々が横たわっているはずである。（二〇頁地図参照）

ガダルカナル島といっても、つい先日まで何処《いずこ》にあるのか、名前さえ聞いたこともない島であった。この島の攻防をめぐって以後半年の間、軍艦の墓場といわれるほどに日米海軍の死闘がくりひろげられようとは、その時にはまだ夢想もしていなかった。

八月七日、米海軍は南太平洋方面における反撃の皮切りとして、わが方が飛行基地を建設しつつあったガダルカナルを奪還しようと海兵隊を上陸させてきた。ここに第一次ソロモン海戦を序幕とするソロモンの死闘がはじまったのである。

江風は、ミッドウェー作戦後、内地にあって船団護衛や訓練に従事していたが、この形勢により急ぎ横須賀からトラックをへてショートランドに向かう途上、この日の午後「江風、夕凪は今夜ガダルカナルに入泊する敵輸送船二隻、駆逐艦一隻を夜襲せよ」との命令をうけた。

そこではるか西方にいる夕凪《ゆうなぎ》（神風型九番艦）との会合点に向かっていたが、夕刻になって夕凪から「向かい波のため速力が出ず時刻までに会合できない」との電報を受けとったので、単艦で湾内に突入することに決心し、いま、ガダルカナル目ざして突進しているのである。

午後八時、私は当直を航海長の最上中尉に申しつぐと私室に帰り、防暑服を脱いで真っ白い第二種軍装に着かえながら、ふっと思った。

（昼間の情報によると、湾内には敵大型駆逐艦一隻と、小型駆逐艦三隻がいることは確実という。その他にも、どのような兵力がいるかわからぬ。いずれにしても、われより優勢な敵だ。今夜の夜戦で魚雷発射も三回目になるな）

江風は当時、日本海軍が世界一と誇っていた九三式魚雷を積んでいた。駆逐艦水雷長として実戦場で思う存分に魚雷を発射して、その威力を発揮する機会に遭遇することは、武運の冥利これに越すものはない。しかし、今までの二回はともに失敗であった。

再度にわたる無念の涙

第一回目に発射したのは、二月二十七日のスラバヤ沖海戦だった。この日、ジャワ島攻略の陸軍を輸送する船団四十一隻を第二水雷戦隊、第四水雷戦隊が護衛し、江風は僚艦山風《やまかぜ》（白露型八番艦）とともに支援部隊の五戦隊（那智、羽黒）の直衛として、スラバヤの北西クラガンに向かっていた。

十二時四十分、味方偵察機は敵巡洋艦五隻、駆逐艦六隻がスラバヤを出撃し、わが方に向かっていると報告してきた。最高指揮官は、ただちに船団を北西方に避退させるとともに、護衛部隊を集結して敵との決戦にむかった。

午後六時ころ水平線上に艦影が見えはじめ、距離二万五千ぐらいで巡洋艦同士の砲戦がはじまった。砲戦では味方は重巡二隻で劣勢である。また昼戦では、なおさら不利だ。夜戦にもちこんで、夜間肉薄攻撃で一挙に魚雷戦で仕止めた方がよい。

西へ西へと避退しているうちに、敵艦はすでに船団の近くにまで迫ってきた。船団が敵の着弾距離内に入ったら被害は大きくなる。しかし、日没までは未だ時間がある。船団の被害をしのぶか？　それとも不利を承知の昼間強襲か？

このとき「全軍突撃用意」つづいて「全軍突撃せよ」の命令が下った。第二水雷戦隊、第四水雷戦隊は大回頭すると、奔馬《ほんば》の猛《たけ》るように敵艦隊に向かって最大戦速で突進した。敵弾がしきりに周辺に落下して水柱をあげる。

敵艦隊との距離は、二万……九千……八千としだいに縮まってきた。いよいよ決戦のときだ！　林立する水柱を縫うように先頭艦から順次に回頭して、各艦は一斉に全射線発射をした。これで百数十本の魚雷が扇形にひろがり、敵全艦隊を網の目のように覆《おお》うはずであった。

しかし、この水雷戦隊の襲撃は、なんらの戦果もあげることができなかった。夜になって五戦隊が遠距離から発射した魚雷が、九三式魚雷の本来の威力を発揮して、オランダ巡洋艦デロイテルとジャバを轟沈し勝利をおさめることができたが、水雷戦隊の襲撃不成功は大問題であった。

白露型9番艦・江風。仰角55度C型連装砲2基と仰角75度B型単装砲1基を装備、全長110m。公試で35.88ノットを記録

原因は後でいろいろ究明されたが、結局、魚雷頭部の爆発尖《ばくはっせん》の感度が鋭敏すぎたために、魚雷が走っている途中で前続艦の横波の衝撃または冷走から熱走に移るときの衝撃で爆発し、誘爆したり沈没したりしたのだという結論であった。

せっかく弾雨をくぐり抜けて発射した魚雷は、敵までとどかぬうちに沈んでしまったのだ。爆発尖はその後改造されて感度をにぶくした。

第二回目の発射は、翌々日の三月一日だった。二十七日の夜戦でうちもらした英巡エクゼターは一たんスラバヤに逃げこんだが、損傷を応急修理したうえ駆逐艦二隻をともない、脱出を企図したのである。江風は山風とともに五戦隊の直衛でスラバヤ北方海面を警戒中であったが、敵発見の報告を受けるとすぐに敵に接近し、戦闘を開始した。この戦闘は重巡同士の砲撃戦であった。

江風、山風は好射点から二本発射したが、このたびも魚雷の自爆で成果なく、五戦隊および応援にかけつけた足柄、妙高の砲撃で行動不能にしたところを、駆逐艦電《いなづま》の魚雷で撃沈した。

このように二回も魚雷を発射する好運にめぐまれながら、二回ともぜんぜん成果をうることができず、乗員はみな無念の涙をのんでいたのである。

とりにがした米駆逐艦

今度こそ三回目だ。こんど失敗するようなことがあったら、夜の目も寝ずに魚雷調整に心血をそそいだ水雷科員にたいし、また射点につくために危険をおかしている乗員全員にたいし、合わせる顔がない。私はグッと唇をかみしめ、机から愛蔵の短刀をとり出し、腰にさしこんで私室を出た。そして士官室の後ろにある艦内神社に拝礼して気を落ちつけると、おもむろに艦橋に上がっていった。

艦はすでに湾内に入ったらしく、風波はおさまっていたが空は曇り、靄《もや》がかかって視界はわるかった。艦長若林一雄中佐をはじめ、航海長、見張員がくいいるように前方を見張っている。

午前零時四十分、目ざす泊地ももう間近である。そのとき突然、左見張員が叫んだ。

「駆逐艦らしきもの、左六十度、三〇」

私は飛びつくようにして一二センチ双眼望遠鏡をむけると、かすかに白く艦首波らしいものが見える。

「目標は駆逐艦二隻、左七十度、三〇、反航します」すかさず艦長の「左魚雷戦反航」の号令がかかった。

「左魚雷戦反航……左魚雷戦反航」私の号令を伝令が各発射管につたえる。発射管はガーッと左に旋回をはじめた。しかし発射管が九十度旋回を終えるまえに、敵艦影は靄にのまれ見失ってしまった。敵側は、こちらに気がつかなかったらしい。戦後の米海軍の戦史によると、米駆逐艦はこの時レーダーで江風を捕捉していたが、敵か味方か判断にまよっていたという。

ルンガに上がった大火柱

とにかく今夜の主目標は敵輸送船だ。敵が気づかなかったとすればさいわいだ。江風は敵とすれちがうと、そのまま奥の方へ進入をつづけた。そしてルンガ岬の海岸がほの白く見えるところまで近寄った。ルンガ泊地である。

あたり一帯をさがしまわったが、輸送船らしき影は見えない。輸送船がいないとすれば長《なが》居《い》は無用だ。陸上の飛行場は敵の占領下にあり、数日前から敵飛行機が進出してきている。夜明けとともに敵飛行機が飛び出すことはまちがいない。近くにウロウロしていては、わざわざ敵に好餌を提供するようなものだ。

江風は反転して艦首を湾口に向けると、速力を二戦速（二十六ノット）にあげた。船体は震動をまして、艦首で砕ける波は、しだいに白さを増してくる。途中でまた先ほどの駆逐艦に会うかもしれぬが、発射管の旋回のため、ふたたびミスする公算大だ。そこで私は、艦長にことわって、対勢から考えてもっとも公算の多い右舷に向けて発射管を固定させた。右の方にはフロリダ島の島影がわずかにそれと見える。

午前一時五十分ころ、ふたたび見張員が叫んだ。「敵駆逐艦右、四十度、四〇、反航」

私は双眼望遠鏡で対勢を観測しながら、つぎつぎに号令をかける。「右魚雷戦反航」「目標右五〇度、反航する敵の駆逐艦、敵速一二、方位角右五十度」

すぐそばでは助手の浜崎兵長が私の双眼望遠鏡に射角を調定し、目盛を読んでいる。艦橋後方にある発射方位盤では、射手の小野上曹が狙いをさだめている。

「発射はじめ」「発射用意」目標が靄のうちに見えかくれする。

「ヨーイ」「テー」私の号令に射手が同時にさけぶ。シャーッ、バシャン、シャーッ、バシャン……六本の魚雷はこころよい音をのこして餌食《えさ》をもとめて飛び出していった。

一分……二分……三分経過、砕けるばかりに握りしめた双眼鏡にかすかにうつる艦影には、何の変化もない。ああ駄目か？　祈るように目をとじようとした瞬間、敵の二番艦の舷側にパッと火が見えた。つづいてむくむくと真っ黒い水柱が艦影をおおい、百メートルあまりも盛り上がったと見るや一瞬、水柱は火となり紅蓮《ぐれん》の大火柱と化した。

やがて火柱が落ちたとき、あとには何も見えなかった。「ざまあ見ろ」伝令が思わずもらしたその言葉を耳にしたとき、眼の奥がジーンと熱くなり涙があふれ出てきた。

水雷長の快心の笑み

江風はこの後ずっと引きつづきガダルカナルに対する陸上砲撃、陸軍増援部隊の輸送、糧食弾薬の輸送など、ガダルカナルとショートランド、ラバウルの間を、かすり傷もうけず働きつづけた。そして十一月三十日、そのころになると、もはやこれまでのような輸送手段では輸送も困難となり、ドラム缶輸送なるものが案出されていた。

この日はそのドラム缶輸送の最初の日であった。昼間の情報では敵の水上部隊がいるらしいとのことであった。しかし長波（夕雲型四番艦）を旗艦とする二水戦司令官指揮下の駆逐艦八隻は、なにごともなくサボ島の南側を通過し、警戒艦高波（夕雲型六番艦）をのぞき、ほかの各隊はそれぞれ定められたタサファロングの泊地にすべり込んだ。江風は涼風（白露型十番艦）とともに、いちばん西側だった。艦の行き足もとまり、ドラム缶をいよいよ投入しようとしたとき、高波からの「敵見ゆ」の電話があった。つづいてパッパッと発砲の閃光がひらめいた。

一瞬「しまった」と思った。ただちに作業中止、戦闘配置にとんで帰ると、艦は至急増速して敵方にむかった。味方の隊列はバラバラになっているし、発砲の閃光だけ見えるが、敵の対勢も兵力も一切不明だった。そのうち敵の方らしいと思う方向に火柱があがり、それを背景に敵の艦影がクッキリと浮かびあがった。敵は重巡数隻と駆逐艦数隻の勢力だ。江風はすぐさま反航対勢にうつった。

砲弾が遠近に落下し、大水柱をあげる。ようやく僚艦涼風《すずかぜ》との隊列がととのうと、左に大回頭し、同航対勢となった。敵の方位角五十度付近、距離はやや遠いが絶好の射点にはいった。司令は駆逐艦乗りのベテラン中原義一郎中佐だ。適切な号令がとぶ。

「右魚雷戦同航」「目標右八十度、敵の巡洋艦、敵速一八、方位角左五十度」「発射始め」「用意」「テー」

全射線八本の魚雷は軽い震動をのこして飛び出した。一分……二分……三分……四分……五分、大火柱があがった。火柱の中に浮ぶ艦影はまぎれもなく敵重巡だ。つづいて別の艦にもう一本の火柱。みだれる敵の隊列を後にして、味方の各隊はすり抜けるようにサボ島西方の集結地点へむかっていった。

このルンガ沖夜戦といわれる戦闘でわが方は駆逐艦高波を失ったが、敵の巡洋艦一隻（ノーザンプトン）を撃沈し、三隻（ミネアポリス、ニューオーリンズ、ペンサコラ）を大破した。

駆逐艦乗りたちの忘れえぬ戦場体験

初春型「初霜」と神風型「朝風」と防空駆逐艦「秋月」と特型「響」の奮戦

当時「初霜」艦長・海軍中佐　古浜　智
当時「朝風」艦長・海軍少佐　道木正三
当時「秋月」防空駆逐艦乗員　小川朋次
当時「響」水雷科員・連管長　藤本　清

アリューシャン列島は寒冷不毛の地であって、一年の大半は霧か吹雪か、さもなくば台風の吹きたまり場所として知られており、列島の島々のほとんどが、蘇苔類《せんたい》だけがハバをきかせて生い繁り、ほかの植物は育たない日蔭の島である。太平洋戦争のおこる前までは、米国民のなかでも、この島々が自国の領土であることを知っている人は少ないくらいであったと言われている。

古浜智中佐

太平洋戦争を全般的に見ても、アリューシャン作戦の重要性はきわめて乏しいものであった。それなのに悪天候をおかしてまで、なぜ、この作戦が実施されねばならなかったかといえば、

一、昭和十七年の初めころ、わが方の図上演習の結果から判断し、敵が北方から日本本土に進攻してくる公算が大きくなったので、その南下を阻止するため
二、ミッドウェー作戦とからんで、米国の反撃をはばむため、哨戒線の基地を確保する必要があるため
三、米ソ間の連絡遮断のための戦略基地の確保
以上、三つの目的を達成するため、昭和十七年五月、アリューシャン作戦は開始されたのである。

初めの方針は、アッツ島およびキスカ島を攻略し、セミチ島に陸上機の基地を設定したうえ、小部隊の守備隊をもって十二月の末ころまで、これらの島々を占領しておく。その期間、敵の有力部隊をこの方面の海域に牽制し、釘付けにしたうえで、主戦場である太平洋方面の作戦を有利にみちびき、その時機に、この方面の兵力は困難な越冬作戦をさけて撤退する予定であった。

ところがミッドウェー作戦が不成功に終わったため、敵の有力部隊がアリューシャン列島ぞいに南下して、本土に進攻してくる恐れが大きくなったので、急いでアッツ島およびキスカ島の兵力を増強することに方針がかわり、兵力の増強輸送が頻繁《ひんぱん》におこなわれることになった。

そのうちに敵の反撃も日増しに激しくなり、悪天候のもとで、彼我死力をつくして戦略基地の奪いあいに懸命の争いをつづけたのであったが、戦局はしだいに不利となり、昭和十八

年五月、山崎部隊はアッツ島に玉砕し、七月には、ついにキスカ島守備隊五千名の完全撤退を行なうにいたった。

ここに一年有余のアリューシャン作戦の幕をとじたのであるが、その長い期間、数千の米国軍隊と数十隻の米国艦船を、この海域に釘付けにしたことは、作戦目的の一つを達成しえたものと信ずる。

▽間一髪、敵潜の魚雷をかわす

駆逐艦初霜（初春型四番艦）は、当時、艦齢十年の一等駆逐艦で、排水量一四〇〇トン、速力三十六ノット、魚雷発射管九、主砲は一二・七センチ砲五門、第一水雷戦隊に属し、つねに第一線部隊として、今次大戦のはじめから南に北に転戦、活躍してきた優秀な艦である。

南洋ジャワ海域の攻略作戦が一段落したので、初霜はただちにアリューシャン作戦、アッツ島攻略部隊に編入されることになり、僚艦若葉、初春、子日《ねのひ》とともに、呉軍港に帰港した。耐熱設備を取りはずして耐寒装置にとりかえ、新任務につくため大湊に急行、旗艦阿武隈および第六駆逐隊の響、暁、雷、電に合同、昭和十七年五月二十五日、大湊を出撃して、千島北端の幌筵島に進出した。

昭和十七年六月七日の未明、アッツ島の北側ホルツ湾に敵前上陸を敢行して、同島の攻略に成功したのちは、ひきつづきキスカ攻略作戦に協力した。その後、半年の間、あるときは護衛隊となり、あるときは挺身輸送の任務についていたのである。

六月、七月、八月といえば、この方面の海域は濃霧の発生する時期で、一ヵ月のうちで太

昭和17年5月、アッツ攻略作戦に出撃する初霜。左は那智の艦首と主砲。改装後の初春型は速力33ノット、主砲3基5門、機銃2門だったが、最終的には2番砲塔を撤去、機銃を増備した

陽を見る日は二、三日くらいのものである。電波兵器の発達していない当時は、普通の航海でさえも骨が折れるのに、足ののろい輸送船を護衛して、敵潜水艦が網を張って待っている海面を航行するときの気持は、あまりよいものではない。

アッツ島にむかう途中の六月十九日、キスカ湾口の北北東十五浬《かいり》、霧は海上一面にたちこめて視界はひじょうに狭い。そこで艦橋は緊張して見張りを厳重にし、場所が場所だけに警戒を怠りなくしていたときだった。

突然、艦橋のしじまをやぶって「魚雷」「右五十度」「雷跡」と、見張員の報告がけたたましく響く。その方向を見つめると、霧の断続する鉛色の海面を、銀蛇のような魚雷の航跡が四本、初霜めがけて突進してくるではないか。

艦橋にいる人々の視線がいっせいに艦長の顔を見つめる。喰うか喰われるかの一瞬。艦長の号令は「面舵《おもかじ》一杯」「急げ」「両舷前進一杯」ついで「爆雷戦」を下令した。速力はグングンあがる。全長一〇九メートル、幅十メートルの初霜の船体は、撓《しな》わんばかりに急角度の回頭をつづけている。

瞑目して神に祈り、眼をひらけば、雷跡の一本は艦首スレスレに遠去かって行く。ただちに舵をもどして、雷跡に乗るように艦を操舵し、敵潜水艦の射点に猛烈な爆雷攻撃をくわえた。

爆雷の命中効果を検討するため、あたりの海面の監視をつづけているとき、頭上に爆音、こんどは飛行機だ。ねらっているのかいないのか、霧の上をグルグル旋回している一機めがけて、対空砲戦を開始した。

五門の主砲は、一斉に集中弾をあびせかけたが、命中弾をえず、霧の中に逃してしまった。キスカ島のまわりには、すでに敵潜水艦が数隻あつまっており、彼らがつねに飛行機と連絡をとって、キスカ島に出入りするわが艦船をねらっていることは確実となった。

キスカ泊地には、巡洋艦多摩をはじめとし、水上機母艦神川丸、君川丸のほか、いつも艦船が数隻碇泊しており、敵は良い餌だといわんばかりに攻撃にやってくる。六月十四日、敵七機、明くる十五日は四機と交戦し、いずれも撃退したが、狭い湾内に錨をいれているところに爆弾を落とされるのだから、身動きができないのには閉口した。

濃霧が晴れない日には、敵機も飛んでこない。霧はおたがいに苦手なのだろう。「今日は霧が深いから、お客様もこないだろう。魚釣りでもして食糧をかせぐか」などと談笑している乗組員の姿を見て、その沈着ぶりを気強く感じたものだ。

▽初春を救援して氷海を脱出

十月十七日、キスカ湾の北東海面で行動していた駆逐艦朧《おぼろ》（特型Ⅱ型七番艦）と初春は、敵飛行機七機と交戦し、朧は爆沈、初春は後部に被弾損傷をうけたので、駆逐艦若葉が救援におもむき、別行動中の初霜も初春に合同せよという命令をうけたので、初霜は二十一日、初春に合同し、若葉とともに初春を護衛して千島の幌筵島《ほろむしろ》に帰ることになった。

はじめのうちは自力航行をしていた初春が、途中で動けなくなったので、調べてみたら推進器の軸が二本とも曲がっているのがわかり、若葉は初春を曳航することになった。

その作業が、洋上で潜水艦を警戒しながらおこなわれた。さいわいその作業中は海も荒れず、潜水艦にも飛行機にも見つけられず、順調におわったが、曳航速力は四ないし五ノット、初霜はそのまわりをグルグルまわりながら警戒して、六百浬の航海をつづけたのであった。天佑《てんゆう》というか神助というか、敵に発見されることもなく、荒天に見まわれることもなく、五昼夜の航海をつづけて、ぶじ僚艦を加熊別湾に護衛して帰ったときは、さすがにホッとした気持になった。北洋の作戦では、艦隊が四つに組んで、たがいに撃ち合うといったような華々しい海戦はなかったけれども、つねに目に見えない敵と対抗して、この重要な役割を成しとげた辛抱強さは、ふだんからの訓練のあらわれにほかならぬということを痛感した。

精強「朝風」バタビア沖に突入せよ　道木正三

原顕三郎少将の率いる第五水雷戦隊（旗艦五十鈴・第五・第二十二駆逐隊）は、比島方面作戦が一段落すると、つづいて行なわれるジャワ作戦の陸軍部隊大輸送船団護衛の任務をうけ、昭和十七年二月下旬、仏印東岸カムラン湾に集結していた。

第五駆逐隊（司令・野間口兼知中佐）の三番艦であった朝風は、二番艦旗風《はたかぜ》（艦長・入戸野焉生少佐）とともに、輸送船団約五十隻が二列縦隊の先導護衛艦として、二月十八日カムラン湾を出港し、対潜警戒をしながら一路ジャワ島西部に向かった。そして三月一日午前零時ごろ、船団は予定どおり錨地に進入、各船とも指定の錨地に投錨した。

第五水雷戦隊として第一目標の護衛任務を終わったので、こんどは所定の警戒配備点に向

朝風。大正12年6月竣工の神風型。昭和19年8月、リンガエン湾西方で沈没

かった。

二月二十七日にスラバヤを出港した米重巡ヒューストンと豪巡洋艦パースの二隻が、スンダ海峡方面に向かったことがわかったので、当方面に現われるかもしれないという情報が入り、みな緊張した。

各船が投錨後まもなく、パンジャン島南東で警戒配備中の掃海艇から、敵魚雷艇の襲撃をうけ一隻が沈没したという知らせがあり、つづいて陸軍首脳部の今村均大将座乗の龍城丸ほか数隻が雷撃で沈没という悲報が入った。

それと前後して、南東方面哨戒中の掃海艇から「敵巡二隻見ゆ」の報があった。旗艦五十鈴から「集結せよ、われ針路……速力……」の電令があった。ただちに旗艦の方角に急行し、その右後尾に春風、旗風、朝風（神風型二番艦）の順に集まり、第二十二駆逐隊は同左後部につき、第五水雷戦隊は集結を終わった。第五水戦はしだいに増速して襲撃針路に入り、午前零時四十五分ごろ「全軍突撃せよ」の命令があった。旗艦は左に寄り進撃路を開けた。艦内に「いまから敵巡二隻に突撃する。各員全力をつくせ」と伝達する。

しばらくして右前方約十キロに敵影をみとめたとき、思わず緊張した。生まれて初めての海戦であり、しかも敵は重巡および軽巡、いずれも新鋭である。こちらは旧式の軽巡と駆逐艦。とくに第五駆逐隊は、主要武器が六年式魚雷六射線しかない貧弱なものであった。司令駆逐艦の春風（神風型三番艦）から「わが航跡を進め」の電令が入る。敵との距離はしだいに近くなり、敵副砲弾らしきものが、春風と旗風（神風型五番艦）の中間付近にときどき落ちた。

敵艦との距離がだんだんと縮まり、月明かりのなかで敵巡二隻がはっきり視界に入ってきたとき、「右魚雷戦、同航」と命令をくだした。敵の針路、速力は確認できないが、十二ノット前後、方位角は九十度くらいで、目測距離三キロ付近であった。目測二キロ余、方位角八十度、絶好の射点と思い「射テッ！」と令をくだした。六本の魚雷はつぎつぎに発射され、海中を白い一本の気泡を残して、敵艦めざして進んでいった。魚雷発射後、数十秒たつと、敵艦ヒューストンに魚雷が命中したらしく、大水柱があがった。「命中だっ！」艦内にどっと喚声があがった。それは、白々と南溟の空が明けていくときであった。

六十一駆逐隊「秋月」戦闘メモより　小川朋次

昭和十九年十月十八日、米機動部隊は中部フィリピンに対して空襲をかけ、それと同時にレイテ島のタクロバンに向かって、上陸作戦の準備行動を開始した。もし彼にレイテ島を奪

秋月。全長134.2m、速力33ノット、航続18ノット8000浬、対空用連装高角砲4基

われれば、まさにフィリピンの死命を制せられることになる。

フィリピンを制せられることは当時、南方に資源をあおいでいた日本の大動脈を切断されることであり、また南方で戦っている幾十万の陸海兵力を孤立させることである。ここにおいて、いちかばちか、雌雄を一挙に決せんとする、いわゆる捷一号作戦が発令された。

あらかじめ示されたところに従い、当時のわが海軍部隊のほとんど全力が、遠くはシンガポール南方のリンガ泊地から、あるいは北辺の海域から、はたまた内地の港から、一斉にレイテ湾めがけて急行した。私は当時、瀬戸内海西部にあって、戦機をうかがいつつあった小沢治三郎中将のひきいる第三艦隊（空母艦隊）麾下の第六十一駆逐隊の一駆逐艦、秋月《あかづき》に乗り組んでいた。

時こそ来たれ。当艦隊は十月二十日、舳艫《じくろ》相ふくんで勇躍、豊後水道から出撃した。

そもそも本作戦の構想は、当時リンガ泊地に待機しつつあったわが艦隊の主力部隊を、レイテ湾に殴り込ませて敵上陸部隊をたたき、できれば敵の機動部隊をつぶすことに重点をおき、当第三艦隊はこの殴り込みを容易にするため、レイテ沖を遊弋中の敵機動部隊を北方に誘致し、極力これに打撃をあたえるにあった。

しかし、遺憾なことには、当時、第三艦隊の飛行機の大部分は切迫した戦況に応じて陸上の飛行基地にまわされ、その方面の作戦に使用中であったので、手もとにあるは百機にも満たず、航空母艦の数だけは四隻をかぞえたが、航空艦隊としての機能はまったく減殺された状態にあった。

だが事態は急である。オトリ艦隊として捨て身の戦法をとればよいのだ。かくて当艦隊は悲壮なる決意を秘めて、レイテめざして一路南下した。途中、敵潜水艦の出没海面をたくみに回避して十月二十四日の払暁、ルソン島の北東二百浬に進出した。

即刻、偵察機をはなって索敵中、間もなく敵機動部隊発見の第一報を得た。よって同日午後、わずかながらも搭載飛行機の全力をあげてこれを攻撃したが、運悪く敵部隊の付近には猛烈なスコールがあり、戦果は判明しない。その上しだいに天候が悪化して味方母艦に帰投できぬものが多く、あらかじめ指令されたところにしたがって陸上基地に向かったものが多かったが、それも三十機そこそこであったらしい。

かくて、母艦に帰投した飛行機は三機に過ぎなかった。もう当艦隊の手もとに残った飛行機だけでは、敵機動部隊に航空攻撃をかけることが出来なくなったのだ。よって今夜、水上部隊の夜襲をもって敵勢の殺減を策し、明日、陸上基地にむかった味方艦上機を再収容して陣容をたてなおさんとの決意がなされた。

宵闇せまるにおよんで、当艦隊の前衛部隊である松田千秋少将指揮下の戦艦日向、伊勢および第六十一駆逐隊に対し、すみやかに敵方に進出、夜襲を決行すべき命令が下された。艦内には歓声が湧いた。今夜こそは多年きたえた熟練の腕を、思う存分に発揮できるのだ。敵はいかに優勢なりとも、肉薄強襲、その混乱に乗ずれば、これを串ざしにして葬り去ることは難事ではない。

艦をあげて一触即発の態勢をもって、全力敵発見につとめた。時はすでに深更であり、もうそろそろぶつかる頃だがなあ、と話し合っている折りもおり、「直ちに反転し主隊に合同せよ」の電令を受け取った。

しばし唖然として、張り切った腰をうち砕かれ舵を北方にとる。松田少将は隊をまとめて合同点に向かう。明くる二十五日午前六時、無きずのまま本隊に合同した。

午前七時ごろ南方水平線上に一点の黒影をみとめたが、間もなく雲間に消え去った。敵偵察機はわれわれを発見したのだ。警戒を厳にして来たるべき時を待った。はたして間もなく、敵飛行機の大集団が南方の雲間に出現し、わが方に突っ込んで来た。

わが隊は散開隊形で全速力をもって北方に針路をとった。壮絶なる飛行機群対水上艦の戦闘の幕は切って落とされた。敵飛行機の銃爆撃、われわれの全力を挙げての対空砲火。戦場は瞬時にして猛烈な弾雨と、強烈な爆音の場と化した。

息もつかせず、第二波の襲来、つづいて第三波。かくてオトリ艦隊は完全に敵機動部隊の全力を吸収し、一路北方に誘致しつつあった。しかし、防備薄弱な母艦群の苦闘は、まことに惨絶、覚悟の前とは言いながら拡大する被害に無念の唇を噛むのであった。

午前十時ごろ、わが秋月の機関部は被爆し、機関長柿田實徳中佐以下、機関員の大部分が壮烈な戦死を遂げた。機関は機能を喪失して動かず、残存銃砲火をもって敵と交戦しつつあったが、間もなく中部より切断、レイテ海溝の海深く沈み去った。

飛行機のない航空母艦隊のみじめさは骨身に徹した。各艦全力を振りしぼって戦ったが、反覆する襲撃のまえに、損傷はまぬかれ得ない。満身創痍、母艦はあいついで壮烈なる最後をとげた。残存部隊は不屈不撓の精神をふるって一日中、敵機とわたり合った。

やがて、敵機の活動を封ずる夜がきた。夜！ それは駆逐艦の独壇場だ。六十一駆逐隊の残存二艦、涼月《すずつき》（秋月型三番艦）と若月《わかつき》（秋月型六番艦）は、昼間戦闘の合間に海上にただよっている味方沈没艦の乗員を救助収容し、艦内は混雑していたが、損傷は軽く、なお戦闘力に支障はない。

夜戦の命は下った。勇猛をもって鳴る第六十一駆逐隊司令天野重隆大佐は、麾下の若月、涼月をひきいて、直ちに反転、猛然として敵方に驀進していった。私は救助されて不覚の身を北航する一艦の甲板に憩《いこ》わせていた。

夜のとばりがまったく海上をつつんで、一時間もたった頃であろうか。南方水平線の彼方に乱麻のごとく激しく交錯する無数の赤い曳跟弾をみとめた。激しい交錯は、しだいに断続的になり、遂にはふたたび、もとの闇にかえった。

私はいつもの夜戦訓練を想起した。魚雷を敵に悟《さと》られぬよう枚《ばい》をふくんで近づくのだ。全魚雷を発射し終えたら猛然、砲戦の火ぶたを切る。あの曳跟弾は全魚雷を射ちつくした知らせであろうか。

味方残存部隊は北の針路をとり、六十一駆逐隊の合同を待ちつつ翌朝を迎えた。後日聞くところによれば、その敵は最精鋭の大機動部隊であったとのことである。

特型駆逐艦「響」日本海の戦い　藤本清

駆逐艦響《ひびき》（特型Ⅲ型二番艦）は、大和を旗艦とする沖縄水上特攻作戦部隊に予定されていたが、昭和二十年三月二十九日、周防灘でB29の投下した機雷に触雷して機関故障、航行不能となった。沈没をまぬがれたものの、戦線より脱落、僚艦の初霜（初春型四番艦）に曳航されて呉に引き返した。

ただちにドック入りしたが、このときのわれわれ乗員の複雑な気持は、とうてい言葉では表わしきれないものがあった。

以後、ドック内で艦の修理整備に追われていたが、数日後、初霜の乗員に出会い、大和隊出撃の模様を聞いた。まさに切歯扼腕、無念の涙を呑んだのはいうまでもない。

さて、修理を終えて出渠したものの、すでに日本海軍は全滅にひとしい状態だった。しかも太平洋側の港湾は敵潜の跳梁によって使用不能の状態にあり、日本海側の新潟港のみが使用されていた。

このころは日本も窮乏のドン底にあり、食糧はもちろん、すべての物資が欠乏していた。

艦首被弾大破。次は被雷して艦首折損たれさがり。そして周防灘で触雷。3度の大損傷から不死身の如く復帰した響。写真は2度目の折損艦首を吊上げ応急修理中。砲塔もなく舷側に破孔

新潟港を通して行なう、満州よりの大豆の輸入が唯一の頼りの綱であった。

そこで、響は日本海へ向かうべく——本土決戦に備えて安全と見られた日本海側へ一時避難したというのが真相らしいが、そんなことは当時のわれわれには知る由もない——やむなく関門海峡を通って（狭い海峡なので、ふつう軍艦はここを通るようなことはしない）日本海に入り、七月一日、信濃川河口の新潟港に入った。資料によると五月二十六日、舞鶴入港とあるが、この辺の記憶はあまりハッキリしない。

岸壁に横付けされ、防空砲台の代理をつとめることになったが、燃料がないので動くことができないのが実情であった。かつての水雷戦隊の一艦が、見るも哀れな姿で、終戦までここにつながれることになったのである。

艦の乗員には、それぞれ受持ちがある。大別すると、兵科、機関科、航海科、主計科……といった具合で、これらがすべて機能して、はじめて駆逐艦としての能力を発揮できるようになっている。しかし動かない艦となれば、不要な部署も出てくるわけで、対空戦闘員および水雷科の掃海要員のみが艦に残り、その他は陸上の地下壕掘削要員として、連日かり出されていた。

われわれ水雷科員は新潟港の掃海作業に当たったが、これがなかなかの危険な作業であった。民間の小さな（二、三トン）漁船を借りて港の掃海をするのであるが、このころは毎晩、B29の来襲により、湾口に機雷が投下されてゆく。

新潟港は、もともと信濃川の河口を港として使用しているので、港口がせまい。したがって、投下された機雷が両岸の陸上に落下する場合がしばしばあった。

その機雷は精密にできており、パラシュートにより静かに落下され、衝撃を避けるようになっている。当時、新潟にはシンガポールからの英軍捕虜が相当数収容されており、港の荷役作業に従事していた。その捕虜を使って機雷の回収にあたらせ、トラックで防備隊の火薬庫まで運ばせた。それを分解調査して、掃海方法を検討しようというのである。

機雷は比較的磁気機雷が多かったので、磁桿という直径五センチぐらい、長さ四十センチほどの磁石の棒を一メートル間隔ぐらいに十数個とりつけたワイヤを、二～三百メートルぐらいの長さで湾口の海底をひきずり、落下機雷の誘爆処理にあたった。非常に危険な作業で、まさに〝特攻隊〟だと嘆いたものである。

しかし、機雷の種類も多岐にわたり、音響機雷あり磁気機雷ありで、この方法で完全に処理しきれるものではなかった。わが国では飛行機による機雷敷設などはまったく考えられておらず、この面でも戦力の隔たりが歴然としていた。

それからほどなくして八月十五日の終戦の日を迎えたのであるが、終戦といっても、われわれにはよくわからない。敗戦じゃないか、敗戦国となれば、われわれ第一線の軍人はイの一番に槍玉にあげられるであろう。まず捕虜となり、将校級は処刑、下士官兵は奴隷として、シベリアあるいはアフリカ等に拉致されて、酷使されるであろうと覚悟していたものである。われわれは戦前、つまり支那事変当時、中国人捕虜の処理を上海や海南島などで見聞きしていたので、こんどはわれわれの番だと思っていた。それが数日たったころより、「復員」という言葉が聞かれるようになった。しかし、復員とはなんなのか、さっぱりわからない。それから間もなく舞鶴へ回航して、ここで武装解除を行なったのだが、一週間ほど湾口の掃海をしない間に、機雷による商船の沈没が増加して、艦が出られないようになってしまった。これには驚いた。

九月初旬、響は復員輸送艦に指定され、艦を動かすのに必要な者のみを残し、他は全員復員、帰郷することになった。それから約二年間、響は各地を往復、復員業務にたずさわったあと、昭和二十二年四月、賠償艦としてソ連に引き渡され、生涯の幕を閉じたのである。

おんぼろ神風マレー沖の米潜水艦撃沈劇

誇り高き老朽駆逐艦と米潜水艦の海底と洋上の一騎討ち

当時「神風」水雷士・海軍中尉　鈴木儀忠

駆逐艦神風《かみかぜ》——それは物理的に見れば旧帝国海軍の一老朽駆逐艦にすぎないが、われわれ旧乗組員にとっては青春の一頁である。戦後の混乱期には心の支えとなり、誇りともなり、また平和になれた今日では、ともすれば忘れがちになる青春の充実を思いおこさせ、社会活動に活を入れてくれる神風は、いまもなお、われわれの心の中に生きつづけている。

さて、その神風は大正十一年十二月、三菱長崎造船所で竣工した。基準排水量一二七〇トン、長さ九十九・七メートル、幅九・一六メートル、速力三十七・三ノット、備砲は一二センチを四門、魚雷発射管は六門で、当初は一号駆逐艦と名づけられた。そして本艦は、野風、波風、沼風とともに第一駆逐隊に所属して、長いあいだ北洋漁業の警備に任じ、開戦とともに主として海防艦とチームを組み、小樽～占守《しむしゅ》間の船団護衛にあたった。

鈴木儀忠中尉

昭和十八年十二月十八日、沖縄の東方海上において司令駆逐艦沼風《ぬまかぜ》(峯風型最終十五番艦)が轟沈された。明くる昭和十九年九月の夜半には、僚艦の波風(峯風型十三番艦)がオホーツク海において米潜水艦の攻撃をうけて大破したため、野風(峯風型十四番艦)とともに救助作業にあたった。

この年も押しつまったころ、神風は連合艦隊付属となり、老艦ながら南方へ出撃することがきまり、昭和二十年の正月を迎えたのである。そして正月気分もそこそこに大湊で出撃準備をおえ、呉にむけて出港した。こうして一月二十六日、シンガポールへ向かう讃岐丸、東城丸ほか一隻の船団を、海防艦三隻、野風、そして神風が護衛して門司を出港した。

途中、讃岐丸と海防艦の久米が朝鮮沖で雷撃をうけて沈没したため、乗員の救助と対潜戦闘にやっきになりながらも、やっと基隆《キールン》をへて馬公に進出し、ここに二月一日から十六日まで滞在した。そのあいだ対空戦闘や四航戦の伊勢、日向および大淀の護衛などに従事した。

いよいよ二月十六日、シンガポールにむけて馬公を出撃したが、二十日午前三時ごろ、仏印カムラン湾で野風が潜水艦の雷撃によって撃沈された。そのため対潜戦闘をくりひろげたが、効果のほどはわからなかった。それでも二十二日、やっとシンガポールへ着いた。

当時のシンガポールは四航戦の航空燃料輸送部隊が出たあとで、停泊地には五戦隊の羽黒、足柄と、内地へ帰る若干の小艦隊がいるだけで、セレター軍港内には損傷をうけ陸上砲台となった妙高、高雄が係留されていた。

そこで二月下旬から四月下旬まで五戦隊とともに、作戦行動のあいまをぬってリンガ泊地で合同訓練を実施した。だが、五月にはいると、陸海軍とも、内地との交通がとだえたため南方総軍は独自の防備体制の必要を感じはじめ、また連合軍もに沖縄戦が一段落したためか、南シナ海とインド洋と南西方面部隊の動きが活発となってきた。

それ以来シンガポールからサイゴンへ、ジャカルタへ、そしてアンダマンへと数回にわたって航空要員や、アンダマン部隊にたいする物資補給の輸送を手がけ、それまでにも数回、船団による輸送をしたが、すべて途中で沈められ、私の同期も多数が戦死した。したがってもう戦闘の可能な高速軍艦でおこなう方法しかなかった。そこで生命とも頼む魚雷発射管を撤去し、その分だけ物資を満載して輸送することになった。

燃える羽黒の断末魔あわれ

昭和二十年も五月の中旬になると、マラッカ海峡で対潜水艦、対水上艦隊、B24との対空戦闘に明け暮れた。そして十五日、第十方面艦隊長官のもとに入った味方偵察機からの報告によると、「敵大巡二、駆逐艦二がサイパン島の南を南東にむけて十六ノットで航行中」ということであった。

そのため羽黒と神風はただちに反転して、十八ノットで敵艦隊がいるとおもわれる海域へ急いだ。しかし、敵の艦隊はすでに反転し去ったあとで、われわれはその場でしばらくのあいだ待機することになった。海面は比較的おだやかだったが、ときどきスコールがあって、鉛色の空が重苦しく、視界も八千メートルであった。

南方洋上、艦上で対潜水上見張りにあたる乗員たち。左方は艦首一番砲の砲楯

暗夜であるが、右前方に羽黒、その後方五百メートルのところに神風がつづき、夜間警戒態勢で対潜見張りを厳重にして之字運動をくりかえした。静まりかえった艦橋では、ときどき「右異状なし」「左異状なし」との報告がしじまを破る。夜光時計の針だけが無気味な光を放っていた。

五月十六日の夜中の二時すぎ、前方を航行していた羽黒が突如として面舵《おもかじ》をとって増速した。そしてすぐ取舵《とりかじ》をとったので、異状を感じたわれわれは海面に目をこらした。すると羽黒を狙ったが、みごとにはずされた魚雷が、こんどは後続の神風をめがけて突進してきた。しかし、この魚雷は、神風も舷側すれすれであったがうまく躱《かわ》した。

そのとき突然「総員配置につけ」との命令がくだり、私も上甲板へ走り出た。舷側のちかくで水柱が二、三メートルの高さでニョキニョキと立ちのぼっているのが見え、ふと日本海海戦で三笠に集中した砲弾の水柱が林立している光景が頭をよぎった。

その瞬間、体にビンという感じの衝撃をうけ、艦体も振動したようだった。このとき神風の後部兵員室が被弾し、瞬時にして二十七名が戦死したのであった。艦橋は艦内各部からの報告、魚雷回避の操舵号令、射撃指揮所から砲術長の大声などで騒然としていた。

敵はやはり先ほどの艦隊であった。「砲雷戦用意」と艦長の命令があって艦内はあわただしく、張りつめた空気がみなぎった。午前二時半ごろ神風の第五居住区にある左舷水線上に、つづいて羽黒の二番砲塔下左舷にそれぞれ被弾被雷して、羽黒は火災を発生し速力もおちた。しかし神風は速力三十ノットで走りまわって、敵艦と交戦した。

敵艦隊は最初レーダー砲撃をしていたが、羽黒が火災を起こしたため目標が確認できたのか、つぎつぎと各艦から照明弾をうちあげて斉射し、魚雷を羽黒に集中させた。羽黒は数発だけ発射したのにたいし、敵艦隊からはその二、三十倍ものお返しがあった。

羽黒は被雷して十五分ほどたったころ大火災となり、航行は停止した。それを待っていたように、敵の砲火は羽黒に集中した。神風は魚雷をはずしてあるため、いままでは攻撃の主力は砲だけであった。「右舷魚雷二本」「左舷雷跡」「正面魚雷三本」と各見張りの声が怒号するなかで、「ああ、魚雷があったらなァ」と思わずにはいられなかった。

それでも神風は全速で、暗夜の海面に織りなす雷跡をぬって、避雷運動をつづけた。青白い照明弾に照らされて敵艦の上甲板に人影がはっきり見えた。いよいよ乱戦となった。同航する艦や反航する艦などの間をぬっていた神風は、いまや敵艦隊の真っ只中にいるのだ。

大火災を起こした羽黒はどうしたろうと、羽黒に近づけば、神風をめがけて左右から弾丸の雨である。左は敵からのもので、そして右からのものは羽黒の機銃である。最初、神風を敵艦とまちがえていた羽黒の甲板では、「射つな、射つな。あれは神風だ」と怒号する声が聞こえた。そこで神風からも「ワレカミカゼ、ワレカミカゼ」と発光信号をおくり、羽黒の艦尾をまわった。だが、半分沈んだ羽黒の砲塔はなおも発砲しつづけていた。

しかし敵弾はいよいよ激しくなり、神風はついに煙幕をはって戦場をはなれ、マレー半島西岸ペナンに向かった。羽黒の乗員のことは気がかりであったが、あとの任務のことも考えれば、いまは戦場を去らざるをえなかった。はるかな海上で、羽黒の燃える火が赤々と見えた。

ペナンに入港した神風は、戦死者の処理をし、燃料を補給したのち、ふたたび戦場へもどり、羽黒の乗員四百名を救助し、シンガポール南岸ケッペルに入港した。ここで一週間をかけて被弾部と汽罐を修理し、ふたたび任務についたのであった。

米潜の一撃で始まった死闘

神風にとってクライマックスともいうべき戦闘は、米潜水艦ホークビルとの死闘であった。それは昭和二十年七月十五日午前八時、神風および特設掃海艇の三隻は小型タンカーを護衛して仏印南西部ハッチエンに向けセレターを出港した。そして明くる十六日の午後一時ごろ、神風はマレー半島東岸テンゴール岬沖において米潜水艦を捕捉して、攻撃を仕掛けているときに雷撃をうけた。

だが、被害はなかったので、四十個の爆雷攻撃をおこなったところ、米潜は艦首から司令塔までを水面に浮上し、機銃攻撃を仕掛けてきた。しかし、われわれは艦首も空中につきだし、艦尾だけを海中に残している米潜を見て、そうとうの被害をあたえたため撃沈したと認めて現場を去った。

だがしかし、戦後の混乱もようやく落ちついてきた昭和二十八年十月ごろ、沈めたとばかり思っていたホークビルの艦長であったS・P・スキャンランド大佐（米太平洋潜水艦部隊首席幕僚）から、神風艦長だった春日均氏にあてて、当時の戦闘状況を照合してきたのである。

以下、スキャンランド大佐の手紙をもとに、双方の戦闘状況を振りかえってみたい。なお、米側は日本より三時間はやい時間帯を使用していたらしい。また神風側の状況は、神風先任将校であった伊藤治義氏の指導を得ながら、駆逐艦神風戦闘概報を史料としている。

ホークビル艦長「一九四五年七月十八日、米潜ホークビルはマレー半島東岸のプロテンゴールの南で潜航哨戒中であった」――

このころ神風は、小型商船四隻を特設掃海艇三隻で護衛し、マレー半島を北上しつつあった。

ホ艦長「午後六時ごろ、私は潜望鏡をとおして貴船団を発見したが、この船団は神風よりも価値が少ないことをみとめたので、われわれは貴艦を主要目標ときめた」

神風は午後三時に探信儀で潜水艦らしきものを探知し、それ以後、けんめいになって精探したがついに捕捉することはできなかった。

ホ艦長「ご記憶かもしれないが、貴艦はたえずジグザグコースをとっていて、くわえてわれわれは九十フィートの水深に達するまで、海岸線に近接しなければならなかったので、魚雷発射をどのようにして行なうかという困難な問題に直面した」

このとき神風は、なにか不明の目標を探知していたので、攻撃されることを考慮して船団を極力海岸線に近づけたまま北上させ、本艦のみ捜索探知をおこなうこととした。

ホ艦長「午後七時に電池魚雷を貴艦にむかって約二千ヤードの距離から発射したが、あなたは多分お気づきになったろうと、私には思われた。それというのも約一分もたたぬうちに私は貴艦に六本の魚雷を発射したところ、貴艦は当方からはなれてしまって、六本の魚雷はぜんぶ貴艦の舷側を通過し、命中しなかった」

こうして戦闘はホークビルの第一撃からはじまった。神風艦上からは魚雷をみとめて、ただちに「魚雷右一二〇度」と報告した。電池魚雷は無航跡であるが、うち一本が波間に跳り上がってせまってくる。そこで「第二戦速、取舵いっぱい！」の命令のもとに、まず一撃はかわした。そうなると今度はこちらの番で、「両舷前進原速」にして精密探信をおこなった。

潜水艦の反響音をたよって、千、八百、六百メートルと迫ったころ、「爆撃戦用意、第一戦速」との号令がかかった。速度をはやめた神風の艦体が激しくきしみ、艦尾で波がもりあがった。

ホ艦長「貴艦は、当艦の周囲三千ヤードの距離をたもって旋回していた。たぶん発見されたであろうと、私は艦尾を貴艦の進路にむけると同時に、貴艦の反撃に備えていますこし水深の深いところを見つけようと考えた」

中天につきだしたホークビル

そのころ神風の艦橋では探信を記録器にきりかえて、敵潜の進路方向をはかっていた。五百、四百五十、四百と距離はだんだん縮まった。そのとき「送波器揚げ」との命令があった。米潜は方位を右に変えたため、神風も面舵三十度をとった。この付近の図上水深は三十五メートルであるため、爆雷の調定深度を三十メートルとした。

そのとたん、艦首の正面に青白い大気泡があがった。米潜から魚雷を発射したのである。見ると三本の魚雷が神風めがけて驀進《ばくしん》してきた。だが、神風はその魚雷にむかって、第一戦速で突進するかたちとなった。思いもかけなかった敵潜の反撃である。これは神風とホークビルがモデルになったといわれる映画「深く静かに潜航せよ」で見られるとおり、潜水艦が敵を真近まで引き寄せておいての〝アッパーカット作戦〟である。

だが、まだ舵をとる余裕のある神風では、「一度面舵」「二度取舵」「戻せ」とやつぎばやに命令する艦長のデリケートな操艦によって、右に左にと艦首をかえていった。しかし、私はハンドレールに摑まって、自分が吹きとぶ時刻に目をつぶってまった。

そのときブーンと唸りながら二本は右舷へ、そして一本は左舷二メートルのところを艦腹スレスレに、頭部に赤い線をかいた巨大な魚雷が通りすぎた。そのとき「爆雷投下はじめ」の令がくだった。

ホ艦長「午後八時十分に、貴艦はホークビルに向かって直進してきた。そこで私は三本のスチーム魚雷を、艦尾の中部から貴艦の艦首めがけて七〜八百ヤードの距離で発射した。今度こそ命中するであろうと思ったので、私は潜望鏡をあげて、われわれに向かってくる貴艦の艦首を見ていた」

ズシンズシンと、神風より投下された爆雷が、海面をやぶってほえる。そのとき艦首の一番砲員が、なにか騒いでいた。聞いてみると「潜望鏡！」といっており、彼がさす方を見ると、右艦首直下にほそい潜望鏡が波をきっていて、いまにも神風とぶつかりそうだった。いまにもこのまま艦上を乗りきるかに見えた。

ホ艦長「これら三本の魚雷も依然として爆発しなかったので、まだ数分間は生き延びられるであろうと、幸うじて潜望鏡を下げ、貴艦がわれわれの艦にぶつかることをまぬがれた。だが、ちょうど神風がわれわれの上を通過したとたん、艦首と艦尾からわれわれの数えたところでは十七〜八個の爆雷が投下された」

大喚声と同時にはげしい機銃音に、私は艦尾を振りかえった。すると本艦の航跡流と直角に、二、三百メートルくらいの距離があろうか、巨鯨の断末魔を思わせるように白い泡が吹きだし、波が立つなかに、六十度くらいの角度をもって、艦首で中天を刺すごとく司令塔まで露出した米潜水艦があらわれた。そこで間髪をいれず、後部の機銃群からは一斉射撃をは

神風は最終的には発射管と魚雷と4番砲を陸揚げ、機銃と爆雷を増備したが、写真では初期の12cm単装砲4基や艦上構造物の配置がわかる。戦後は復員輸送艦として行動中に座礁沈没した

じめた。曳光弾がその巨大な横腹に吸いこまれていった。しばらくたゆとうと見るまに、徐々に敵潜は艦尾から沈んでいった。

思わず「やったぞ」という大歓声が、期せずして艦内からわきおこった。

ホ艦長「つぎの瞬間、私が潜望鏡を通じて見たときはホークビルの艦首の上甲板が水面にあらわれ、神風の艦尾を見ることができた。そのとたん私の感じたことは、この艦はもうこれで最期だということであった。つぎに私のとる行動は、浮上タンクをあけて、二門の五インチ砲で貴艦と一戦まじえることであった。しかし幸い、もっとよい考えが浮かんできた。

それは辛うじて潜水タンクに水を一杯にして、もう一度潜水艦を潜らせ、貴艦のつぎの行動を待つことであった。このとき私はすっかり力がなくなってしまったので、攻撃をつづけることはできなかった」

そののち神風は、数回にわたって念入りな水中探信をおこなったが、激しい戦闘で攪拌された海面ではなかなか敵潜の捕捉は困難であったが、浮上する重油の気泡をめあてに爆雷攻撃をくりかえした。

ホ艦長「貴艦の綿密な水中探信による測的をはずすため、夜半まで水中深くで動かずにいた。貴艦が司令塔の上を横切るたびに、われわれはもうおしまいだという気がした」

群がる潜水艦をふりきった神風

そのころ神風の艦橋ではつぎのように判断した。

一、主目的である船団は、シャム湾を横断しなければならない。神風は少しでも早くそれに合同する必要がある。

二、爆雷は百個搭載していたが、この対潜戦闘で四十個を使用したので、つぎの行動を考えるとこれ以上使用できない。

三、米潜からの油の流出量は少ないが、水深三十メートルの海面で、百メートルもの長さのある潜水艦が六十度の水面角で艦首が空中にとびだしたのであるから、艦尾は海底に激突しているであろうし、撃沈はまず確実であろう。

こう判断した神風は第十方面艦隊司令長官に、撃沈確実と打電して、急きょ船団に追いつくため、この戦闘海面から去っていった。

ホ艦長「さいわいなことに貴艦のほうは本艦を破壊したと思っているようであった。そこで浮上タンクに空気を入れると、ふたたび神の加護により、水面に浮上した。貴艦も本艦を討ちとることができなかったが、われわれの任務もまた完全に失敗に終わった。けれども貴艦が本艦にあたえた損害は非常に莫大なものであり、そこで哨戒をうちきって基地に帰投のやむなきにいたった」

神風はそののち船団と合同したが、昼間とちがって夜間は風浪が激しくなり、折りから月もなく総員見張りについている兵員の姿が、砲塔のかげ、あるいは機銃台上に、昼間の戦闘の気負いと疲れも見せずに立っているのが見えた。

電信室からは時折り、「敵潜電話感五、近い」の声がするどく艦橋の闇をさいた。と、突然「右後方魚雷音」と探信儀室から報告がはいった。それと同時に後部の見張指揮官より「右後方雷跡」と荒天をついて声がきこえた。一瞬、声にならない声が艦橋にみちた。だが、「取舵一杯」と、いつもと変わらない艦長の声と、波濤にたたかれた艦首が無気味にきしむだけであった。

ホ艦長「われわれが神風にたいして攻撃をくわえたのち、四十八時間のあいだに貴艦はほかの五隻の潜水艦から雷撃をうけたが、そのいずれも不成功に終わった。そして七月十六、七、八日の三日間に、貴艦を攻撃した潜水艦を指揮していたわれわれは、こぞって貴下の操艦の熟練ぶりを驚嘆し合った。そののち私は、この士官たちが貴方は第二次世界大戦中にわれわれがぶつかった駆逐艦の艦長のなかで、もっとも優秀な艦長であると意見をのべているのを聞いて、ここに慎んで敬意を表するものである」

近代戦の苛酷さは武器の発達とともに増大し、そこに心情のはいる余地はありそうに思えないが、神風の戦闘は、われわれの青春の証しであり、艦長の人柄どおり、人命尊重に終始し、単なる殺戮ではなかったとおもう。ホークビル艦長のいうとおり、昨日の敵は今日の友で、今年も桜の季節となり幾度ながめたことであろうか。万朶《ばんだ》と咲く花のなかで本文を書く機会をあたえられたが、いま思い出すのは亡き戦友の笑顔のみである。

マニラ沖 老雄「芙蓉」の果つるところ

潜水艦が跳梁する魔の海から奇跡的に生還した二等駆逐艦乗りの回想

当時「芙蓉」砲術科員・海軍兵曹長 高田幸一

第一海上護衛隊に所属する第三十二駆逐隊の駆逐艦芙蓉《ふよう》（のち単艦となる）は、昭和十八年十二月二十日、比島マニラ西方、開戦前までは米海軍の潜水艦基地であったスービック湾沖において、十二隻編成の船団護衛を最後に米潜の魚雷攻撃をうけて沈没したが、いまも海底に眠っている戦友百余名の鎮魂のために筆をとってみた。

高田幸一兵曹長

しかし戦闘詳報や日誌などの記録によるものでなく、すべて自分の記憶をたどり、くわえて沈没したときに受傷艦とともに沈み、奇跡的にも浮上したが、私は全身に五十余ヵ所の治療をうけた。とくに頭を強打し記憶喪失症をおこして苦しんだ体であるだけに、日時や地点に若干の差異があることをおことわりしておきたい。

そもそも芙蓉とはどんな艦であったのか？　本艦は若竹型の二等駆逐艦で、支那事変では

芙蓉。大正12年3月竣工の若竹型。速力33.5ノット、航続14ノット3000浬、12cm砲3基、機銃2門、連装発射管2基

北、中支を舞台に沿岸警備に活躍し、それなりの武勲をたてたが、艦齢がすぎて廃艦となり魚礁になるか、スクラップに身売りする日を待ちつつ係留されていた老兵という存在だった。

その老齢艦にも、ついに再度のお召しの日がきた。私は、この老朽艦の乗組を命ぜられたときは愕然とした。ときに昭和十五年十月で、日本国中は皇紀二六〇〇年の祝賀気分がみち

あふれていた。またわれわれ横須賀海軍砲術学校高等科砲術練習生の卒業も、祝賀観艦式に間に合わすため繰り上げられたときいた。

僚艦朝顔《あさがお》と隊を編成し、鎮海警備府（司令官塚原二四三中将）警備艦に配属された。このころ舞鶴海兵団開設祝賀行事もにぎにぎしく催《もよお》されていた。

いよいよ最初の任務である鎮海警備についた。このころワシントン条約を廃棄し、戦雲は暗く天をおおい、表面には穏やかさをよそおっていても危機は刻々とせまった。しかし内地は菊花がかおり、明治の佳節をことほいでいるとき、日本をはなれる心情はなにか感慨深いものがあった。そして日露戦争いらい〝鳥もかよわぬ玄界灘〟といわれたところも、この日もやはりまた波浪が高く、艦の動揺がはげしかったが、一路鎮海へむかった。

ようやくのことで鎮海に入港した。後日にそなえるため、ここでの訓練はじつに厳しかった。また艦の兵器の整備も、徹底的にまごころをもって行なわれ、さすがの老齢艦も見ちがえるように若返った。

このようにかつての日本海海戦において大勝した東郷艦隊が、海戦の直前まで山容がかわるほど艦砲射撃の猛訓練をおこなった歴史をもつ鎮海湾、その輝かしい歴史と伝統を継承するわれわれは、「先輩たちには負けられぬ」と、老艦といえども張りきっていた。また艦砲射撃はもちろん、魚雷、機関、通信、信号などすべての戦技訓練は、艦隊と遜色なしといわれるほど猛訓練をくりかえした。

あるとき、五島列島の富江湾において機雷掃海訓練をおこなっていたが、このとき三名もの将来ある優秀な若い者が殉職されたことは悔やまれる。起居をともにした仲で、いまもありし日の三人の笑顔が、まぶたに焼きついている。

また、ある日、湾にのぞむ山高帽のような山容をした標高二〇〇メートルくらいの山で武装登山競走をおこなった。その急坂を三八式小銃をかつぎ、五名一組になってたがいに助けあって、負けてなるものかと登る姿は阿修羅のようで、そして戦友愛と団結精神がやしなわれた。当時は、日本中がそのような気風の時代だった。

兼務が多く多忙な艦内生活

いよいよ船団護衛がはじまった。昭和十六年の桜の咲く頃からだったと記憶している。聞くところによると内地では、太平洋戦争がはじまる前であったため、おおっぴらに兵隊たちを召集することができないので、隠密に召集し、その兵団をぶじに釜山港や馬山港に揚陸させるのであるが、このときは一般の商船や連絡船をつかう。

そこで、単独航行する独行船や関釜連絡船である興安丸や昌慶丸、それに昌福丸などを朝顔と一週間交替で護衛することになった。そのため釜山港口と下関側にある六連島《むつれ》とのあいだを折り返すのであるが、ここでもおおっぴらに護衛はできず、遠くのほうから商船につかず離れずの間接護衛を開始した。

波浪と暑さに耐え、心身ともに負担の大きい警戒航行は、平時としてはいささか苦しい任務だった。それでもこれによって護衛のなにものであるかの一端を知ることができた。以来この種の任務遂行の大きな勉強となった。

小艦艇では、本務のほかに兼務の仕事も多かった。私は砲術科倉庫長という砲術科全般の物品の出納管理、修理事務を担当する配置であった。また兼務暗号員も命ぜられていて、航海中もいそがしかった。おかげでいまも書いたり読んだりすることは海軍式ながら、さして苦にならない。特に責任を重んじて、なにごとも失敗を許されない軍隊だけに、いつもその成果を憂慮したくせが残っている。ただし過度に旺盛な責任感の持ち主は、かえって部下を萎縮させたり、自らものびず不運に終わった人もかずかず見た。

やがて来たるべき時がきた。太平洋戦争の幕開けである。われわれは開戦の詔勅をきき、恩賜の酒という菊花の紋章入りの小ビンの酒を飲んだ。いつ、どこで配られて、どこに隠してあったのかは知るよしもなかったが、あまりにもお膳立てがととのっていたのには、いささか驚いた。一口ずつまわし飲みをしたときは、たったひとつの命もいよいよ国に捧げ、年貢の納めどきがきたと思ったら身ぶるいがした。そのあとしばらくして身も心もすっきりした。こうなればただ前進あるのみで、後に引けない。

それにしても私は、独身でよかった。このうえは立派に名誉の戦死の日があるだけと、いまになって思えば悲愴なものだった。だが、軍籍に身を置くものすべてがこういう気持であって、私だけが特異なものではなかった。

日増しにきつくなる船団護衛

司令は山本岩多中佐、艦長は村上忠臣少佐で、艦長の豪放磊落《らいらく》な豪傑ぶりはたいしたものだった。部下をおもう心もあつく、前任者の比でなかった。乗員の心情をくみ、上司にどんどん進言し、士気の高揚にあたられたのでみなは心服した。

われわれにあたえられた任務は、六連島に集結した低速艦で編成した輸送船団を台湾の馬公に護衛することで、これが仕事始めだった。十数隻のノロノロした老朽貨物船を開距離八百メートル、距離一千メートルの四列縦隊の隊形ですすむ。「あゝ堂々の輸送船」と歌われるにひとしいものだった。しかし、たいへんな仕事で、忍耐と細心の注意をはらい、想像以上の至難な行動だった。その任務についたものでないとわからない。

たとえるならば、幼児の手を引いて歩くようなもので、船団の先頭中央に占位し、之字運動をくりかえす。また、薄暮時には灯火管制の指導や点検、さらにあるときには船団の周辺を全速で巡回するが、ときには激浪にもてあそばれて危険を感ずることもたびたびであった。一隻も沈めてはならないと気の休まるときがなかった。

それでも無事にどうにかとどけてただちに引き返し、ハワイ空襲で勝利をおさめて凱旋する機動部隊を豊後水道に出迎えた。巡戦榛名、霧島、空母をまじえて無傷の威風堂々の機動艦隊を見たときは目頭があつくなった。「ご苦労さまでした、お迎えにあがりました」とばかりに近づくと、そこどけそこどけと、お殿様が通るようになかなか鼻息が荒い。それもそのはずで、相手は長く戦史に残る武勲をたてた英雄と、こちらは名も知られない老小艦、すなわち田舎侍のような差は仕方がなかった。

感激が悔しさにかわった。このときおそらく艦長以下の乗組員も同じ心情だったろう。ひがみだけではないが、大艦巨砲主義の驕《おご》りと侮蔑《ぶべつ》は、やがて敗戦の一因となったのではなかろうか？

まもなく芙蓉は、第一海上護衛隊に編入され、高木武雄中将の麾下に入り、こんどは高雄を基地としてやっと南方海面に出ることとなった。村上艦長は開戦当初より船団護衛の重要性を説き、「もし日本が負けることがあったとすれば、それは補給からだ」と言っておられた。

このころイギリスは、ドイツのUボートに対抗するため戦艦や空母を基幹とした大輪形陣で、大西洋の船団護衛の完璧を期している。それにひきかえ日本はどうだったか、あまりにもひどすぎる。これで良しとする上層部は、なにを考えているのだろうか。なにしろ艦齢をすぎた艦に二十余隻の大船団を託し、ただ「しっかりやれ」だの、「がんばれ」だの、さらには「一隻も沈めるな」の掛け声だけではどうにもならない。これでは怒りたくもなろうというものだ。

乗員は艦長の心情をよくわかって士気をあげ、この艦長の下ではよく働いたものだった。また運もよく、ほかの船団に不幸なことがあっても本艦は事故はまったくなく、みな喜こんだ。サイゴン、シンガポール、マニラとたびたび入港し、上陸を許されて行く先々で軍票と交換してもらい、それぞれ休養と買物を楽しんだ。まだ買い方がうまいだの、へただのと批評し合う余裕さえあった。この頃になると内地はすべての物資がきびしく統制され、配給に列をなすとのことであったが、南方にはまだ物は豊富だった。

昭和十七年の前半までの戦勝ムードの時はよかった。しかし、戦局は刻々と悪化し、厳しいものとなったミッドウェーの敗戦は、マニラ市内においても赤城、加賀の沈没の噂などが流されていた。だが、艦内では、無線傍受でいどで知らされていなかった。この一事をみても、情報のつつぬけを空恐ろしくおもった。「わが方の損害軽微、商船三隻沈没」などと軽く片付けてよいものだったろうか、軍艦はだいじで商船はどうでもよいと思われていたのだろうか?

ドーリットル中佐がひきいて空母より発進したB25の横須賀、東京の初空襲は、撃隊されることなく中国に着陸したことから、片道飛行とはいえ敵はすぐそこまできていた。日に日に戦局はわれに利あらず、深刻化する一方だった。船団護衛は〝縁の下の力持ち〟で、裏方はただ黙々と任務の達成に昼夜をわかたず苦労した。これらは当事者のみの知るところだ。

完全に制海制空権は敵の掌中のものとなり、敵潜の跳梁はますます激しくなった。そのため高雄港口から魔のバシー海峡は、船団の墓場となった。貨物船は、行きは人員や軍需器材、帰りは原油、ボーキサイト、米などを予備浮力の限界まで満載してピストン輸送をおこなうのである。潜水艦が出没したりして入港が遅れるのが必定でも、船団の出港日はきまっていて変わらない。そのため入港したらすぐ出港となり、まったく休みなしであった。死んでもやれ「ガソリンの一滴は血の一滴」といわれたものであった。

台風銀座のフィリピン周辺や季節風による大時化《しけ》の南シナ海の航行は転覆寸前で、本艦は逆立ちして走っているといったものもいたほど潜水艦なみの航行だった。

疲労の蓄積で病人は出るが、補充はなしで乗組員は減る一方だった。それでも陸軍の輸送船から、「海軍さん頼むぞ」と叫ぶ声が聞こえると、どんなことがあっても無事に護衛をするぞと身がひきしまった。死んでもやれ、が至上命令だった。桐の小箱にはいり、靖国神社にいかねば内地に帰れないといわれ、岸壁をはなれるたびにこれが最後だと悲痛だった。それでも日本はいま浮沈の瀬戸際《せとぎわ》だ、身を賭してがんばろうと闘志が湧く。

芙蓉は、さいわい自艦が沈むまで一隻の貨物船も沈めなかった。あえて言いたくはないが、これは金鵄勲章ものだと喜んだ。しかし、一枚の感状もいただけなかった。五百機のエンジン、一千人の兵員を積んだ商船一隻は重たかった。逆に連合軍の飛行機五百機を撃墜し、一千人の殺傷は容易でなかった。

ついに運命の日がきた。昭和十八年十二月二十日である。高雄からマニラに向けて船団護衛中であった。北緯一四度四三分、東経一一八度五四分のマニラ西方沖スービックベイで一本の魚雷は艦を沈め、百余名の戦友をうばった。しかし、十二隻の船団が無事だったことは、なによりだった。一日もはやく舞鶴鎮守府合同慰霊碑を建立し慰霊したい。

われ若葉 比島沖に志摩本隊の艦影を見ず

敵機の大群に襲われて海の藻屑と消えた初春型三番艦航海長の手記

当時「若葉」航海長・海軍大尉 青木四海雄

第二十一駆逐隊は、志摩《しま》清英中将を司令長官とする第五艦隊に属していた。昭和十九年の秋、米軍がレイテ島へ進攻してくることはすでに予測されていたが、そのころ第五艦隊は呉を基地として、瀬戸内海の播磨灘《はりま》で日夜、戦闘訓練にはげんでいた。

米軍の反攻にたいしては、日本海軍も重大決意をもって決戦を挑み、敵のレイテ島への上陸前に、東方海上で敵を迎撃殲滅《せんめつ》しようとする作戦が考えられていた。これが捷号作戦であった。しかし米軍の進攻は予想外に早く、戦局は目まぐるしく変転し、十月十七日早朝には、米軍はレイテ湾入口のスルアン島へ上陸を開始した。連合艦隊司令長官は、ただちに捷一号作戦を発令した。

青木四海雄大尉

これより先の十月十日から十五日までの間、台湾沖で航空戦がおこなわれ、味方の大勝利が伝えられていた。また、この航空戦で損傷した敵艦がゴロゴロ漂流しているという情報も入っていた。第五艦隊が台湾沖航空戦の残敵掃蕩《そうとう》と不時着した味方機乗員の救助の命令をうけたのは、十月十四日のことである。

第五艦隊は急きょ呉を出港し、何事もないかのように夜の闇にひっそりとねむる播磨灘を通り、豊後《ぶんご》水道を南下していった。豊後水道を通過しおわるころ、夜は白じらと明けはじめていた。時計は十月十五日の午前七時をさしていた。ここからは太平洋である。油断はできない。敵の潜水艦を警戒するため対潜警戒配備が発令され、「之字運動」をくりかえしながら艦隊は南方の戦場へ向かいつつあった。

ともあれ、私が第二十一駆逐隊付に発令されたのは、昭和十九年四月一日で、横須賀防備隊の駆潜艇の艇長をしていたときであったが、第二十一駆逐隊の若葉（初春型三番艦）に着任したのは、春も終わって梅雨期にはいろうとする五月十七日のことであった。

私が第二十一駆逐隊に陸奥湾の大湊で着任したころは、一隻の駆逐艦はすでに失われていた。編成当初の第二十一駆逐隊は四隻の駆逐艦で一隊をなしていたが、失われたその駆逐艦は二年前の北方作戦の折り、敵潜水艦の攻撃をうけて撃沈されてしまっていたのである。一隻が減ったあとも、駆逐隊へは補充する駆逐艦の編入もなく、捷一号作戦当時の第二十一駆逐隊は、若葉、初春、初霜の三隻だけとなっていた。第二十一駆逐隊の司令は若葉に乗艦していたので、若葉のマストには、いつも司令旗がはためいていた。

私が同隊に着任のため大湊に到着したときは、ちょうど第二十一駆逐隊は船団を護衛して、千島列島最北端の占守島《しむしゅ》へむけ出港した直後だった。そんなわけで、同隊が大湊へ帰港するまでの約一週間ほどの間、大湊の水交社で何をすることもなく、のんびりした時間を過ごすことができた。これは私にとっては、ほんとうに久しぶりの休養であった。

というのは、私が第二十一駆逐隊付に発令されてから着任するまで、約一ヵ月半という長い旅行期間があり、多少、疲れぎみであったからである。軍隊の所在、艦船の行動がいくら機密事項であったとはいえ、横鎮（横須賀鎮守府）の参謀ですら艦隊の所在がわからないほど、戦線はすでに混乱していたのかもしれない。

五月、六月は北海道から北の方はガスの季節である。五月の下旬、第二十一駆逐隊は、このガスのなかを占守島へいく船団を護衛して、何回目かの航海をしていた。霧中護衛は楽《らく》なものではない。夜ともなると灯火管制をしいているので、前をゆく船の姿が見えない。前をゆく船は、霧中標的を船尾のほうに曳航しており、その標的がくだく夜光虫の青白い航跡をつけて、後続船は走るのである。

船団は北海道の西岸を北上し、宗谷海峡をぬけてオホーツク海を北東へ向かった。占守島へ到着する前日の夕方、敵潜水艦の電波と思われるものを逆探が探知したが、攻撃はされなかった。帰りの航海は平穏だったし、帰港も楽しみだった。この航海が終わると、大湊でドックに入ることになっており、艦がドックに入ると、乗組員は交替で休養があたえられるのである。

ドック入りが終わって大湊で整備中、ドキッとするニュースが入った。米軍がサイパンに上陸してきたというのである。第五艦隊にはただちに、緊急命令がつたえられた。サイパン上陸の米軍を、連合艦隊の総力を結集して反撃するので、第五艦隊はただちに横須賀に回航し、浦賀ドックで対空戦装備をいそぎ、この作戦に合流せよ、というものだった。

横須賀に回航して、機銃を所狭しと上甲板に増設工事をしている最中に、サイパン反撃作戦は中止されてしまった。つぎの命令によって、第五艦隊は呉に回航し、南方方面へいく船団の護衛任務にあたることになった。そして、護衛任務のあいまには猛訓練に励んでいたのである。

ナマ通信のとびかう空白の瞬間

さて、十月十五日の夜の海は静かだった。警戒体制をしきながら、第五艦隊は黙々と戦場をめざしていた。真夜中の三時ごろ、通信兵があわただしく艦橋にやってきた。敵艦隊の交信を傍受《ぼうじゅ》したのである。しかし暗号を解読できないため、意味がわからない。艦内には一瞬、緊張した空気が流れた。

その後、未明まで敵信傍受の回数はしだいに多くなっていった。十月十六日の朝は、快晴のうちにやってきた。夜明けと同時に、艦内は総員配置の戦闘配備につき、警戒はいよいよ厳重をきわめた。

若葉の推定位置が、沖縄の東方洋上にさしかかるころである。前日の十五日には比島東方洋上で、台湾から飛びたった基地航空部隊と敵空母集団との激烈な戦闘が終日、展開されていたのであるが、そのような戦況であることを私は知らなかった。「敵のナマ放送がきこえます」と、通信室から艦橋に知らせてくる回数がふえてきた。敵が暗号をつかわず、ナマ放送をするのは、よほど切羽つまっているにちがいない。それだけ戦闘は激しさをましているのだろう。

午前十時ごろであったろうか、第五艦隊の旗艦である巡洋艦阿武隈のマストに信号があがった。それに間髪をいれず、「対空戦闘配置につけ」のラッパがけたたましく艦内に鳴りわたり、緊張は艦内をおおった。信号兵は、一二センチ双眼望遠鏡にかじりついている。艦橋にいる者も、砲塔や機銃のそばにいる者も、双眼鏡を持っている者は全員が目を皿のようにして、前方の上空をにらんでいる。

私も敵機を発見しようと、けんめいであった。しかし、まだ敵機は見えない。爆音も聞こえてこない。右手にいた信号兵が叫んだ。

「前方、弾幕が見えまーす！」

艦隊の隊形は巡洋艦那智、足柄、阿武隈を真ん中にして、前方に第二十一駆逐隊の若葉、初春、初霜、左方に第七駆逐隊の潮、曙、右方に第十八駆逐隊の不知火、霞と配置された輪形陣だった。若葉と先頭艦とは、約一千メートルくらいの距離である。敵機の位置を知らすために、その先頭艦が高角砲を発射した。

私は見た。はるかなる水平線に接する積乱雲を背景に、弾幕が白く点々としているのを――。その弾幕の上空に、双眼鏡でようやくわかるくらいの、点ほどにしか見えなかった

魚雷を発射すべく増速しながら左先頭の司令駆逐艦・若葉に続航する初春

敵機が、はっきりと肉眼にとびこんでくるまで、そんなに時間はかからなかった。敵機は三機であり、すぐに艦上機とわかった。偵察にちがいない。

第五艦隊は、味方航空機の上空直衛のない裸《はだか》艦隊である。もし、敵機の大群による攻撃をうければ、壊滅的打撃を受けるであろうことは、私にも予測できる。しかし敵機が三機であったため、そのような危機感から解放されて、私はなにかしらホッとした気持になった。そして、敵機は攻撃を仕掛けてこなかった。着弾距離圏外の艦隊の上空をゆうゆう一周すると、南方へ飛び去っていった。

敵機発見で緊張している最中、基地航空部隊のものと思われる味方機からの敵情報告を傍受した。敵艦上機の出現で、敵空母が近くにいるらしいことは確実となった。第五艦隊の位置もすでに敵に察知されてしまっているにちがいない。味方機からの傍受信の第一報は、敵空母集団の発見である。味方機も暗号をつかわずナマ通信をしている。事態はますます急迫していることが、私にはいよいよ実感となってきた。だれも一言も発しない。若葉乗組員のほとんどは、無口となったかに見えた。全員は、つぎに起こるべき事態を想像して、心のどこかで何物とも知れぬ怪物とみずから戦っているのであろう。勇ましい言葉でいえば、武者ぶるいというのかも知れない。

運命の分岐点・高雄寄港

敵機が去ってからも、第五艦隊はなお針路を南方の戦場へむけて前進していた。味方機からの「敵空母集団発見」の報は度数を増すばかりである。敵の空母群は一つだけではない。その背後にもぞくぞくと空母群がひかえているのだ。

私にもようやく、事態は尋常《じんじょう》の模様ではないことが呑みこめてきた。今日は、このままの事態で推移するのだろうか。十月十六日の太陽は、かなり西へかたむいていた。夕刻ちかく、旗艦阿武隈から「右一八〇度一斉《いっせい》回頭」の命令が伝達された。第五艦隊は反転したのである。

もし、敵空母集団のいる真っ只中へ突っ込んでいけば、敵の餌食になるばかりであるから、反転して機会をうかがうのかと私は思ったが、そうではなかった。比島東方洋上には、台湾沖航空戦の残敵がゴロゴロしているどころか、優勢な敵機動部隊が健在であることが判明したため、連合艦隊参謀長の注意によって、戦場から一時退避したのだった。

第五艦隊は、沖縄東方洋上から針路を北にとり、徐々に南の決戦場からはなれていった。日はすっかり落ち、夜がふたたびやってきた。そして、針路を北西へ変えた。その前面約二五〇浬《かいり》くらいのところに奄美《あまみ》大島がある。

十月十七日は何事もなく明けて、暮れようとしていた。夕陽を背景にした奄美大島の陸影は、絵を見るようにきれいだった。第五艦隊は、しだいに奄美大島へ近づいていった。奄美大島の南西岸は、大島海峡をはさんで加計呂麻《かけろま》島と向かいあっている。この海峡の中央に、海軍航空隊の基地のある古仁屋泊地がある。

やがて大島海峡東口から、静かに古仁屋泊地へと進入していった。日はとっぷりと暮れていた。

古仁屋泊地で、各駆逐隊は巡洋艦から燃料補給をうけた。補給作業がすむと、大島海峡西口から台湾西方の馬公《まこう》へと向かった。十月十八日の早朝であった。この十八日に、第二遊撃部隊として出撃していた第五艦隊は、機動艦隊から南西方面艦隊へ編入されたのである。

奄美大島の陸影を左舷側に見ながら通過するとき、私は心の安らぎを覚えた。これで一日、寿命がのびたわけである。また東シナ海に入れば、敵襲にたいする警戒も気分的に楽になるので、最大の緊張感から解放されるのである。東シナ海は太平洋よりは幾分かましで、まだ日本軍の勢力が少しはおよぶ範囲であると思われていた。

十月十八日も、十九日も航海は平穏だった。十月十九日の夜半、第五艦隊は台湾北端の基《キー》隆《ルン》の、かすかな街の灯を遠くに見ながら通過していった。そして十月二十日午前八時、馬公に入港した。馬公の泊地は低い島々にかこまれた狭い泊地だった。赤茶色の島々は、十月というのに、夏の暑さを感じさせた。

午前十時ころ、旗艦阿武隈から若葉へ命令が伝達された。「第二十一駆逐隊は、航空艦隊の陸上基地人員および機材を高雄で積みこみマニラへ運搬し、任務終了後に本隊と合流すべし」ということであった。

燃料の急速補給をうけて、われわれ第二十一駆逐隊は午前十一時に馬公を出港して、高雄へむかった。その翌日午後四時に、第五艦隊は南西方面艦隊司令長官の命によって、馬公を出港してマニラへ向かったという。

高雄港の入口の防波堤灯台を見ながら、狭い水路を第二十一駆逐隊は港内へ入っていった。

私はなにか妙な匂《にお》いが漂ってくるのを感じた。それは、どうも砂糖の焼けるときのような、甘ったるい匂《にお》いなのである。狭い水路をすぎて、港内や岸壁一帯を見わたせる付近まできて、私は驚いた。岸壁はもちろん、港内のあちこちに沈没してマストだけ水面に出している船の残骸や、半分沈没しかかっている、無残にも破壊された船が見えたのである。岸壁ちかくの、まだくすぶりつづけている船は、今にも沈みそうである。

岸壁一帯にずらりと並んでいた倉庫群は跡かたもなく、火事場のあとのような匂いと硝煙の匂い、砂糖の焼ける甘ったるい匂いとがごちゃまぜになって、あたり一面に漂っている。これは十月十二日、十三日、十四日とつづいた、敵機動部隊の艦上機による攻撃の被害なのであった。

若葉も初春も初霜も一列に並んで岸壁につけられないので、それぞれ、まだくすぶりつづけている船のあいだをぬって横付けした。

マニラへ運搬する荷物は、すでに岸壁に準備されていた。基地の人員もそろっていた。二時間ほどで荷物の積み込みを終了した第二十一駆逐隊は、急きょ高雄を出港して、マニラへと向かった。

各部、対空戦闘準備よし

十月二十、二十一、二十二日と第二十一駆逐隊は、一路マニラへ向かって航行をつづけていたが、戦況にはとくに目立った変化はなかった。

マニラへ向かっていた第五艦隊は、十月二十二日、ルソン島北方を通過するころ、南西方面艦隊司令長官から「第二遊撃部隊は第一遊撃部隊に策応してレイテ湾に突入すべし」という命令を受けていた。第五艦隊はこのためマニラ寄港をとりやめて、ミンドロ島南西方にある、ブスアンガ島のコロン湾へと針路を変えた。コロン湾で燃料補給をするためである。

第五艦隊のはるか後方を航行していた第二十一駆逐隊は、もちろん、この命令を受信していた。そしてマニラで輸送資材と人員をおろしたならば、ただちに本隊のあとを追いかけ、二十四日の昼ごろには、シブヤン海付近で本隊に合流する計画であった。

十月二十三日の夕刻、第二十一駆逐隊はマニラ湾の入口ちかくにさしかかっていた。マニラ湾の入口にはコレヒドール島があり、そのコレヒドール島とその南方対岸との間には、機雷原が敷設されているとのことであった。私はマニラ湾の入口で油の帯を見た。その油の帯は南の方からのびてきており、マニラ湾の中へとつづいていた。

二十三日は、栗田艦隊がパラワン水道を北上中であり、その途中、敵潜水艦の攻撃をうけて、重巡愛宕は沈没し、高雄は大破して退避中であることを私は知っていたので、その油の帯が高雄のものであろうと思っていた。戦後に知りえたところによると、高雄はブルネイに引き返しているので、私が見た油の帯は高雄のものではなかったということになる。

第二十一駆逐隊は、コレヒドール水道の機雷原の間を通ってマニラへと進航した。そして、マニラに到着したのは二十四日の午前零時ちかくであった。高雄から積んできた人員と機材をおろすと、ただちに第二十一駆逐隊は、戦場へ向けてマニラをあとにした。第五艦隊は二十三日の午後六時には、すでにコロン湾に入港していた。

第二十一駆逐隊がマニラの南西方にある、ルバング島との間のベルデ島水道にかかるころ、十月二十四日の朝はしらじらと明けはじめていた。いよいよ戦場は近い。レイテ島もまもなくである。マニラを出港してから若葉は、総員配置のままだった。私は緊張していた。

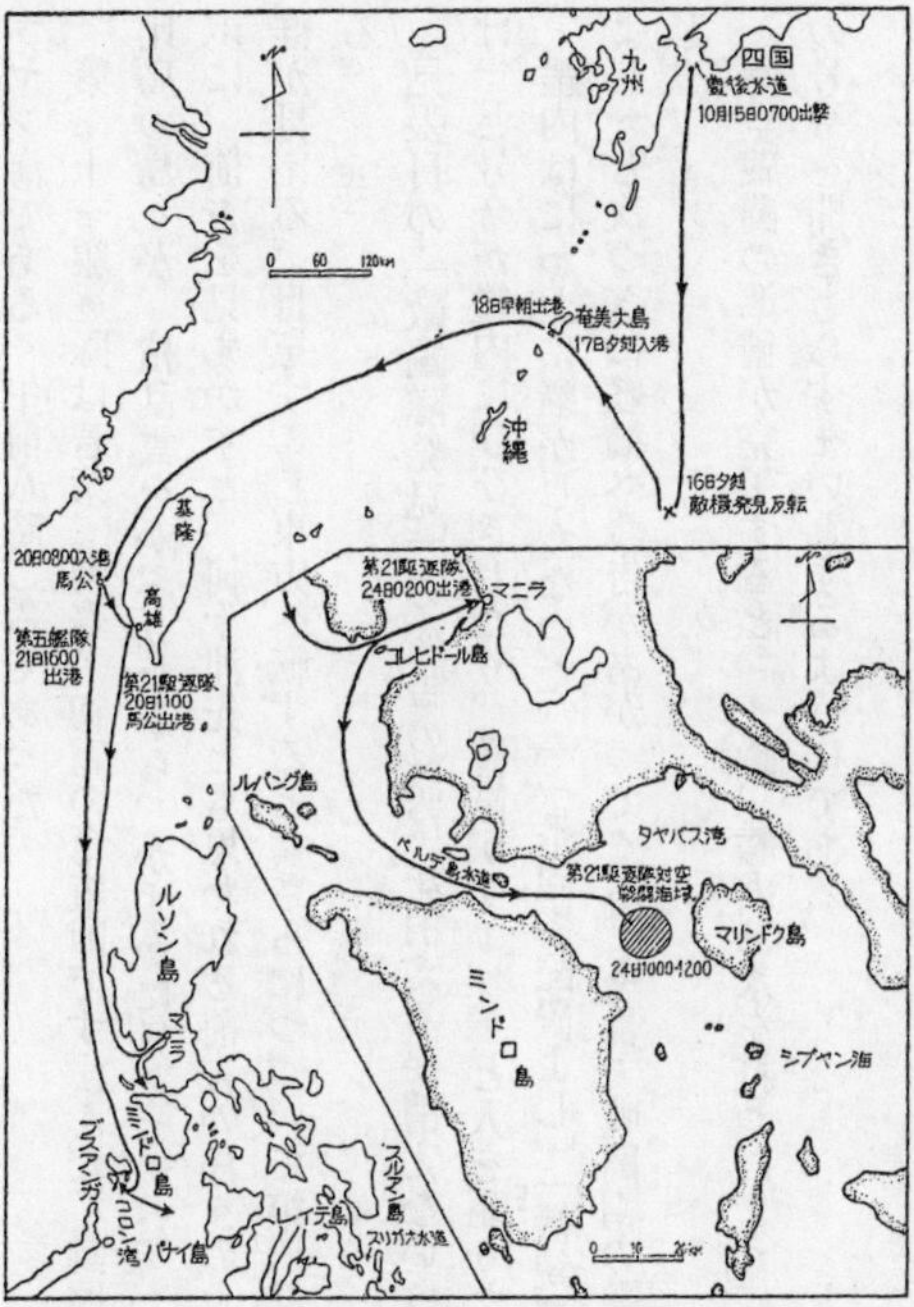

真夏の太陽は、じりじりと照りつけていた。右側に見えるミンドロ島北岸にそって第二十一駆逐隊はなおも進航していた。この分で進めば、コロン湾を出港している第五艦隊と、予定地点で会合できると私は思っていた。ミンドロ島北岸をすぎて、マリンドク島とミンドロ島との間の広い海面へ進出していった。その海面の南東方約六十浬先はシ

ブヤン海である。午前八時ごろであった。

第二十一駆逐隊は若葉、初春、初霜の単縦陣ですすんだ。針路前方のはるかかなたには、比島の島々が、積乱雲をかぶりながら、かすかに見えていた。「敵編隊」とさけぶ見張員の声に、前方を見すかすと、何十浬先とも思われる前方の島々の上空に、一団となった飛行機群が見える。目をすこし東方へ転ずると、さらにつづいて第二群、第三群の飛行機群が見える。

見張員の「敵編隊発見」の報告の語尾が消えるか消えないうちに、「対空戦闘配置につけ」と号令が艦内にひびきわたり、警笛がブーブーと人を駆りたてるように何度もわめいた。艦内はにわかに騒がしくなった。「一番砲塔配置よし」「機銃群配置よし」「二番砲塔配置よし」と次つぎに艦橋へ報告があがってくる。全員、戦闘帽の顎紐《あごひも》をたしかめ締め直している。

対空戦闘の準備が完了すると、一瞬、艦内は水を打ったように静かになった。つぎの艦長の号令を聞きもらすまいとするようにである。

機関室を襲った悲運の至近弾

第二十一駆逐隊は右側に初春、左側に初霜の戦闘体形にただちに展開し、速力も第一戦速へと増速していった。艦橋の時計は午前十時をさしていた。私には敵機は全部で一〇〇機くらいに見えたが、沖縄東方洋上のときのような緊張感はもうなかった。もうなにも考えることはない。ただ現実と対決するだけであった。

私の目も、若葉全員の目も、敵機の動静に釘付けになっていた。敵機群は西方へ飛行しているかに見えたが、やがてミンドロ島の山々のかげに入って見えなくなった。

「右後方敵編隊」「向かってきます、向かってきます」と見張員は叫んでいる。敵機はミンドロ島の北方を迂回して、駆逐隊の後ろから襲いかかってきたのである。ちょうどそのころ、マリンドク島南東のシブヤン海では、栗田艦隊と敵艦上機群との強烈な戦闘がはじまっていたのである。

若葉の艦長は、いつも腰掛けている艦橋そなえつけの椅子の上に立ちあがった。ちょうど、その頭の上の艦橋の屋根には、直径約五十センチくらいの穴があいており、その穴から上半身を乗り出した。こうすると、艦の上空も全周も見わたせるのである。

敵機は艦上機である。攻撃がはじまった。初春も、初霜もすでに射ち方をはじめていた。僚艦の射ちだす高角砲と機銃の音にまじって、敵機の爆音が耳をつんざくようである。私は、艦橋中央にある羅針盤の両端をしっかりにぎりしめて、前方と左右を見ていた。敵潜水艦への警戒と、僚艦との衝突をさけるためである。そして、艦長の号令を聞きのがすまいと、必死に聞き耳を立てていた。

敵機は、三機または五機の一団になって、機銃を乱射しながら急降下してくる。これを見上げている艦長は、敵機が爆弾を投下した瞬間に、着弾の予想地点を見定めて、これをかわすために「面舵《おもかじ》一杯」または「取舵《とりかじ》一杯」の号令をかける。

艦の後方から攻撃されているので、若葉は後部の二番砲しか使えない。だが、若葉の艦長は落ちついたものである。敵機が、わが方の着弾距離内に入ったとみるや、すかさず令した。

「射ち方はじめ」若葉の対空砲火が、うなりはじめた。「面舵一杯」艦長はどなった。艦長の号令の余韻がまだ消えないうちに、私は反射的に「面舵一杯」と怒鳴りながら、右手をぐるぐる右方へまわした。若葉の艦首が右の方へ約三十度くらい変針したとき、艦の左側五十メートル付近と艦尾ちかくに四、五本の大きな水柱があがった。

敵機の第一回目の急降下爆撃をかわすことができたのだ。「初春に火災が起きてます」と見張員は叫んでいる。私がその方を見ると、初春の後部砲塔付近に煙があがっているのが見える。

初春も初霜も間断なく、大きな水柱に取りかこまれている。やられたかなと思って見ていると、その水柱の中から頼もしい僚艦の姿があらわれてくる。

「またやってきます」と見張員はうわずった声で叫んだ。第一回目の攻撃からまだ二、三分しかたっていないような気がした。が、第二、第三、第四回目の攻撃も、若葉はたくみに躱《かわ》すことができた。

第五回目の急降下爆撃のときだったろうか。「面舵一杯」の艦長の声に、私もすぐ反復して、「面舵一杯」と怒鳴った。

若葉の艦首が右方へようやく回頭をはじめたとき、若葉の前部甲板の左舷側をかすめて、至近弾が落下した。と同時に「ズズン」と腹にひびくような、ものすごい衝撃を艦尾の方に感じた。

若葉は、前部の至近弾による大きな水柱のなかを、全速力で走っていた馬が急に手綱《たづな》を引きしぼられ、タタラを踏むときのような格好であえぐように、のめるように、急に速力を落としながらくぐり抜けた。艦橋のなかは落下する水柱の、滝のような海水を浴びて水びたしだった。

「機関室被弾しました」と機関室からの伝令が艦橋にとんできた。私が艦橋内の頭上にある計器類を見ると、速力指示器、舵角表示器、機関回転表示盤などの指針が、全部ゼロのほうへ動いてゆく。若葉は行き足がなくなり、ついに停ってしまった。被弾と同時に艦内の電気はすべて消えていた。

運用長も艦橋にやってきた。「運用長、防水はどうか」と艦長はいった。「機関室は直撃弾をくらいました。艦底までつき抜けています」と運用長はいい、戦死者と負傷者の名前も報告していた。

敵機との交戦時間はどのくらいだっただろう。三十分くらいであったろうか。それとも一時間くらいだったのか。私にはとても長い時間のようにも思えたし、終わってみると、ほんの一瞬の時間だったようにも思え、ちょっと見当がつかないほどだった。

腹部にのこる敗戦のキズあと

若葉は浸水をはじめ、傾きはじめていた。その若葉の周囲を、僚艦の初春と初霜が高速で

若葉。友鶴事件の発生により初春型は改善工事の必要にせまられたが、建造中であった3番艦の若葉も復原性能や船体強度が改善され、竣工当時の初春や子日とは艦型を一変して就役した

ぐるぐる回りながら、敵機の攻撃から若葉をまもっていてくれた。

やがて敵機の編隊は攻撃を終了したらしく、引きあげていった。初春は被弾していないようであるが、戦闘力に支障はないように見えた。若葉の傾斜はますます大きくなって、ついに、涙をのんで放棄しなければならなくなった。

「総員退艦用意」悲痛な艦長の声が艦内につげられる。

私は急いで寝室へ降り、軍刀を袋から取り出してつかむと、また艦橋へとって返した。軍刀についている長い下げ緒《お》でこれを背中に背負い、その上から救命胴衣を着装した。乗員全員は、すでに救命胴衣をつけている。この軍刀は私にとっては大切なものので、伊達正宗の刀鍛冶《かじ》であった国包《くにかね》の作であり、鮫鞘《さめざや》に仕込んだものである。また、私が昭和十六年に応召したとき、兄がお祝いにと贈ってくれた記念の品でもあった。「軍艦旗降ろし方用意」と私は号令をかけた。航海中の軍艦旗の掲揚降下は航海長の役目なのである。左舷側を下にして、約六十度くらいまで傾斜していた若葉の艦橋後部の、いつもは見張員の立っているところで、艦側に馬乗りにまたがりながら、「降ろせ」と私は叫んだ。信号兵はラッパで「君が代」を吹奏している。これが若葉の最期かと思うと、私は悲しかった。寂しかった。なんだか涙が出てきそうだった。

信号兵の「君が代」吹奏が終わると、「飛び込め」と艦長がどなった。すでに八十度くらいまで傾斜している若葉の舷側を靴をぬぎすて、すべるようにしながら海に飛び込んだ。そして沈みゆく艦からできるだけ離れようと、みなけんめいに泳いだ。

私が若葉から五十メートルくらい離れたとき、若葉は艦首を水面に突き立て、ぶくぶくと泡をたてながら、艦尾の方から海底深く沈んでいった。若葉が沈んで四、五分くらいしたとき、とつぜん海中で「ドシン」というものすごい音がしたと思うと、腹ばいになって泳いでいた私は、丸太ん棒で胸部と腹部をぶん殴られたような、つよい衝撃を感じた。若葉に積んでいた爆雷が爆発したのである。私の腹部は急にしくしくと痛みだした。

と、初春が、若葉の沈没海面ちかくにきて停止した。その初春のまわりを初霜が、高速でぐるぐるまわりながら警戒してくれている。

泳げる者はみな初春に泳ぎついた。自力で泳げない者や負傷者のために、初春は短艇を降ろしてひろいあげてくれる。私も腹部の痛さをこらえて初春にどうやら泳ぎつき、舷側にぶら下げてある縄梯子《はしご》を手にかけたが、力が抜けたのか、なかなか上がれない。初春の乗員は見かねて私の手を引っぱって艦上に引きあげてくれた。さて艦上に引きあげてもらったものの、情けないことに歩けない。

「航海長は艦長室で休んでいて下さい」というので、私は苦痛をこらえ、手摺《てすり》につかまりながら、ようやく艦長室へたどりつき、そのまま寝台のうえに倒れこんでしまった。しばらくすると、初春は動き出していた。痛む腹部を押えてベッドに横になっているところへ、軍医中尉が注射器を持ってやってきた。

「航海長、しっかりして下さい」と元気な声をかける。彼も泳いだはずだが、なんともなかったらしい。「どうやって泳いでました?」「腹ばいだよ」「腹が痛いんだよ、血便が出るんだ」

「爆雷にやられましたね。水中爆傷ですよ。いま、士官室では水中爆傷の負傷者の手当をしているんですが、たくさん負傷者がいますよ。士官室にも、廊下にもゴロゴロしているんです」と言い、さらにまた、「水中爆傷の負傷者は、みな腹をひらいて、ちぎれた腸《はらわた》を縫い合わせているんですが、だいぶ助からない者もいるかも知れませんね」

そう付けたして、私の胸部と腹部のあたりを診察しながら、「このていどなら大丈夫ですよ、腸にひびが入っているんでしょう。マニラへ引き返すそうですから、しばらく辛抱して下さい。注射をしておきます」といって、止血剤をうってくれた。

初霜は無傷であり、初春は後部砲塔を少し破損しただけで、まだ戦闘力はあったのに、第二十一駆逐隊がなぜマニラへ帰投したかは、私は知らない。マニラに引き返すと、私は初春からマニラの海軍病院へ入院させられた。若葉の艦長と同室だった。艦長も水中爆傷だった。血便で苦しんでいた私は、二十五日のスリガオ海戦で、第五艦隊主力がやられたことを聞かされた。

十一月三日、私は回復した戦友たちといっしょに、軍用機でマニラから台湾へ飛び、さらに台湾で軍用機を乗りついで内地に帰った。そして佐世保で生き残りの士官たちとともに若葉の残務整理をおこなったのであった。

わずか六ヵ月間の若葉乗艦であったが、この間に経験したことが、さまざまの思いで私の脳裏をよぎる。だが、駆逐艦若葉の、あの勇姿をもう二度と見ることはできないのだ。その後、第二十一駆逐隊が、どのような運命をたどったのか、私は知らない。

夕雲型「朝霜」多号作戦オルモック輸送

敵機の集中攻撃をかいくぐり三次四次レイテ輸送から生還した航海長の体験

当時「朝霜」航海長・海軍大尉　芦田　収

レイテ島への輸送を行なった「多号作戦」を記す前に、それ以前の駆逐艦朝霜（昭和十八年十一月竣工の夕雲型十六番艦）の行動について、少し記してみたいと思う。

レイテ作戦（捷号作戦）は、昭和十九年十月二十三日のパラワン島西方沖における敵潜の襲撃により狂わされた。すなわち十月二十三日の未明、第四戦隊の愛宕はパラワン水道において沈没、同じく摩耶も沈没、高雄は大きな損傷を受けた。わが朝霜は愛宕の乗員を救助したのち、本隊と離れ、高雄を護衛してブルネイ湾へと向かうことになった。

芦田収大尉

栗田艦隊は旗艦を大和に変更してレイテへと向かったが、途中、シブヤン海において敵機と遭遇し武蔵を失った。朝霜がブルネイ湾に高雄を送り込んだころ、本隊はサンベルナルジノ海峡を出て、南下しているころであったと記憶する。朝霜艦長の杉原与四郎中佐は、もはや本隊との合流は時機遅しと断念し、スリガオ海峡を経て別働隊（山城、扶桑、最上等の艦隊）のあとを追うべく決意され、航海計画を立てるよう私に指示された。スリガオ海峡は敵の敷設機雷もあり、また敵機の攻撃も予想されるので、私は先任将校の安藤文彦大尉とも相談し、できるだけ島陰に接近した航路計画を立てた。

杉原艦長は計画を愛宕艦長（当艦にて救助）と高雄艦長のもとに持参して、ご意見を伺ったが、両艦長とも「それは中止した方がよいだろう」というご意見であった。杉原艦長も熟考のうえ中止を決意された。本隊に合流して捷号作戦の決戦に加われないことは、艦長以下乗員一同残念であったが、やむを得ないとあきらめた。

ブルネイ湾の入口は機雷が敷設されており、掃海水路は非常にせまかった。輸送船が一隻入港、水路をあやまり機雷に触れて損害をうけた。同船は敵潜の襲撃と間違い、一時は海面に向けて射撃をしたが、機雷との触接に間違いないと思われた。

かくするうちに本隊の栗田艦隊はレイテ湾への突入をやめ、反転、引き返すとの情報が入った。残存艦隊はサンベルナルジノ海峡を通過し、シブヤン海を経てブルネイ湾に帰投することになった。朝霜はただちに出港し、残存艦隊をブルネイ湾に誘導すべき命をうけた。深夜にブルネイ湾を出港、大和を旗艦とする残存艦隊に洋上において会合し、ブルネイ湾に誘導した。闇の中に大和、長門らの残存艦隊を認めたときはいささか寂しい思いがした。

残存艦隊をブルネイ湾に誘導後、朝霜はマニラへ帰投の命を受け、単艦でブルネイ湾を出港してマニラへ向かった。そして十一月はじめにマニラへ到着、燃料補給を行なった。多号作戦に参加する命を受けたのは、それから間もなくであったと思う。しかし、出撃の前の十一月五日、レイテ作戦後はじめてマニラ湾は敵機の攻撃をうけることになった。

十一月五日朝、朝霜のレーダーは敵機群を東方に感知した。朝霜ほか碇泊していた艦艇はただちに出港してマニラ湾に出た。敵艦上機群は、間もなくマニラ上空に現われた。この来襲により那智は奮戦ののち沈没、朝霜も艦橋に敵の銃撃をうけ、安藤文彦砲術長をはじめ十数名の戦死者と多数の負傷者を出した。そして敵艦上機の攻撃は、明くる六日もつづいた。六日は黎明より攻撃を受けた。各艦とも出港する余裕もなかった。朝霜は被害は受けなかったが、前日の戦闘で失った砲術長以下の人員を急速補充し、多号作戦にそなえた。

集中攻撃を受ける朝霜

多号作戦の第四次輸送は、昭和十九年十一月八日、マニラを出撃して開始された。編成は高速輸送船の高津丸、金華山丸、香椎丸に護衛艦として海防艦沖縄、占守、第十一号と第十三号海防艦（以上直接護衛）。これに第一水雷戦隊の霞、潮、第二水雷戦隊の朝霜、秋霜、長波、若月が加わり、レイテ島オルモックへ陸軍部隊を上陸させるべく出撃した。

これより先、第三次船団（低速船団）が出撃する予定であったが、都合により第四次が先に出撃することになった。船団はシブヤン海を通過して、九日夜にオルモック港沖に到着した。当初の打ち合わせではオルモック港より大発が迎えに来る予定になっていたが、いっこうに来ない。やむを得ず護衛隊の海防艦を使用して、人員の揚陸をはかった。

揚陸は十日朝までつづいた。そのころ、わが隊の電探（レーダー）が敵機編隊を東方約五十キロにとらえた。船団はただちに抜錨して敵機にそなえた。間もなく敵機B26、P38の来襲をうけた。この空襲により船団は香椎丸、高津丸が沈没、護衛艦の海防艦十一号も沈没した。残った艦はマニラに帰投したが、途中、朝霜、長波、若月は、シブヤン海において第三次輸送船団と合流し、再度オルモックに引き返すことになった。

第三次輸送船団は、前記のように低速の船団である。護衛隊は早川幹夫少将を司令官とし、旗艦は島風である。その下に浜波、初春、竹、駆潜艇四十六号、掃海艇三十号であった。これに前記の三艦が加わり、低速船六隻を護衛して十一日朝、オルモック湾外に到着した。

そのころ、わが方のレーダーは敵機群を東方に捕捉した。午前十時すぎに敵艦上機を発見、ただちに護衛艦は煙幕を展張して輸送船団をさえぎったが、あまり効果は期待し得なかった。朝霜の艦長杉原中佐は、駆逐艦長として実戦経験豊かな艦長である。ただちに南西方面艦隊司令部に、「ワレ敵約二八〇機ト交戦中」と電報を打った。

護衛隊の対空砲火は、敵機にたいして一斉に火蓋《ひぶた》を切った。敵機はつぎつぎと輸送船団に向けて攻撃を加えた。低速船団のため行動も鈍いし、護衛艦の対空砲火ではとうてい船団を掩護しきれない。船団のうち四隻は一瞬にして轟沈した。沈没したあとにはほとんど人影も見当たらなかった。

のちの記録によると、三百名ぐらいが陸岸に泳ぎついた模様であるが、その当時はほとんど人影が見えなかった。残りの二隻は接岸擱坐した。乗員は陸上へ揚陸された模様である。

船団を撃沈した敵機は、今度は護衛艦に攻撃をかけてきた。敵機の攻撃を受けてからどのくらい時間が経ったかは記憶にないが、気がつくと、若月は航行不能（のち沈没）、他の艦艇もほとんどが航行不能に陥っていた。

私は朝霜の航海長として、敵機の爆撃を回避するのが精一杯であった。船団の攻撃を終えた敵機は駆逐艦に目標を移し、その駆逐艦も大部分が被害を受けたので、いまや朝霜は敵機の集中攻撃の的となった。敵機は何波かに分かれ、攻撃を終えた機は交替して、新しい敵機が来襲した。爆撃と同時に艦橋は機銃掃射をうけた。熱い弾丸の風が身体のまわりを吹き抜けると、前方にグラマンF6Fの主翼（先端が角型）が目に映り、今でもそれが脳に焼きついている。

爆弾の水煙がつぎつぎと近づいてくる。ただ直感で、それを回避する以外に術《すべ》がなかった。同行の掃海艇が擱坐しているように見えた。同艇はそれにもかかわらず、その対空砲火は一斉に火を吹き、勇戦奮闘していた。小艦ながら本当に天晴れだと思い、痛く勇気づけられた。

生存者を救助してマニラへ

どのくらい時間がたったか記憶にないが、敵機の攻撃は絶えない。このままだといずれは朝霜も被弾する。思い切って陸岸に乗り上げて、陸上砲台にでもなった方がよいかとも思った。

艦長にその旨具申すると、艦長はジッと考えられ「島風はどこだ、島風に着けよう」と言われた。島風は司令官早川少将の乗艦である。そのとき、島風は航行不能であった。私は島風に近づき横付けを試みた。そのときは敵機を回避するため最大戦速（約三十数ノット）で走っていた。速力を落として島風に近づこうとすると、たちまち敵機が降下して攻撃をかけてくる。急いで速力を上げて回避する。これを何回かくり返した。

島風は搭載している機銃弾が誘発しているのか、後甲板では機銃弾が飛び散り、近くにピッタリ横付けできない。何回か試みてようやく島風から若干距離をおいて併行に艦を停めた。

島風の上甲板には司令部の松原瀧三郎中佐（先任参謀）、島風の上村嵐機関長ほか何名かの

竣工当時の朝霜。公試排水量2520トン、全長119.03m、速力35ノット、18ノット5000浬、12.7cm連装砲塔3基

姿が見られた。松原参謀の話では、早川司令官以下全員が戦死、島風も艦長以下ほとんどが戦死された由であった。

杉原艦長が艦橋から「早くこちらへ乗り移ってください」と叫んだ。艦と艦との距離は十～二十メートルぐらいで、飛び込んで泳いでくれば救助できる距離であった。しかし松原参謀は言われた。「俺たちはここに残る。早くマニラへ帰れ」と。

艦長としては、なんとか生存乗員を朝霜に救助したい気持であった。艦は横付けできないが、乗り移れないことはない。朝霜乗員一同もみなそれを願った。しかし、司令官が戦死されたいま、先任参謀としてのお立場、お気持もよくわかった。

敵機が上空に迫ってきた。あまり停止している余裕がない。艦長は艦橋の横から顔を出して、松原参謀の方に向かって挙手の敬礼をされ、「それでは、おいとまいたします」と言われた。おそらく、これで二度とお目にかかれないと思われたのであろう。艦長の眼が潤《うる》んでいるように見えた。一同、断腸の思いであった。

つぎの瞬間、敵の一機が銃撃をかけてきた。ただちに発進して島風を離れた。敵機の爆撃がふたたびはじまった。爆弾の水煙が一つまた一つと近づいてきた。瞬間、危ないと直感、いままで面舵《おもかじ》一杯にとっていた舵を急いでもどし、取舵《とりかじ》一杯に変えた。そのときである。朝霜の前甲板が黒い水煙につつまれた。轟音とともに真っ黒な水煙が艦橋の前面に襲いかかった。その闇の中で稲妻のような閃光が眼前を走った。

もはやこれまでと思った。一瞬、水煙が去ったのち、艦首はもはやなくなっていると思った。

た。しかし奇跡か、艦首が見えたのである。危うく至近弾が避けられたのだ。艦長と私は顔を見合わせホッとした。艦長の顔も私の顔も黒い水のため真っ黒になり、さながら黒ん坊のようであった。

そのとき、後ろについていた伝令の少年兵が、「アッ、ねずみ、ねずみ」と叫んだ。見ると鼠《ねずみ》がキョトンとした顔を前面の砲塔のすき間から出した。伝令兵は十八歳ぐらいの少年で、純真そのものであった。この少年の態度で、ふとわれわれは人間に返ったような思いがした。

つぎの瞬間、また攻撃がかけられてきた。

わが方の艦は、ほとんどが航行不能になっていた模様である。もっとも近くに浜波（夕雲型十三番艦）が見えた。浜波の乗員を救助すべく速力をゆるめて近づくと、ただちに上空より攻撃がかかってくる。瞬時も停止することができない。

このとき見張員が、わが方の零戦五機を認めた。わずか五機であったが、非常に力を得た気がした。敵機は友軍機に集中した。一瞬、わが艦に余裕ができた。それはほんのわずかな時間ではあったが、その間に浜波に横付けし、その乗員の大半を救助することができた。友軍機は衆寡敵せず、全機が撃墜されたが、友軍機の敢闘には心より感謝し、その冥福をお祈りしたい。

浜波には第三十二駆逐隊司令の大島一太郎大佐が乗艦しておられた。司令は朝霜に移乗され、ただちに艦橋に昇ってこられた。だいぶお疲れの様子であった。杉原艦長は司令に現在までの状況を報告し、いったんマニラに引き返すむね話された。司令も同様の考えであった。

浜波乗員は約二百名を超えていたと思う。朝霜も満杯になってきた。まだ長波（夕雲型四番艦）ほかの僚艦が残っているが、艦を停めて救助することができない。艦長もマニラに引き返し、再度、救助に来る以外なしと決意されたと思う。「よし、いったんマニラへ引き返そう」と言われた。

敵機はまた執拗に攻撃をかけてきた。早く敵機の攻撃圏内より離脱せねばならぬ。残された生存者ができるだけ陸岸にたどり着き、救助を待っておられるよう祈りつつ、朝霜は西に向けて突っ走った。シブヤン海に入るころ、ようやく日没になり、敵機の攻撃より脱することができた。朝霜は闇のシブヤン海を三十ノットで突っ走った。マニラ湾外に到達したのは翌未明である。

マニラ入港後、艦長はただちに海図を持って司令部に戦況報告に行かれた。救難のため輸送艦が出撃したのは、それよりほどなくであったと思う。

第一線指揮官の切実なる叫び

多号作戦は多くの陸軍兵力を失い、その犠牲は大きかった。第四次輸送は兵力は上陸させたが、兵器資材は揚陸できず、やはり失敗に終わった。陸岸を目の前にしながら一瞬にして撃沈され、命を失われた方々のことを思うと、胸がつまる思いである。後続の救助に派遣された輸送艦で救助帰還された方々の話では、一日のちがいで敵の攻撃をまぬがれたとのことであった。

ところで、護衛隊司令官の早川幹夫少将は、卓越した指揮官であったと思う。朝霜は第二水雷戦隊の一艦としてサイパン沖海戦（あ号作戦）、レイテ沖海戦（捷号作戦）を同司令官の指揮下で戦い、最後がオルモックの輸送作戦であった。

司令官は戦機を見るに敏であられ、また特に若い者を可愛がってくださった。研究会などで旗艦に赴くと、いつも温かく励ましてくださった。同時に作戦にたいする指示、注意などは、鋭くポイントを指摘、指示された。その早川司令官がオルモックにおいて戦死されたことは、まことに惜しい限りである。朝霜がオルモック湾よりマニラに帰投する途中、杉原艦長は「せめて早川司令官のご遺髪でもいただいてきたかったが、それもかなわず残念だった」と漏らしておられた。

朝霜艦長の杉原中佐には、私は朝霜乗艦いらいお仕えした。前述のとおり、駆逐艦長として実戦のご経験も深く、冷静沈着、先を見ることに敏で、また勇敢な方であった。オルモック作戦においても冷静的確な判断で対処されたことが、爾後の救出作戦を可能ならしめたものと考える。

朝霜乗員も本作戦ではじつによく戦った。朝霜艦長以下の大部の乗員はその後、礼号作戦（ミンドロ島突入）に参加、昭和二十年二月、伊勢、日向とともに内地に帰投した。その後、四月六日に沖縄へ出撃、明くる七日、九州西南端の海上において敵機の攻撃をうけて沈没し、当時の乗員全員が戦死をとげられた。深い哀惜の念を禁じ得ない。

ともあれ、作戦が終了すると戦闘詳報を作成して、司令部へ提出することになっている。

多号作戦の戦闘詳報の最後に、杉原艦長が次の趣旨の意見を書かれたと記憶する。「勝算少なき作戦は直ちに中止すべきと思考す。徒《いたずら》に人命を失うのみなり」と。当然と思われるこのことが、実施できない当時の戦況であったかも知れない。しかし、これが第一線指揮官の切実なる叫びであったと思う。今でもこの言葉が私の胸に刻まれている。

われ初霜 沖縄の海上砲台とならん

大和水上特攻作戦の顚末と初霜の最後を砲術長が克明に綴る戦闘日誌

当時「初霜」砲術長・海軍大尉　藤井治美

私が駆逐艦初霜《はつしも》（初春型四番艦）の乗組を命ぜられ、着任したのは昭和十九年五月十八日で、そのとき初霜は佐世保軍港でそれまでの作戦行動の疲れをいやすため、入渠修理をしているところだった。それまで私は千島を根拠地とする第一駆逐隊（野風、神風、波風、沼風）の野風（艦長海老原太郎少佐）砲術長をつとめていたが、四月二十八日付をもって第二十一駆逐隊（初霜、初春、若葉、子日）の初霜（艦長滝川孝司少佐）砲術長に転任となり、小樽をあとにして佐世保についたのである。その日は初夏のような日和《ひより》に新緑の映えたときであった。

藤井治美大尉

その当時の戦局は、二月にトラック島の大空襲があり、米軍をして「ハワイ空襲の報復なれり」と豪語せしめ、またヤップ、パラオ空襲や古賀連合艦隊長官の遭難があった。上層部では攻勢転移への準備が進められている、と言ってはいるものの、まだ守勢につぐ守勢で、どことなく重苦しい空気のうちに、こんどは中部太平洋方面の戦局が緊迫化しそうな気配が濃厚になってきた。

この佐世保軍港が、一年後に海上特攻作戦から九死に一生を得て生還する基地になろうとは、そのときは夢想もしなかった。

初霜はこの修理を終えてから、台湾沖航空戦や捷号作戦に参加（二一四頁参照）したのち、マニラ〜オルモック間のレイテ島陸軍増援部隊の護衛を数回つとめた。そして十一月も中旬になると、マニラ空襲が激しくなり、十一月五日には重巡那智がマニラ湾で被爆して沈没した。そのため、初霜は第五艦隊旗艦となって将旗を掲げ、ブルネイ、カムラン湾経由でシンガポール南方スマトラ東岸のリンガ泊地に向かった。

リンガでは主として各種訓練、入渠修理を行なっていたが、昭和二十年二月五日に第一水雷戦隊は解隊され、初霜は第二水雷戦隊の第二十一駆逐隊に編入された。そして二月十日、南方重要物資を内地に輸送するための北号作戦部隊が編成され、途中、敵制空権下の台湾海峡を一気に突破し、二十日の午後、呉に無事入港した。

やがて戦局はますます悪化し、三月二十三日には米軍が沖縄に上陸し、ついで飛行場も占領したので、わが海軍では四月六日を期して、基地航空部隊による菊水一号作戦（航空特攻攻撃）を行なうことを知らされ、いよいよ敵来たるかの感を深くしたものである。

海上特攻の命下る

昭和二十年三月二十三日、沖縄に敵の大部隊が上陸してから、九州方面の戦局はより以上に緊迫し、われわれもその活動舞台が太平洋であるだけに、なにかじっとしてはいられないほど焦燥感を味わわされた。その当時の模様を日記に見ると——

四月一日（日）

呉にて入渠修理完了す。敵沖縄上陸にともない、戦局の変化に即応し、陽動的に行動して敵機動部隊を牽制誘致し、神風特別攻撃隊の攻撃をより効果あらしむるため、本日、第二艦隊は豊後水道より大隅海峡を経由して佐世保に回航、待機訓練に従事することとなれり。

午前十時、第二艦隊旗艦大和《やまと》、第二水雷戦隊旗艦矢矧《やはぎ》、第四十一駆逐隊（冬月、涼月）、第十七駆逐隊（磯風、浜風、雪風）、第二十一駆逐隊（朝霜、初霜、霞）および響は、三田尻沖を経由して佐世保に向け出港す。途中、響は触雷せるため、初霜が呉まで護衛し、呉入港後、初霜はただちに反転、本隊に合同す。各種洋上訓練を行なう。

四月二日（月）

三田尻沖着後、急に佐世保回航は中止となり、三田尻沖にてそのまま待機、訓練に従事することとなれり。敵偵察機の飛来ひんぱんなり。所在をくらますため、甲板上に偽装工作を行なう。対空射撃をなす。

四月三日（火）

本日は出動訓練を行なう。伊予灘に出動、各種洋上訓練中、突如、空襲警報発令。敵艦上

復原性能改善をおえて、船体強度補強工事をまつ初霜。基準排水量1700トン

機を視認、対空射撃、大和発砲、一機撃墜せるも、後刻、松山空の紫電（局地戦闘機）をF6Fグラマンと誤認せること判明せり。彼我航空兵力の現状、戦場の錯綜よりみて、味方識別は厳格に実行するを要す。

四月四日（火）

昼、戦務訓練終了後、大和より「各艦所轄長以上参集せよ」の信号あり。

連合艦隊司令部より『海上特別攻撃隊を編成し、四月八日未明、沖縄に突入し、敵在泊艦艇を攻撃撃滅せよ』との命あり。『海上特別攻撃隊編制は第二艦隊、ただし第二十一駆逐隊のうち初霜、霞を除く』とあるため、艦長より隊司令を通じ、第二艦隊司令部に特別攻撃隊編入につき申し入れたるところ、連合艦隊司令部に意見具申し許可ありたる旨引きつづき連絡あり。ただちに出撃準備をなす。

四月五日（水）

第二艦隊司令長官より第二艦隊（大和、第二水雷戦隊）は四月八日未明、沖縄敵泊地に突入、在泊艦艇の撃滅ならびに陸上戦闘の協力をなすべき命により、海上特別攻撃隊を編成し、四月六日、午後三時、徳山を出撃する旨の下令あり。午前十一時、矢矧に横付け、燃料を渡し矢矧の戦闘不要物件を初霜に移す。午後三時半、三田尻沖出港、燃料補給のため徳山へ回航す。午後五時、徳山入港。燃料廠補油桟橋に横付け、燃料補給、不要物件の陸揚を行なう。花月（第三十一戦隊旗艦）より機銃弾の補充をうく。

海上特攻隊としての出撃決定、艦内に緊迫の気みなぎり、戦闘不要物件、とくに可燃物の揚陸、弾火薬の超満載、各兵器の整備点検を行なう。戦闘力発揮上、直接関与なき者はすべて退艦せしむることとせり。燃料廠にても、突然の補油にて新作戦の展開を予期せるもののごときも、ただ黙々として迅速に作業は行なわれたり。艦内にてはハンモック、ホーサーにて艦橋、砲塔、機銃台などの周囲に防弾装備を行なう。

特攻隊というも、おなじ艦にておなじ釜の飯をくう者同士、おなじ甲板にて血をながす者同士、使命感を徹底し戦闘力発揮につとむべし。夜、酒保をひらき、艦長をはじめ乗員ともども痛飲、和気あいあいのうちに談笑、あわせて身の整理をなさしむ。遺髪遺爪をとり、主計長にたくす。

特攻隊というは一に英雄感あり、一に悲壮感あり、神風特別攻撃隊とことなり艦隊行動をするところ、その使命感に鑑み、悲壮感よりむしろ英雄感、使命に対する自負心を強く思う。

戦局転換の責務わが双肩にありとする意識(いま思えばドンキホーテ的であるかもしれないが、当時の戦局、艦隊のおかれた立場を考えれば、わかることと思う)。遺髪遺爪をたくすことにより、現実的に自己を直視し、この作戦行動に対する自己の役割を冷静に把握するものならむ。

神州不滅‼ 茜《あかね》さす あづまの国に 生れける そのよろこびを そのよろこびを

旗艦大和に群がる敵機

四月六日(木)

弾薬補給、燃料搭載、不要物件陸揚を続行す。初霜乗組員――艦長酒匂雅三少佐。水雷長向谷大尉。砲術長藤井治美大尉。機関長末永大尉。航海長松田清中尉。通信士松井一彦少尉。水雷士阿部少尉。電測士木田隆三少尉。掌砲長中山孝少尉。そのほか乗員三〇四名。合計三一三名である。

午後一時半、諸作業終了、ただちに出港、三田尻沖の艦隊泊地にむかう。午後二時、泊地着、艦長はただちに大和における作戦打合わせに行く。出撃は午後三時なり。午後二時四十五分、出撃準備完了、待機す。艦長、大和より帰艦、ただちに出港用意。

午後三時、三田尻沖を出撃す。第三十一戦隊(花月、槇、榧、楠、萩)は艦隊出撃を見送りたるのち呉に向かいたり。速力二十六ノット。高速陣形運動を行なう。急ぎ瀬戸に向かう。薬煙幕装置を点検し、砲戦教練を行なう。

日没時灯火戦闘管制、夜戦にそなう。豊後水道二十四ノットにて南下す。単縦陣、ジグザグ運動A法対潜警戒航行序列に占位す。宮崎沖にて敵潜水艦らしき電波を探知するも意にかいせず、都井岬を迂回し大隅海峡に向かう。敵潜水艦に触接されし疑いあり。

出撃にさいし連合艦隊司令長官より訓示あり。

『帝国海軍部隊は陸軍と協力、海陸空の全力をあげ沖縄周辺の敵艦船にたいする総攻撃を決行せんとす。皇国の興廃まさにこの一挙にあり。ここに海上特別攻撃隊を編成し、壮烈無比の突入作戦を命じたるは、帝国海軍をこの一戦に結集し、光輝ある帝国海軍水上部隊の伝統を発揚するとともに、その栄光を後世につたえんとするにほかならず。各隊はその特攻隊たると否とを問わず、いよいよ致死奮戦、敵艦隊をこのところに殲滅し、もって皇国無窮の礎を確立すべし』

その作戦計画は、沖縄中城湾在泊の敵艦艇を撃滅するとともに、さらには港口ふかく突入し、陸岸に接舷し、艦砲射撃により陸上攻撃に寄与せんとする特攻攻撃なり。

四月七日（金）

豊後水道を通過するとともに速力二十六ノットに増速。午前六時、大隅海峡をすぎ、針路二一〇度に変針、大和中心の輪形陣とせり。本日雲量八、雲高ひくく、空襲のさいに目標捕捉、測距照準困難な状況なり。電探の活用につとむ。

午前七時、朝霜巡航タービン嵌脱装置操作不良のため焼きつき、速力十八ノットに低下す。修理に五時間を要するとのこと、分離単独追従することとなれり。すみやかなる復旧と健闘を祈る。

七時十五分、敵マーチン大艇二機、艦隊の東約二万メートルに触接せるを発見、大和発砲す。二機にて悠然たり。直衛機おらばと切歯扼腕す。敵はかならず二機にて行動し、主観的誤謬を排し、偵察の確実性と救助の万全を期しおるもののごとし。

八時～十一時、第五航空艦隊の零戦二十機、艦隊の上空直衛に任ず。十一時五十分、電探にて南一〇〇キロ付近に飛行機の大編隊を探知す。

午後十二時十分、敵艦上機二十～三十機編隊にて来襲、突撃隊形に入りてより、十二機ていどの集団をもって層雲の間隙をぬい来襲す。主目標を大和、矢矧におきたるもののごとく、輪形陣直衛駆逐艦の対空砲火をおかし突入す。雲高ひくく攻撃目標を大和中心におくため、攻撃突入地点が雲のため見えざること多く、追従射撃困難、効果不十分。敵機も雲間よりの突入のため、攻撃目標の捕捉また困難。そのため急きょ目標を駆逐艦に変えるものあり。まず浜風、矢矧、涼月に被害あり。十三時より午後四時まで、艦上機のべ四五〇機来襲、その大部は大和に集中す。

午後一時半より大和にかわり初霜、艦隊通信代行艦となる。爆弾魚雷の集中攻撃、とくに左舷に攻撃を集中す。大和は徐々に復原力を失い左舷に傾斜、二時半ころ傾斜約七十度、魚雷による破口一個見ゆ。

乗員は舷側をつたわり海中にとび込みはじむ。その一瞬、艦中部火薬庫付近より轟音とともに一大火炎天に冲し、大和の艦体真っ二つ。前部は艦首を上に、後部は艦尾を上に直立しつつ、徐々に沈下しはじめ、二時五十分、ついに全没す（奄美大島西方二十浬）。

大和の艦体が真っ二つになったときの火炎の熱さはいまでも忘れられない。初霜は大和の右六十度一五〇〇メートルに占位していたが、天からは船体破片が大小種々雑多、ハンドレールが、機銃の一部が、砲塔の一部が、降ってくる。思わず鉄兜を頭につけた。

戦闘航海に支障なき冬月、雪風、初霜の三艦にて、第六十一駆逐隊司令指揮のもと沖縄突入を続行せんとしたるところ、四時半、連合艦隊司令部より冬月、雪風、初霜三艦は、沈没艦の乗員救助のうえ佐世保に回航せよの命あり。

この間、敵艦上機は大和の沈没を確認し、散発的に駆逐艦に攻撃をかけくるも、午後五時、避退せり。初霜の戦果、撃墜八機（うち五機不確実）。ただちに三艦にて乗員救助にあたる。

(1)各艦戦闘被害状況

大和＝被雷、左舷に十一個、右舷に一個被弾（多数にて数は不明確）。

矢矧＝五〇番、二五番の爆弾数発命中、魚雷二発機械室に命中。機械室破損機関停止、沈没。

浜風＝魚雷命中、轟沈。

磯風＝後部機械室に魚雷命中、航行不能。午後八時、雪風の魚雷にて自沈。

雪風＝爆弾一発命中、機銃掃射。

冬月＝ロケット爆弾二発左舷前、中部命中、機銃掃射。

涼月＝艦橋右舷前部に爆弾命中、大火災を起こす（単独後進で佐世保回航、四月八日午前十時入航)。

朝霜=機関の故障で脱落後、午後十二時二十分、「われ敵機と交戦中」の発信を最後にして消息を絶った(屋久島北方にて沈没したらしい)。

霞=中部右舷に爆弾命中、罐、機械室破損、航行不能となり沈没。

初霜=機銃掃射(二名負傷)。

戦闘航海に支障なき艦は冬月、雪風、初霜の三艦のみとなれり。

(2)乗員救助状況

午後五時半ごろより各艦乗員の救助に当たる。冬月=大和、霞の乗員救助。初霜=矢矧、浜風の乗員救助。雪風=磯風の乗員救助。

午後八時に救助を終わる。涼月は所在不明なるため冬月、初霜、雪風の三艦で単縦陣の航行をつづける。途中、敵潜水艦の電波を感じたが異状なく、男女群島に接航し佐世保に向かう。

四月八日(土)

午前八時、佐世保に入港。負傷者、遭難者を佐世保病院および海兵団におくる。初霜第二水雷戦隊旗艦となる。午前十時、涼月後進にて単独でぶじ入港。しかし浸水大なるため、ただちに入渠す。

宮津湾にて最期を迎える

大和特攻から生還、初春型唯一の生き残り艦であった初霜の最後

この海上特攻作戦を終えてから、第二艦隊は解隊され、初霜は連合艦隊直率の第三十一戦隊第十七駆逐隊（初霜、雪風）に編入された。六月十五日に舞鶴を経由して宮津湾に回航し、海上護衛および諸訓練に従事した。この宮津湾には十七駆逐隊のほかに長鯨、楠などが偽装され在泊していた。

歴戦をかさねたわが初霜も、やがて運命の日である七月三十日を迎えた。以下、当日の日記——

七月三十日

午前五時、警戒警報発令、艦内第二配備にて対空警戒を厳重にす。だが、抜錨出港は行なわないこととした。

六時半、敵F4U十五機が（第一波）来襲。湾口ちかく碇泊の長鯨を襲う。二十機が（第二波）わが初霜を襲う。急降下爆撃、機銃掃射をうけ指揮所は破壊、艦長は重傷をおい、そのほか負傷者多数、私も肩と手脚に機銃弾をうけたが、軽微で砲戦指揮を続行す。

午前十時、三十機が(第三波)来襲、坐してうけるにたえず、艦長の許可をうけ、出港用意をなす。対空防禦砲火により、急降下命中せず。艦首を湾口にむけて出港せんとするとき、中部に大爆発を感じ吹きとぶ。爆弾命中と思ったが、水柱がおさまるのを見ると、機雷爆発によるものなり。竜骨屈曲せる模様、罐室の付近は被害大。後檣は折れ電探もふっとぶ。短艇破損、後甲板は波で洗われ、右に三十度傾斜す。

十時半、艦体沈下をおそれ、陸岸にむけ獅子崎に艦首を擱坐す。艦首方位九四度、機銃など艦上にて使用不能となったため陸揚し、陸上に陣地を構築、対空防禦にそなえる。艦橋に水雷長、航海長、通信士、信号兵(松井兵曹)と私の五名が残り、ほかはすべて陸上にうつるよう命令す。

午後十二時十分、突如として後部大爆発、ふたたび空襲かと思ったが、さにあらず、ほかの機雷の自爆せるもののごとし。後部粉砕し見えず。乗員を陸上に移したるため死傷なく幸いなり。艦は二番煙突より前部のみが水上にあり。やむをえず空襲のあいだを利し、総員陸上に移り、陸岸陣地より初霜に急降下する敵機を射撃し、二機撃墜せり。

午後五時、敵機避退し負傷者を宮津の太田病院に移した。部隊を天の橋立、府中国民学校に移し残務整理にあたるとともに、初霜の戦闘状況を連合艦隊司令部、第三十一戦隊、舞鶴鎮守府に報告す。

このようにして、戦歴赫々たる初霜は宮津湾においてその最期を遂げた。海上特攻作戦の是非善悪を、現在論ずることは当をえないことであろう。だが、これだけは言えるのではなかろうか。この特攻戦術は優秀な将兵をつぎつぎと犠牲にし、あとにつづく者の訓練者が不足し、累乗的に戦力の低下をきたしたが、これは戦術的なあやまちを端的にしめしたものだ。しかし、特攻に参加した多くの兵士たちの、皇国護持の愛国心だけは忘れてはならないであろう。

ここに付言させていただきたいのは、菊水一号作戦において宇佐航空隊に配属されていた私の兄海軍大尉藤井真治（第十期飛行予備学生）が、第十八幡護皇隊の隊長として天山艦攻十五機をひきい、四月六日、串良基地より発進して、沖縄の敵航空母艦に突入したという通知を受けたことである。いまは亡き多くの戦友に合掌。

防空駆逐艦「宵月」の奮戦と終焉の日々

長一〇センチ連装高角砲四基を擁した最新鋭艦の型破り砲術長の手記

当時「宵月」砲術長・海軍大尉　荒木一雄

私は宵月《よいづき》(秋月型十番艦)艤装員の発令を横須賀海軍人事部で伝達されると、その日のうちに横鎮(横須賀鎮守府)退庁の手続きをとり、艤装造船所である浦賀船渠株式会社浦賀造船所にむかった。浦賀造船所にある造船監督官事務所をおとずれると、監督長の技術大佐に着任のあいさつをした。

監督長は「よいところにきた。いま宵月は下士官兵だけで士官はだれも着任しておらぬ。宿舎は反対側のミカン山にある。艤装のことはともかく、とりあえず下士官兵の取まとめは頼む」といわれた。ここで初めて、艤装員長もまだ着任していないことを知った。艤装に必要な艤装の細部の実情調査および艤装にかんする艤装員側の希望のことは後まわしにしても、艤装員付として、すでに艤装員事務所兼宿舎に集まっている下士官兵を、監督官側のいう烏合《うごう》の衆でなく、駆逐艦の乗員らしく組織体の一員として躾《しつ》けをおこなわなければならない。

とりわけ艤装員長の着任までに態勢をたてなおして、監督長の艤装に関する造船所側への監督業務に協力する方策を立てることが先決であると考えながら、艤装員事務所にいってみた。驚いたことに、言われたとおり士官の着任者はなく、下士官兵は各科各兵種がいちおう揃って約二五〇名であった。

そこで下士官の先任者を呼び、「艤装員長着任まで艤装員付の指揮をとる」と申し渡したのち、現在の内務関係の実情を聴取した。いちおう先任衛兵伍長、機関科特務下士官、甲板下士官などを選定して生活しているが、監督長のいう状況ではなかった。

これはどうも艤装員付の生活に関して、鎮守府の軍需部、経理部との連絡調整がうるさいための発言のように考えられる。そこで掌経理の庶務担当の主計科下士官を呼ぶと、主計長予定の艤装員が着任するまで、私がその職務を代理するむねの書類を作成した。それを関係部に持参させ、生活面について監督官事務所との縁を切ることとした。

そして、各配置の長たる下士官をつぎつぎに呼んで内務関係、艤装関係の実情を聴取すべく話をしていると、すでに夕刻となり、実情聴取は翌日まわしにした。下士官たちは本日の上陸を許可してくれというので、ここで着任早々あまり強圧的に出てはと思い、申し出を了承した。いままで集まった下士官兵の名簿と分隊別の仮割振りを持参させることにした。

上陸員を出したあとしばらくすると、先任衛兵伍長がやってきて、「今晩、下士官室の者が話し合いをするので、先任将校もぜひ出席してくれ」とのことであった。場所をたずねると、「浦賀のちょっとしたところ」という。私は「元来、士官は下士官兵とは戦技、競技などのあと分隊の居住区における酒保開け、無礼講以外には一緒に飲むものでない」と教育されていたので、申し出を拒否しようと思ったが、駆逐艦勤務は初めてであり、これからの先任将校勤務に少しでも役に立つ情報が入ればと考えなおし「出るよ」と返事した。

やがて日も暮れた夕方六時ごろ、先任衛兵伍長がきて「ご案内いたします」というので、後にしたがって艤装員事務所を出た。しばらく歩くと浦賀造船所の正門（監督官事務所）をすぎ、久里浜方面にぬける三差路の近くの小料理屋に案内された。

中へ入ると、まずそれぞれが自己紹介をし、艦内に準じた役員をしていることから話がはじまった。やがて艤装について語られはじめたが、艤装の不満……なにも知らされない、さわらせてもらえない——等々といったことであった。とくにレイテの戦闘後は、艤装といっても艤装でなく、防空壕掘りばかりやらされていることの不満が主であった。

そこで私は、「私も着任したばかりなので秋月型駆逐艦を充分に研究していない。順を追って直していくから見ていてくれ」という話をした。そして役員、当直などについては、将来入る予定の第四十一駆逐隊の部署、内規を取り寄せてから直すべきものは直すが、それまでは現行どおりで進める。上陸割は仮舷、仮部でおこなうむねを話して事務所に帰った。

苦心した部下の士気の高揚

そうしているうちに昭和十九年十二月三十一日、宵月は竣工引渡しの予定であった。われわれは忙しいながらも、就役したら張りきるぞと懸命に仕事に取り組んでいた。また空襲警報が出されたさいの避難すべき防空壕の内部をひろくする作業を、艤装作業と併行しておこなった。

ところが十二月下旬のある日の夕刻であった。前部機械室内の下部にある注油ポンプを試運転していると、注油ポンプ蒸気タービンの非常弁作動不良のためタービンがオーバー回転し、大音響を発しながら爆発した。そのためタービン翼が四散して、運転中の造船所造機部のS係長の顔面にタービン翼多数が直撃し、重傷を負わせた。また艤装員付注油ポンプ係のU機兵長の腹部にもタービン翼二枚が直撃し、重傷の悲報が飛びこんだ。

S係長は造船所側で自社の診療所に収容したとのことで、われわれはU機兵長について軍医長と看護兵曹を派遣し、横須賀海軍病院に入院させた。その夜のことであった。「S係長死亡」の通知を受けた。そこで担当の機関科の幹部（機関長など）をお通夜に参列させることとした。

翌日、この事故にたいする対策会議があり、注油ポンプ交換に約一ヵ月かかるだろうから、したがって十二月三十一日の完工は不可能で、昭和二十年一月三十一日の完工をメドとして艤装をすることに急ぎ決まった。そこで、士気を低下させずに、戦時下の正月をはさんだ艤装期間の延長をどう乗り切るかに一番頭を悩ました。事故が機関科所掌であったので、機関科は事故に関連した搭載機関およびパイプまわりの徹底的研究に乗りだした。

いっぽう砲術科は私が砲術長として、九四式高射器の操法などの教育資料を砲術学校からもらって、配置教育を充分にしようとした。ある日のこと砲術学校におもむいたとき、学校側から過去の対空戦闘で、機銃の照準器であるLPRに疑問があることを知らされた。

年があけた昭和二十年一月、主計長には艤装中に士官の奉職履歴の照合を、各分隊長（士）には呉回航後、分隊員の携帯履歴の照合をおこない、人事管理事務に万全を期するよう指示した。

一月中旬、前部機械室の注油ポンプ二台が新品との交換取付がおわったので、東京湾で砲熕公試がおこなわれた。射程約八千メートルで、標的は横須賀港務部の曳船が曳航する水上標的だ。実験場は羽田沖で、沿岸ぞいに横浜から千葉方面にむかって航走し、砲を東京にむけた左舷射撃の砲熕公試であった。

この公試は宵月の在役中ただ一回の水上射撃となった。このとき思ったことは、昭和十一年二月二十六日の二・二六事件で、当時の連合艦隊が急きょ東京湾に回航。陸軍の反乱部隊制圧のため、主砲の照準を国会議事堂にむけたといわれる故事であり、東京湾内で一〇センチ砲の水上射撃をおこなうことは、今後ともあるまいという感慨であった。

その翌日、おなじ東京湾で機関の全力公試がおこなわれた。最大戦速まで速力をあげる高速運転、増減速の所要時間に対応する運転のための余裕海面を考えて、航海長、艤装員長、造船所側ドックマスターなど懸命の努力の結果、旋回力試験も合わせおこなうことで実施にふみ切られた。

試験は順調に経過して、最終段階で舵の故障が発生した。場所は横須賀沖の第一、第二海堡付近だ。座礁でまた完工延期かと思ったとき、艤装員長の後進一杯の号令で、後進の機械のかかるまでの時間の長かったことといったらなかった。第一海堡の手前約一〇〇メートルでようやく行き足がとまり、事なきをえた。

浦賀に帰港すると、さっそく舵故障の原因究明がおこなわれた。その結果、公試に従事していた造船所の工員が、艦橋から舵機室に通ずる制舵装置のパイプに入っていたグリセリン甘油を抜いて飲んだためだということがわかった。舵および舵機、制舵装置の故障ではなく、人為的なことが原因だったので、完工期日を変更するにいたらないことがわかり、ほっとした。あとは各科とも艤装に手抜かりがないかのチェックをするとともに、艦内生活に慣熟するため、引渡し前に艦内居住にうつった。

艤装の点検中、一月三十日午前、二番砲の揚弾機の作動がおかしいという報告をうけた。午後になると造船所砲熕課長に「夕刻までに揚弾機の作動が正常にならなければ、引渡しを延期してもらうより方法がない。不完全なものを受領するわけにはいかない」と申し入れ、艤装員長に報告してその了承をえた。

夕刻ふたたび揚弾機の作動試験をおこなったが、いまだ不調であった。砲熕課長からなんとか引渡しにオーケーしてほしいとの懇請があったので、引渡し当日の朝、再々度試験をおこなう。その結果が良好なれば受けとってもよいと条件をつけた。そのためには徹夜作業してでも調整をおこなうよう申し入れ、砲熕課長もこれを受け入れ、作業にはいった。

昭和二十年一月三十一日の朝、午前八時半から最終の揚弾機の作動試験を実施し、約一時間で終えた。その結果べつに具合の悪いところが見当たらなかったので、引渡しに応ずることした。そのむねを艤装員長に報告し、同時に監督長に通知した。ここに引渡し前の手続きはすべておわったことになった。

午前十時半ごろだったと思うが、引渡し後の軍艦旗の初掲揚を実施した。昼食時に士官室で簡単な就役記念のカンパイを乗員、監督官、造船所側幹部らでおこなった。その席で、私は砲熕課長に「私はあなたと同期の荒木の長男です。艤装中は立場上いろいろと不躾けな発言をいたしましたが、竣工のいま改めて失礼のことお詫び申し上げます」と公私の使い分けをしたことが、いまなお印象に残っている。

身を挺して水兵の尻ぬぐい

一月三十一日午後二時半、浦賀をあとにして呉回航準備のため横須賀に回航した。そこで燃料と、ただちに実施しなければならない対空戦闘用の高角砲弾と機銃弾を搭載する一方、過去の戦訓にかんがみ、味方撃ちを避けなければならない。そのため、日本機の特徴を米軍機のF6Fと比較して教育することとし、砲術学校、航海学校、横須賀海軍航空隊などに依頼して、資料の収集をおこなった。また砲術ばかりでなく、航海科や水雷科にも教育することにした。

しかし、その効果も充分あらわれない二月十六日、小型機の空襲をうけた。約一時間ほどの対空戦闘で、目標の長追いによる弾薬の浪費を防ぐため「射ち方待て」を令したが、その声も銃側にとどかないのか、なかなか射撃が止まなかった。

そのとき、敵機の去ってゆく後方から二機がこれを追っているのが見えた。機影からして夜戦月光のように思えたので「射ち方止め」を令するが、射弾はつづいている。もし味方機だったら弾丸が当たっても墜ちないでいてくれと、念じた。時間にしてわずか一、二分だが、その長かったことといったらなかった。そのうち味方機らしい飛行機が、ぶじ敵の小型機を追って南方に去っていったのを見てほっとした。この直後、中尾小太郎艦長と後任艦長の荒木政臣中佐との交代がおこなわれた。

二月中旬、呉に回航後、呉海軍人事部にゆき、欠員の補充を求めた。三月中旬までは空襲もなく、記憶教育を充分におこなうことができた。

三月十九日、ブイに宵月が係留していると、小型機の来襲があった。このときは操作も簡単な機銃で対空砲戦をおこなった。すると敵機が一時退避し、軍港内の砲銃声がやんだ。みながほっとして港内を見渡すと、海面の方々に魚が白い腹をだして浮いているのが見えた。

まだ空襲警報は解除されていないので、艦内（とくに電探関係者、見張員、機銃関係員）には、「警戒をゆるめるな」と注意を喚起しておいた。やがて工廠岸壁の方から、また河原石の軍需部の方から、ぞくぞくと通船（工事その他の雑用に人員や小さな道具を運搬する和船）に工員か軍需部の徴用員かが三々五々乗り組んでいる。どこで調達したか魚釣りに使う攩網《たもあみ》様のものを使って、海面に浮きあがった魚を懸命に捕まえているのが見えた。

われわれが懸命に敵機を撃退しているのに、ちょっとした隙に魚をとりにくるとは何事ぞ、という感情（これは部下にたいし食糧難の時代にこの魚を食べさせてやれたらという感じをふ

沖縄水上特攻からは除外され、41駆逐隊編入後の6月5日、触雷損傷。修理のため呉に回航されて終戦を迎えた後、主砲を撤去して復員輸送艦となった宵月。ラッパ状二二号電探が見える

くめ）と、空襲警報下であるのでいま敵機を発見したらすぐ発砲することになり、流れ弾丸にあたって余計な死傷者をだしてはいけないという思いがかさなり、あえて通船の一群にたいし「まだ空襲警報下だぞ、きめられた場所に退れ、さもないと撃つぞ」と怒鳴った。

ふたたび敵機が来襲して対空砲戦をしたら、またも魚が浮かんでいる。

敵機が避退したさい、時間の経過からいって今度は空襲警報が解除になると判断し、「射ち方止め」を令したあと、直接対空砲戦に関係のない人員を集めた。そして内火艇をおろさせて〝魚収容隊〟を編成して待機させた。

やがて空襲警報の解除がつたわると、すぐに海面に浮いている魚の収容にむかわせた。おかげでその日の昼食には、総

員、刺身を食べることができた。

昭和二十年四月七日、われわれは訓練が未熟ということで沖縄特攻作戦部隊からはずされた。そこで八島泊地（山口県室津港沖平郡水道の南の島）にむかって訓練をすることにした。そして四月十二日、一番砲弾庫員のT一水による弾薬庫の鍵紛失事件がおこった。

その日、T一水は配置教育の合間に天候をみて外舷の手入れをするため、途中から配置教育をやめたので、弾庫の鍵を閉めた。午後には配置教育があるのを知っていたので、鍵を副直将校に返却せずに事業服の胸のポケットにいれて作業にあたっていた。すると何かの拍子でうつむいたとき、胸のポケットに入っていた鍵が海中に落ちてしまったということであった。当時私は、このことを知らなかった。砲術長として、砲術科の責任者としてはまったく恥ずかしい話であった。

このことがどういう経路かわからないが、艦長の耳に入ったようだ。T一水、副直将校が艦長室に呼ばれ「弾薬庫の鍵は兵器だ。それを紛失するとは軍法会議ものだ」といって叱られていた。私はそのとき、別の用事で艦長室にいったのだが、事の次第を知った。私は艦長に、

「艦長、軍艦の弾薬庫の鍵はたしかに兵器になっています。駆逐艦の鍵は兵器でなく、備品のはずです。物品の取扱いの性質は異なっても、取扱いの精神はおなじでなければならないと思います。掌砲長に物品取扱いの方法など軍需部と折衝させますので、軍法会議の件は、それを待ってのことにして下さい」といって説得し、さらに「鍵の受渡しなど内規通り、厳

重に実施するよう致しますと」

そう申し出て、その場をおさめた。

私はすぐに掌砲長を呼んで、軍需部と折衝させるとともに、各砲の弾薬庫長に鍵の受渡しの厳正な実施を申し渡させた。掌砲長の努力により、鍵の予備の受込みができた。副直将校にも監督の強化を指示して、軍法会議もなく、この件は一件落着した。

戦さ敗れて人影なし

五月二十日、訓練部隊の第十一水雷戦隊からのぞかれ、実戦部隊の第四十一駆逐隊に編入され、大いに張り切った。そしてその直後、対馬海峡部隊に編入されたので、第四十一駆逐隊(夏月、宵月)は六月五日、呉を出港した。そして対馬海峡部隊に合同するため、下関海峡を経由して朝鮮の鎮海にむかった。

ところが、夏月のあとを続行中の宵月は、午後三時半ごろ、周防灘姫島灯台の三三五度、三・二浬(五・八キロ)の地点で、磁気機雷に触雷して、補助機械の一部に損傷をうけた。

そのため夕刻、下関海峡の東口部崎《へさき》灯台沖に仮泊した。そして明くる六日に同地発、左舷機片軸運転(右舷機誘導運転)で呉に回航して修理することになった。せっかく第一線に出れると思っていたところ、またしても事故で出鼻をくじかれてしまった。ここで士気の立て直しをしようと考えていたのに、これでは充分な対策もたてられない。

そうこうしているうちにB29の空襲をうけることになり、情勢は悪化するばかりであった。

そうした戦局の悪化にともない、敵の本土上陸作戦に備えることになった。

そこで兵力を温存する苦肉の策で、宵月は命令により港務部の曳船に曳航されて、東能美島南端の秀地の窪という入江の岸にピッタリと錨泊させた。そして藁縄《わらなわ》で作ったカモフラージュ網で全艦をおおい、松葉で擬装をこらした。さらに入江の両岸の丘のうえに単装機銃を移し、陸上砲台として宵月はここに潜伏することになった。

八月六日の朝、警戒警報がだされた。しかし、宵月が対空射撃をすると、宵月ばかりでなく、早瀬の瀬戸・倉橋島側におなじく擬装潜伏している大井などの姿を爆露してしまうのを恐れ、おいそれと手出しはできなかった。山の上に陣取る見張員からは「大型機一機北上中」を報告してくるだけであった。そのうち、広島の市街の方に電気熔接の閃光の何百倍もの明るい、青白い、大きな閃光が見えた。まもなくにぶい爆発音が泊地で聞かれ、中空高くキノコ雲の立ち昇ったのが望見された。

八月十五日、その日正午からの玉音放送を艦長以下、襟《えり》を正して拝した。雑音が多く、放送がおわった直後、艦長はこの放送を抗戦継続として聞いたらしく、そのような意味で訓示された。私はかすかに聞きとれた「忍び難きを忍び」で降伏と感じ、解散後、艦長室にゆき「間違い」と思うので科長以上に確認のうえ、間違いであれば総員集合をふたたび実施して「負けても整斉と行動し、海軍の有終の美をかざるよう訓示していただきたい」と申し上げた。

科長以上を艦長室に集合させ、各科長に玉音放送の意味についてそれぞれの意見を求めた。

だれが何をいったかは忘れたが、降伏ということがはっきりしたので、ふたたび総員集合となった。艦長はみなを前にして「放送がよく聞きとれなかったので、先ほどの訓示を訂正する」と前置きして、声涙ともに下る「整斉と行動し、日本再建のため努力するよう」との訓示をした。

名実ともに駆逐艦宵月の終焉の日であった。明くる十六日から擬装の撤去、山上の機銃砲台の撤収作業をおこない、呉回航の命令を待った。状況不明のまま、上級司令部からの機密図書の焼却などの命令を実施した。その作業を実施しているうちに二十日ごろ一分隊（砲術科員）の上水一名、一水一名の計二名が行方不明になった。さっそく捜索隊をだして捜索し、一水の方は見つけて連れもどしたが、上水の方はついに秀地の碇泊地では発見できず、呉海兵団に身柄の籍を移す送籍の手続きをとった。

八月二十三日、明日は呉回航という日、呉に回航すれば敗戦後であるし上陸を許すことになり、外部からいろいろと情報が入るだろうし、呉回航後は艦内で無用のトラブルを生じさせないようにと思い、酒保にある酒を戦技のあとの無礼講のときのように、大いに飲ませることにした。月齢を調べたら十六日である。艦長に申し上げて前甲板、後甲板で「月見の宴」を海軍最後の名残りの宴と銘うって歓をつくした。

翌日二十四日、呉に回航してブイに係留後、解員の順序など指示が入ってくる（当時は復員といわず解員といった）。その措置に追われていた八月末ごろの夜、舷門付近にいると伝声管から、どうも歌声らしいものが聞こえてくる。そのパイプをつたって下にいってみると、艦橋の直下にある居住区の一画にある主砲の発令所の中から聞こえてくるではないか。中に入って顔ぶれを見ると、そこを戦闘配置にしていたＩ水兵長をはじめ、中堅水兵長が車座になって飲んでいる。

「先日、呉では艦内では飲ませないからと月見の宴をやったばかりなのに、まして戦闘配置でお神酒で一杯ずつ乾杯ぐらいならともかく、飲んで騒ぐとは何事だ」と私は怒鳴った。そして総員上甲板に整列させ、一人ずつ頭を冷やせ、と舷梯の一番下までおろして頭に海水をかけ、けじめをつけた。

九月二日、進駐しているイギリスとオーストラリアの英豪連合軍の担当者が来艦した。彼らの指示のとおり主砲は俯角五度にしており、尾栓の打針は抜き出してならべておいた。彼らは几帳面に各砲とも見て尾栓を開かせ、そこに打針のないのをたしかめていった。

このようにして九月上旬で大部分が復員した艦内は、人数もだいぶ減ってしまった。指揮官のひとりとして私はまだ宵月に残っていたが、部下たちが去って寂しいかぎりであった。

されど〝雑木林艦隊〟恥ずることなかれ

雑木林といわれた松型十八隻、橘型十四隻、樅型三隻、若竹型六隻の闘魂

元三十五突撃隊・海軍二等兵曹　正岡勝直

大正十一年（一九二二）のワシントン条約以降、昭和五年（一九三〇）に開催されたロンドン条約など、海軍の軍縮会議は、外交手段によってもなんら成果を発揮することができなかった。かえって軍拡の道を歩き、日本はその基礎となる重要資源の輸入を活発にすればするほど、列国は干渉をおこない、ついに日本は求める資源を東南アジアに指向しはじめた。

正岡勝直二等兵曹

そして、ひとたび戦争勃発ともなれば、輸送路である南西航路の通商保護は、海軍がその中核をになうことになる。しかし、政府はその対策を海軍に求めるでもなく、海軍も連合艦隊を兵備の中心においている状況下では、充分に具体的な方策をとることができなかった。

日本海軍は昭和十一年、列国との海軍軍縮会議を脱退し、無条約時代にはいるべく、三月

に策定した用兵綱領でアメリカを仮想敵国とした軍備計画をたて、専守防衛を基本とした。そして、対米七割の艦艇をもって西太平洋上に来攻する米艦隊を邀撃する作戦が中核で、東南アジアの南西航路にたいする海上交通保護（当時は通商保護と称す）などの戦術はなかった。

昭和十四年七月、米国が通商航海条約廃棄を日本に通告していらい、部内の一部で研究されていた防備関係の一環として、ようやく海上交通保護の思想が浸透しはじめた。昭和十六年度の作戦計画でも、「台湾海峡以北の東シナ海を確保し、南シナ海は情況の許すかぎり」とのみで、船舶の保護は、所在艦艇が守備を担当する海域を無護衛で航行することを建て前とし、海防艦四隻が竣工されたにすぎなかった。

昭和十六年夏、長年、対ソ戦にそなえていた陸軍が、突如として南方指向に変換した。これに関連して十一月三日決定の海軍の作戦計画のうち、海上交通保護の海域を「南シナ海からジャワ、スマトラ海」に拡大され、ようやく南西航路の重要性が具体化した。これで海防艦三十隻の建造準備がなされるうちに、開戦を迎えたのであった。

戦前、日本海軍がほとんど作戦計画をたてなかった海上護衛実施の道は、まったく未知の分野であった。第一次大戦当時、地中海に進出して連合国輸送船団の護衛任務についた日本海軍が、その戦訓を生かしたかどうかはわからない。しかし第二次大戦で、英独などが第一次大戦の戦訓を生かした戦歴は、史実が証明している。

一方の日本海軍にとって、敗戦への第一歩となった海上護衛戦における船舶保護、対潜攻撃で、その戦訓を用兵上に発揮したかどうかを問う前に、開戦後、老朽艦や特設艦艇が海上護衛戦の主役となって、見えざる敵との死闘のなかに海没、戦史の表面に輝かしい一頁をかざることなく、地味で忍耐強く戦いつづけたことを知る必要があろう。

そして、ソロモン海域における島嶼間の強行輸送戦で生まれた丁型駆逐艦も、その誕生が一年はやければ、戦争の様相もすこしは変化したかも知れないのである。これら海上護衛戦に参加した老朽艦、戦訓で生まれた駆逐艦の戦跡をたどり、いまはなき勇士の栄誉を忍びたい。

狩り出された老朽駆逐艦

軍縮時代に設計され、連合艦隊の中核となって太平洋戦争に活躍した特型駆逐艦が竣工する以前、すなわち八八艦隊を目標に艦艇の設計建設がすすめられているなかで建造された旧型駆逐艦は、大正時代初期に起工がはじまり、スマートな艦型と高速力発揮により、列国海軍が刮目していた。

大量建造のため、はじめ艦名には番号を付与していた。しかし、軍縮時代にはいって建造数が減少したため、一千トン以上を一等駆逐艦として月、凪などの天象現象、一千トン未満を二等駆逐艦として植物名をあたえたのである。

特型駆逐艦の竣工以降、二等駆逐艦は連合艦隊からのぞかれ、大陸方面に配備されていた遣外艦隊（のちの支那方面艦隊）や鎮守府、要港部（のちの警備府）に編入されて、所定海

樅型11番艦・萩。大正10年4月竣工。開戦時には哨戒艇33号として戦う

樅型4番艦・栗。大正9年4月竣工。樅型は二等駆逐艦で排水量770トン、全長85.3m、速力36ノット、航続力14ノット3000浬。12cm単装砲3基、45cm連装発射管2基、6.5ミリ機銃2基

面の警備についていた。

樅《もみ》型二十一隻、性能を改良した若竹《わかたけ》型八隻が竣工、速力三十五・五ノット、巡航速力で三千浬《かいり》の航続力を発揮したが、やがて旧式となり、廃艦の運命に近かった。しかし昭和十三年、折りから勃発した支那事変の長期化に、海軍は所要艦艇の保有が必要となり、防備兵力として十隻を哨戒艇に、増員される乗組員の教育用に五隻を練習艦に役務変更した。他に沈没した早蕨《さわらび》、廃艦となった四隻をのぞいて、樅型三隻、若竹型六隻が駆逐艦籍にあって開戦を迎えた。

支那方面艦隊、上海特別根拠地隊に配属された樅型三隻のうち、蓮《はす》（大正十一年七月末竣工）は開戦時、上海で砲艦鳥羽とともに英砲艦ペトレルを撃沈。栗《くり》（大正九年四月末竣工）は英船拿捕に投入された。その後、栗は第三南遣艦隊に増勢されてコレヒドール攻略まで活躍した。栂《つが》（大正九年七月末竣工）は香港攻略に参加したのち、三艦とも中国沿岸の海上封鎖、船団護衛を任務とした。

昭和十九年、比島方面にたいする増勢がおこなわれ、栂も五月に船団を護衛してマニラに入港、二十九日、ハルマヘラに入港した。同港には機動部隊補給隊の給油艦速吸《はやすい》が出撃を待っていた。

直衛艦不足のため一時、栂を使用することになり、六月十四日、駆逐艦初霜とともに出撃し、あ号作戦に参加した。来襲する艦上機との対空戦闘で二名の戦死者を出したが、ぶじ任務をおえた。

船団護衛は、中国方面からの陸軍の兵員を沖縄へ輸送する船団の直衛が主になり、蓮は七月、沖縄への輸送後、戦闘を避けて長崎へむかう引揚者の乗船した白馬山丸の直衛にあたった。しかし米潜の攻撃をうけ、対潜攻撃もむなしく白馬山丸は撃沈されるなど、戦況は悪化の一途をたどっていった。

昭和二十年一月五日、米機動部隊の台湾空襲のさい、栂は馬公で沈没。のこる蓮、栗は華南方面の輸送作戦に参加したが、沖縄攻防戦とともに戦場を華北に移動、青島で終戦を迎えた。その後、栗は十月八日、米軍の命令により釜山で掃海中、触雷によって沈没。蓮は佐世保に回航後、解体された。

豊後水道の防備につく

昭和十五年十月、昭和十六年度出師《すいし》準備計画の第一着作業で若竹《わかたけ》、呉竹《くれたけ》、早苗《さなえ》（若竹型の三隻）をもって第十三駆逐隊を編成、軽巡鬼怒を旗艦に呉防備戦隊に配属された。そして開戦後は、鬼怒は前線に出撃しており、佐伯防備隊の第四十六号哨戒艇（旧二等駆逐艦夕顔《ゆうがお》）とともに、豊後水道から外方洋上の防備に任じていた。

朝顔《あさがお》、芙蓉《ふよう》、刈萱《かるかや》（若竹型の三隻）で編成された第三十二駆逐隊は、鎮海警備府部隊に配属され、対馬海峡の防備についていたが、開戦直後の十二月十五日から、真珠湾攻撃の機動部隊が柱島に帰投するまで、呉防備戦隊に増勢されていた。

豊後水道は策源地呉への出入口であり、その防備は重要であった。当然、米潜の進出を想定していたところ、三月になって米潜トゥーナが豊後水道の外方にあらわれた。これを探知した第十三駆逐隊は、所在艦艇とともに出撃、これを撃退した。反転した米潜は、宮崎東方の都井岬の七浬《かいり》で船舶を攻撃している。

この海域には、第十三駆逐隊が第一海上護衛隊に転出した後、米潜がしばしば出現しており、唯一のこった第四十六号哨戒艇一隻が主力をつとめ、特設掃海艇が中心戦力となった。豊後水道外方から大隅海峡を通過した米潜は、東シナ海に進入してきたので、第十三駆逐隊、第三十二駆逐隊は対潜掃討隊として一時、佐世保鎮守府の指揮下にはいった。若竹のみは、船団護衛の初陣として昭和十七年三月二十八日、比島、ボルネオ方面に進出する陸軍兵団の直衛にあたった。

昭和十七年三月二十七日、米潜の活動にそなえ、日本海軍では、海上交通保護を目的とする海上護衛隊令がもうけられ、四月十四日をもって正式に発令された。第一海上護衛隊が担当する海域は、東シナ海、南シナ海、さらにマレー方面、スル海からマカッサル海峡であった。兵力としては第十三、三十二駆逐隊のほか、第二十二駆逐隊、水雷艇二隻があった。また、内戦部隊から特設砲艦六隻が投入され、担当する海域を三つに区分して、所定艦が任務についた。

なお、トラック島からラバウル方面を第二海上護衛隊が、当初は特設砲艦三隻のみでおこなうことになった。この点から推定しても、南西航路の重要性が、たとえ老朽艦とはいえ固有艦艇を充当したことにより、海上護衛戦が戦争遂行のうえで不可欠なものとの認識をしめ

老朽艦ながら13駆逐隊や海上護衛隊で敢闘した若竹。若竹型は排水量820トン、88.4m、速力35.5ノット、航続14ノット3000浬。12cm単装砲3基、53cm連装発射管2基、6.5ミリ機銃2基

している。

日本海軍が長年にわたって演習してきた短期決戦戦法にもとづく作戦通り、開戦直後、太平洋上の制海権を手中にいれ、本土防衛を担当する内戦部隊兵力の海上護衛兵力への転換をはかった方策は、成功したかに見えた。しかし、一時は敗退していた米海軍は、対日攻撃の第一を潜水艦作戦として、不足する潜水艦を増勢したほか、魚雷の改良、電探（レーダー）の開発などにより、海上交通破壊戦に突入してきた。

ベテラン護衛艦の苦闘

若竹型は戦況悪化のなかで、他艦がつぎつぎと転出していき、ついには第一海上護衛隊のベテランとなった。昭和十八年四月以降は、順次編入される海防艦に主役の座をゆずったが、乗り組んでいる乗員の地味ではあるが、出撃のたびに会得する戦法が船団側から歓迎され、人艦一体となって、見えない敵

との戦いがつづいたのであった。

ようやく護衛任務を無事におえて入港しようとすると、手旗信号で反転し、出発する船団護衛を指示されることもあり、燃料、糧食搭載作業と休む間もなく船団を追いかけた。この肉体的、精神的な疲労にくわえて狭い艦内生活と、じつに過酷な戦闘であった。

昭和十九年十月以降、米潜の攻撃が熾烈化するとともに、まず早苗（大正十二年十二月竣工）が十一月十八日、雷撃で沈没。つづいて芙蓉（大正十二年三月竣工）と刈萱（大正十二年八月竣工）が沈没していった。若竹（大正十二年九月末竣工）は昭和十九年三月三十日、米艦上機のパラオ空襲のさいに、北上する船団の直衛にあたっていて戦闘にまきこまれ、船団の犠牲となって消えていった。

呉竹（大正十一年十一月竣工）はいくたの対潜攻撃をかわして生き抜いた。昭和十九年十月、比島、台湾、沖縄に来襲する米機動部隊を避け、北上する船団の直衛に加わっている。駆逐艦春風《はるかぜ》に運航指揮官が座乗、丁型駆逐艦竹《たけ》、低速の給糧艦、駆潜艇一、それに呉竹の五隻が護衛艦であった。船団は高速船君川丸、黒龍丸のほかは、十ノットないしそれ以下の低速船の混合船団で、十二隻が加入していた。

これは、対潜警戒をおこなう上で、もっとも危険な船団であった。対潜見張りはもちろん、指揮運航のため、指揮官は眼高の高い高速船に座乗し、高速発揮の駆逐艦が船団をかこむ隊形が、それまでの戦訓から生まれていた。しかし、日露戦争いらいの指揮官先頭という海軍艦艇の慣例にしたがったこの船団は、荒天という悪条件がかさなっていた。

これを追撃する米潜は狼群作戦で船団を包囲し、高速船を第一目標に順次魚雷を発射し、船団後尾から血祭りにあげていった。

春風、呉竹、竹が船団の前方に位置する陣形は、荒天のため船団より遅れる低速船、雷撃をうける高速船、爆雷攻撃をおこなう駆逐艦と、支離滅裂の状態になった。これで君川丸、黒龍丸をふくめ十二隻のうち九隻が撃沈され、一方の米潜への攻撃は失敗する状況となった。

高速を発揮できる駆逐艦は、船団の後方に位置し、指揮官の座乗する高速船からの対潜攻撃の命令を待つまでもなく、つねに対潜哨戒の遊撃的行動がとれることが、海上護衛には有利である。にもかかわらず、今回の護衛隊形は悪い戦訓として残されるものとなった。そして呉竹は二ヵ月後の十二月三十日、雷撃をうけて沈没している。

海上護衛戦に勝ちぬいた朝顔

昭和十七年四月、第一海上護衛隊に編入いらい、有能な二代の艦長によって指揮された朝顔(大正十二年五月竣工)は、それら艦長のもと、乗組員は旺盛なる敢闘精神と心を一つにした行動で、出撃するたびに体験から得る戦訓をかさね、艦齢二十年をへた老朽艦ながら海上護衛戦に勝ちぬいた。

昭和十九年七月、海南島三亜港外に座礁することもあったが、十二月には海防艦として第三十海防隊に編入され、護衛艦としての主役をおりることはなかった。

昭和二十年にはいり、すでに南西航路が途絶しようとする直前、貴重な重油を消費する夕ービン艦は不要とばかり、呉鎮守府麾下の第八十一戦隊に編入された。そして、瀬戸内海西部で航路管制やB29の投下した機雷監視、監視艇、掃海艇の母艦に従事中、終戦を迎えた。しかし八月二十二日、六連《むつれ》沖で触雷大破した。

戦後、朝顔の両艦長が回想所見録を残しており、その資料から二、三述べてみる。

一、当初は駆逐隊を編成しているので、指揮を司令がおこなっていた。しかしながら、米潜の行動が活発になるにしたがって、命令系統の流れから作戦対策におくれ、まして単艦行動が多いため、昭和十七年十二月十日で駆逐隊を解隊、各艦とも海上護衛隊司令官の直接指揮をうけることとなった。

二、運航統制官と護衛艦。船団は当初、運航統制官（のちに指揮官と改めた）が護衛する各駆逐艦長を指揮し、敵潜発見にさいしてはいちいち指揮官の指示を待つので、刻々と変化する戦況には不利なので、その後、護衛に関しては、護衛艦長の責任で実施することになった。

三、魚雷発射管の撤去。駆逐艦の主兵器である発射管は、護衛艦の任務上から不要と決断され、直接艦政本部の担当者に願いでて、即決で許可された。かわって爆雷、機銃が増備されるなど、実戦から生まれる戦訓を生かしたのであった。

四、高速船護衛の措置。昭和十九年五月、基隆《キールン》より門司まで、前部を損傷する浅間丸の直衛を命ぜられたさい、船長の言をいれ、同船が発揮できる最高の航海速力に応じて、朝顔はただ針路のみを指示することで合意し、航海中、移動警戒しながら無事に任務を完了した。

その浅間丸は十月、水雷艇鷺《さぎ》（鴻型七番艇）、掃海艇二隻に護衛され、単船でマニラを出港後、掃海艇に座乗する運航指揮官の命令で航行中、雷撃によって沈没した。

遅すぎた丁型の出現

ソロモン海域の戦闘のなかで発想設計され、強行揚陸作戦、輸送護衛を主目的とした丁型（通称〝松型〟いわゆる雑木林艦隊）は、短い工期で三十二隻が竣工、訓練する時間もないまま前線に出撃した。そして、文字どおり決死の強行輸送や護衛の任につき、ときには最後の機動部隊の一艦として空母の直衛にあたった。本土決戦にさいしては、人間魚雷回天《かいてん》の母艦に改造されるなどして終戦を迎えた。

第一艦の松の竣工が昭和十九年四月で、十月までに十一隻が竣工し、ほとんどがレイテ沖海戦に投入された。改丁型をふくむ残り二十一隻は、昭和二十年、本土決戦をひかえた最悪の戦況下に竣工、三十二隻目の完成は敗戦直前の六月であった。

外地から後退した各艦は燃料の枯渇するなかで運命の日を迎え、残存する十八隻は米、英、ソ、中へ賠償艦として引きわたされて終幕となった。

昭和十九年六月、サイパンが玉砕すると、米軍は同島をB29の基地として日本本土爆撃の準備にはいった。同時に、小笠原の硫黄島、父島にたいして空襲、ときには艦艇の砲撃を開始した。

日本軍は硫黄島の要塞化、父島にたいする兵力増勢のため、本土よりぞくぞくと輸送をおこなうとともに、米軍が南西方面と本土を分断する目的で、沖縄、南西諸島に来攻する作戦にそなえて、同方面にたいする兵力を中国大陸から輸送した。海軍では前者を「い号作戦」、後者を「ろ号作戦」と称し、駆逐艦、輸送艦を主力に、中型、小型船舶に兵員、軍需品を搭載して作戦がおこなわれた。

四月二十八日に竣工した松は、い号作戦のため、特別に機銃十基を増備、上陸作業用として十メートル運貨筒を搭載し、六月二十五日より七月三日までに無事に任務を完了した。松は休む間もなく、竣工第二艦の竹とともに同月十四日、南西諸島への輸送に従事している。

横須賀に帰投した松は七月二十六日、ふたたび父島、硫黄島への輸送にあたる三七二九船団の旗艦を命ぜられ、旗風、駆潜艇二隻を指揮して陸海軍徴用船六隻のほか、硫黄島行きの輸送艦、海防艦二隻を父島まで指揮下にいれた。

二十九日の夜半、船団は館山を出撃したが、横須賀鎮守府司令長官は護衛を強化するため、瑞鳳の艦上機、駆逐艦初月《はつづき》以下の三隻に船団の五十浬圏内で間接護衛をするよう命じた。八月一日早朝、父島空の水偵一機が船団直衛に発進したところ、浮上中の米潜を発見、ただちに松はこの無電を受信しつつ南下、一日おくれの三日、父島に入港した。

揚搭作業完了後の四日、横須賀に帰投する四八〇四船団の旗艦となった松は、旗風、駆潜艇一隻を指揮して輸送船四隻と出港した。午前九時四十五分、父島に空襲警報が発令され、三十分後に父島の電探は敵機を捕捉した。十時四十分に艦上機が来襲し、これはクラーク海軍少将の指揮する米機動部隊の艦上機であった。

一方、米艦上機は北上する船団を発見、この来襲機を迎えた松は十時五十三分、「敵機と交戦中」を打電してきた。そして三十分後、無事に船団を北西方面に避航させ、十二時二分には艦上機五機撃墜を報告した。

さらに船団は九ノットで北上、午後三時にも船団の無事を報じていたが、四時四十五分、第三次空襲を打電後の午後六時半、今度はデュローズ海軍少将指揮の巡洋艦、駆逐艦との交戦中を報じたあと無電連絡を絶った。四隻の船団は全滅し、旗風、駆潜艇のみが帰投、松の最期は不明である。

レイテ戦に奮戦す

松をのぞいて、レイテ沖海戦までに竹、梅、桃、桑、桐、杉、槇が竣工、各艦は対潜掃討強化のための兵装増備が十月中旬まで行なわれ、連合艦隊の第三十一戦隊に編入された。本来は護衛隊に編入される各艦であったが、連合艦隊の指揮下に入ったのである。

捷号作戦で、速力は艦隊型駆逐艦より劣るが秋月型の速力にちかい丁型各艦は、連合艦隊の直衛にあてられ、昭和十九年十月二十五日のレイテ沖海戦では、機動部隊の空母群の直衛として桑は瑞鶴、瑞鳳の、槇は千歳、千代田に随伴、杉、桐は救助艦として分派行動をおこなった。

槇は被弾する千代田の直衛艦として行動中、直撃弾と至近弾により戦死三十一、戦傷三十六名をだした。また桑は瑞鶴、瑞鳳が沈没するさい、若月とともに生存者の救助にあたった。

この戦闘で対空兵器として丁型の主砲が艦隊型より有効で、秋月型の一〇センチ砲とともに、速力こそ劣っているが戦力としては強力であることが証明された。しかし、作戦の失敗により、丁型の真価を十分に発揮する立場を得られなかった。

レイテ沖海戦における連合艦隊の敗退は、レイテ島における日米両軍の攻防戦をさらに熾烈なものとし、レイテ沖西部は日本艦艇、航空機、そして神風特別攻撃機による必死の攻撃が連日のように決行された。このような戦況下、陸軍はレイテ島の要地オルモックにたいして兵力の増強をおこない、米軍をレイテ島より撃退する目的で輸送作戦が計画された。

その第一次は十月二十一日におこなわれ、対岸のセブ島のセブから護衛艦なしの機帆船、大発に第一〇二師団の歩兵三個中隊、約四五〇名を乗せてオルモックに上陸させた。作戦は、輸送艦による強行上陸が有効と判断、海軍は「多号作戦」と呼称して十二月十三日まで九次にわたって敢行された。丁型は竹以下五隻がその特性を発揮して活躍、桑が沈没した。

ろ号作戦後、竹はマニラ、パラオ間の緊急輸送にあたり、マニラ沖を中心に船団護衛に従事した。十一月九日、第三次オルモック突入部隊として参加したが、途中分離して第五次隊に合同、二十四日に輸送艦三隻とともにマニラを出撃して、ミンドロ島の東北部のマリンドウケ島のパラナカン港に避迫しているところを空襲され、輸送艦二隻が沈没した。

マニラ帰投後、応急修理をおえた竹は第七次の作戦に、呉より船団護衛をかねて入港した桑と三隻の輸送艦とともに十二月一日に出撃、三日、無事オルモックに突入した。その揚搭作業中に来襲した米駆逐艦四隻と交戦し、クーパーを雷撃で、桑とともにモールを砲撃で撃沈したが、被弾により桑は沈没した。

一方、竹も損傷したが、マニラで応急修理後、十二月二十日に高雄を経由して船団を護衛し、昭和二十年一月二日、門司に帰投、四月まで呉で大修理にはいった。

梅、桃、杉の三隻は昭和十九年十二月五日、輸送艦一隻、輸送船四隻を直衛してマニラを出撃したが、オルモックに突入ができず、北方のサンイシドロに第六十八旅団の主力四千名、

丁型(松型)4番艦・桃。丁型は工期短縮の簡略化と資材簡素化をはかった戦時急造艦で、公試排水量1530トン、全長100m、速力27.8ノット、航続18ノット3500浬。12cm高角砲単装(前部)連装各1基、25ミリ3連装機銃4基と単装8基、発射管4連装1基と魚雷4本、爆雷36個。乗員211名

軍需品を揚陸中にB24の空襲をうけた。兵員などの海没を防ぐため、輸送船をすべて海岸に擱坐させ、作業を続行していたが、そこに米魚雷艇が来襲した。三隻は作業を支援しつつ、魚雷艇群と交戦してこれを撃退、マニラに帰投した。

梅は、マニラで空襲のため艦首に至近弾をうけて四十四名の戦死者をだし、昭和二十年一月、台湾の南方で戦爆連合の空襲により沈没。桃は昭和十九年十二月十五日、修理のため馬公へ回航中、雷撃で沈没。のこる杉は次の作戦にそなえた。

昭和十九年十二月九日、第九次作戦に第八師団歩兵第五連隊の四千名と軍需品を搭載した輸送船三隻と護衛の桐、駆逐艦二、駆潜艇二のほか、伊東陸戦隊四百名が分乗する輸送艦二隻でマニラを出撃し、夕月、桐、輸送艦のみがオルモックへの突入に成功した。

来襲する米巡洋艦群と交戦、夕月は沈没、輸送艦も大破する被害をうけた。反転する桐は、オルモックの北方パロンポンに上陸した卯月、輸送船三隻、駆逐艇二隻の支援に急行した。そして、被弾による中破状態ながらマニラに入港、明くる昭和二十年一月、呉に帰投して、三月まで修理がおこなわれた。

追いつめられた雑木林艦隊

昭和十九年十二月二十六日、ミンドロ島のサンホセが米軍の前進基地として奪還されかかっているため、足柄を旗艦に、大淀、特型駆逐艦二、丁型駆逐艦三をもって、洋上より砲撃する作戦（礼号作戦）がおこなわれた。

改丁型(橘型)初桜。昭和20年5月28日竣工。改丁型は簡略化をより徹底し全面的に熔接を採用使用鋼材変更により公試排水量1680トン、速力27.3ノット。写真は8月27日、米艦隊と会合中

樫《かし》、榧《かや》は十二月上旬、重要船団の護衛をおこない、十二日、マニラに入港した。十四日、多号作戦をおえた杉とともに、敵艦上機の空襲をさけてカムラン湾に入港、攻撃部隊に合同して二十四日、サンホセに向かった。そして二十六日にサンホセへ突入したが、米の有力部隊はすでに退避しており、警戒中の魚雷艇、来襲する戦闘機と交戦、清霜が沈没し、樫は直撃弾を受けて中波したが、仏印のカムラン湾に帰投した。

各艦は、危険をおかして本土に帰投する船団の直衛艦をかねて、修理のため戦場をあとにした。杉と樫は、本土へむかう最後の輸送作戦となった南号作戦の「ヒ八八船団」に加入、佐世保で修理後、瀬戸内海西部海域で終戦を迎えた。

榧《かや》は香港、高雄を経由して舞鶴に入港して修理した後、山口県の日見海岸に隠蔽待機中に終戦となった。

比島各地で乗るべき飛行機を失った搭乗員を一名でも多く内地に送還し、本土決戦要員とする目的で、残留搭乗員に比島北部のバドリオへの集結を命じた。こ

の救出作戦のため、梅、樫、楓、汐風が投入され、昭和二十年一月二十三日、高雄を出撃してバドリオにむかった。

しかし、バシー海峡を哨戒中のB25、P38の集団に捕捉され、対空戦闘となって梅は沈没、楓は船首楼に被弾、火災を発生して便乗中の陸戦隊員二十五名が戦死するなどの被害をうけた。汐風は梅の乗組員を救助したが、搭乗員救出作戦の方は中止されて高雄に反転した。楓は馬公で応急修理後、呉で修理をおこない、七月二十八日の呉にたいする空襲でふたたび被弾、戦死者四名、戦傷者十数名をだした。

昭和二十年に入ってから竣工した艦は、一部が華南方面への輸送作戦を、接岸航路をもって行なっていたが、沖縄戦以後は華北から日本海、津軽海峡方面に移動するありさまで、すでに重油もなく、大部分の艦は瀬戸内海にあって防空砲台となり、連日来襲するB29の迎撃にあたっていた。

津軽海峡に移動した柳と橘《たちばな》は、船団護衛や対潜警戒に従事していた。そうした七月十四日、橘（改丁型一番艦）は函館湾で対空戦闘により被弾沈没し、柳は津軽海峡で大破した。

柿、菫《すみれ》、雄竹《おだけ》、初梅（いずれも改丁型）は日本海で輸送船の護衛に従事しながら、無事に終戦を迎えた。

本土決戦にそなえ、米艦隊を回天で攻撃する作戦で、より移動しやすく機動的に投入するため、旧型駆逐艦の汐風、沢風（ともに峯風型）を回天発進可能のように艦尾を改造したところ、良好な結果を得たので、丁型も回天母艦に改造することになった。

こうして工事は六月より開始、七月には椎《しい》、梨（橘型）が発進訓練にはいっていた。このほか、杉、樫、楓、槇、樅、桐、橘型の蔦《つた》、萩、楡《にれ》も計画にふくまれていたが、すでに七月末となり、この計画も無効となった。

最後に、終戦を横須賀で迎えた初桜（橘型）が八月二十七日、完全武装の状態で、相模湾に仮泊中の米艦隊との連絡のため会合したのが、丁型駆逐艦最後の戦歴であった。

完全なる敗北を喫した日本海軍の駆逐艦

戦史研究家　塚田　享

私はいまでも、ときどき妙な錯覚にとらわれることがある。日本の艦隊が、まだどこかに姿を隠しているのではなかろうかと。ともかく、敗けた方の生き残った艦が、ほとんどゼロに近くなってしまったという海軍国の戦争が、いままで、どこにあったろうか。

駆逐艦の場合をみよう。開戦直後には一一一隻あった。戦時中に、六三隻竣工させた。あわせて一七四隻になるが、そのうち終戦時に生き残っていたものは、なんと三九隻。

第一線に出て戦った特型以後の駆逐艦では、わずかに冬月と雪風が小破で、響が中破で、潮が無傷で残っただけ。特型以前の一等駆逐艦を加えると、無傷で波風、沢風、夕風、小破で神風と汐風、中破で春風。もっともこの特型以前の艦は、旧式艦というので輸送艦に使われたり、船団護衛、局地防備などにまわされ、いわゆるパッとした戦歴はなかった。

ついでだから、もう一つつけ加えよう。

終戦時に生き残った艦の中に、竣工するにはしたが油がなく、前線に出ることもできず、

昭和17年6月キスカ湾で被弾。19年9月、高雄近海で被雷。20年3月、周防灘で触雷の損傷を克服、終戦時残存した特型Ⅲ型の響。写真は高雄沖で被雷、艦首部折損たれさがった際のもの

そのまま港につながれていたものがある。そのうちで無傷のもの、秋月クラスの花月、春月、涼月、小破が宵月と夏月。あと松型では、無傷が初桜、楓、樫、榧《かや》、欅《けやき》、槇、雄竹、杉、桐、菫《すみれ》、竹、蔦。小破が萩、樺《かば》、椎、柿。中破が楡、椿。大破が榎《えのき》、柳。

こんな艦名を、わざわざ書きつらねた理由は、私の錯覚——ふつう、だれでも持つにちがいない錯覚を、それが錯覚であることを事実で証明しようとしたためである。

野球にパーフェクトゲームという言葉があるが、その筆法を使うと、日本の駆逐艦はパーフェクトデフィート（完全なる敗北）を喫した、といえるだろう。では、なぜこんなにも沈んでしまったのだろうか。いや、沈まねばならなかったか。むずかしい話はヌキにして、考えてみよう。

むかしから「駆逐艦乗り」は、大物食いを理想にしていた。スピードが大きくて運動力が軽快な小艦で、攻撃の武器として有力な魚雷と軽砲とを備え、敵の主力艦などにたいする魚雷攻撃を本務とする、と古文献にある。なにしろ、艦の大きさにくらべて大変な馬力で、艦の切断図を見られるとわかるように、艦《ふね》じゅうエンジンだらけといった感じだ。なんのことはない、魚雷を運んで発射するために目もくらむほどのスピードを出し、縦横無尽の活躍ができるように造ったものなのであって、人間はスミッコの方に押しやられる。

そのうえ吹雪クラス以後は、艦の重さを減らすことで一生懸命。むろん、重い装甲鈑などはつけておらず、主砲は砲塔の形をしているものを積んでいるが、じつのところあれは波除けで、一二・七センチ砲だから、敵の一二・七センチ砲弾が命中しても喰いとめられる、などという戦艦なみの砲塔ではない。

　武蔵でこんな話がある。レイテ海戦で空襲をうけ、爆弾が砲塔の上に命中炸裂してカッと白い閃光を発した。艦橋から見ていた士官が、スワ砲塔大爆発、とギョッとしたら、閃光が消えたあとの砲塔の天蓋は拭ったようで、窪みさえ発見することができなかったと。画期的な吹雪クラスといっても、そんな話は夢である。

　海戦の三羽烏

　だが、それより古い峯風、神風、睦月クラスにくらべると、まるで宮殿の感があった。だいいち、艦橋に屋根がある。ケンバスを張った特型以前の艦とちがい、雨風が完全に防げる。このケンバスを張った艦橋はイギリス風であって、映画「眼下の敵」などでご覧になった方があると思うが、天気がいいと青空艦橋にする。

　この映画を見られた方は、敵弾が飛んでくるところで剝《む》き出しになっている艦橋の士官たちの勇ましさを感じられたろう。が、これはたとえ屋根があっても、駆逐艦では薄板なのだから、青空の場合とかわりない。雨風だけを避けるためであること、砲塔の場合と同じなのだ。

　雨風雨風というのには、理由がある。特型駆逐艦は、どんな荒天にでも一〇〇パーセントの戦力を発揮することを目標にして造ってある。艦首が同時代の英米のものより高く、舷側にフレアーといって、朝顔ラインがつけてあり、このフレアーは、なんと艦尾の近くにまで及んでいた。ドッと押し寄せてきた波が、外側にそった外鈑の線にまんまと去《い》なされて艦内には飛びこまず、両方に蝶のようにパッと散る。

こういう日本駆逐艦の特長が、フルに発揮されないような戦闘つづきになってしまったばかりか、逆にその欠点がやけに利いてくる始末に閉口したというのが、駆逐艦の立場からする太平洋戦争の一つの見方になるだろう。

たとえば、主力艦攻撃専門とするため、魚雷と大砲ばかりを優先して、爆雷や対空砲火などが二の次になっていたこともある。居住もそうだ。艦長は中佐か少佐の古手だが、そのつぎの副長級の人が大尉くらいの若い士官で、そのうえ当直に立てる士官が少ないため、長い戦闘行動がつづくと、士官はほとんど立ちっぱなしになってしまう。ソロモンの戦いでは、士官は血尿を出して体力的にはグロッキーになりながら、精神力だけで頑張った。

そこで話を現代に移すのであるが、アメリカだけをのぞいて、あとの国の海軍はほとんどみな小型化、つまり駆逐艦化してしまった。その駆逐艦化も、ただ吹雪クラス以後の駆逐艦が、さらに強大化されてきたというのでなく、特殊化――潜水艦を探し出して攻撃するのを主任務とする駆逐艦、対空射撃を主任務とするもの、レーダーで怪しいものの接近を知らせたり味方機を敵目標に指導したりするのを主任務とするもの、直衛戦闘機に指図をするものなどのほかに、吹雪クラス式に砲と魚雷をもって艦隊についていくものの、五種類にわかれてきた。

艦が小さいから、一つであれもこれもと万能選手にすることは、結局アブハチとらずになるし、そのうえ近ごろの兵器はおそろしく進歩していて、したがって目方も重く容積も大きいので、実際問題としても、この手の艦には積めない。

日本の駆逐艦が、あれだけ優秀な性能をもっていながら、パーフェクトデフィートを喫したのは、戦争が意外に複雑化したからでもある。品物や人を運ぶ運送屋仕事は、そのようにつくられた艦にやらせた方が能率がいい。同時に、いままで敷設艦や掃海艇がゆっくりとやっていたそういう仕事も、敵前敷設や掃海といったような攻撃的な性格をもたせると、とてもそんなやり方では間尺《ましやく》に合わない。

それでいて、もう大艦巨砲の時代は完全に去り、戦艦といってもアメリカが十五隻モスボールにして持っており、イギリスに一隻、フランスに二隻残っているだけで、それ以外は消滅してしまったばかりでなく、巡洋艦までが時代遅れとなりつつある。巡洋艦を使うといっても、アメリカは旗艦にしたり誘導弾（ＧＭ）艦に改造したりしているありさまで、いわゆる本来の巡洋艦をワンサとつくったのは、戦後ではソ連だけだ。だから現代の軍艦は、空母と駆逐艦が独占しているわけであって、これと潜水艦をくわえて、三羽烏ということもできるほどだ。

分業化した軍艦の役割

しかし、空母は搭載機といい装備といい、艦自体の設備といい、瑞鶴や翔鶴の時代とは雲泥の差で、建造にも維持にも莫大な金がかかる。とても普通の国では持てない。アメリカが主でイギリスがほんの少数、近代空母をもっているだけ。ヨーロッパ諸国は駆逐艦以下の艦艇を、せっせと造っている。最大の強敵は潜水艦だというので、その小型艦艇はあげて対潜用にふりむけている、といっても過言ではない。

日本もこの例にもれない。むかしの連合艦隊である自衛艦隊の主力は駆逐艦だ。いかにも頼りないというむきもあるが、潜水艦を防げばいいのだから、これでけっして間違いではない。ただ、なんとしても数が少ない。日本が生きるための生命線を確保するには、もっと対潜艦艇、護衛艦艇が必要だ。

太平洋戦争の敗因は、駆逐艦の不足にもあったといわれる。跳梁跋扈《ちょうりょうばっこ》する潜水艦を征伐するには、おびただしい対潜艦艇がいるのに、日本の駆逐艦は昭和十六年一〇八隻、十七年一〇四隻、十八年九十六隻、十九年七十六隻、二十年三十九隻というふうに減っていった。そんなわけで、昭和十八年ころから、戦時急造型の松クラス駆逐艦（護衛駆逐艦というべきもの）の建造をはじめ、ついで対潜用（護衛艦）として択捉《えとろふ》型などの海防艦をつくったし、これと前後して輸送艦ができ、やはり分業化の線に沿ったが遅すぎた。

では、戦後の駆逐艦と太平洋戦争中の駆逐艦は、どう違っているのだろうか。

アメリカのフレッチャー級駆逐艦は、太平洋戦争の途中から終わりまで活躍した点で、日本の夕雲型に似ているが、性能は、はるかに夕雲型に劣っていた。しかし、アメリカはこれをそろえて押してきた。兵装は五インチ砲五門、四〇ミリ機銃四、二〇ミリ機銃十、五三センチ魚雷発射管十射線、爆雷投射機（Kガン）六、探照灯二、レーダーなし、ソーナーあり、というのだった。これが何度も改装されて対潜駆逐艦に改められ、使われている。

その改装は、五インチ砲を二門に減じ（レーダー指揮）、三インチ対空自動砲を四門（レーダー指揮）に強化、魚雷をやめて対潜用魚雷発射管四門（ズングリしたホーミング魚雷、すなわち敵艦をどこまでも追っかけていくもの）、新しく対潜ロケット発射機、ヘジホグ二基（小さなロケット式爆雷を網のように射ちかける）を積み、レーダーを増強、ソーナーも高性能のものにしたことが骨子だ。

戦後アメリカの攻撃型駆逐艦からは、魚雷がうんと減り、二〇ミリ、四〇ミリ機銃がなく、三インチ自動高角砲を設け、探照灯が姿を消した。レーダーはしかしグロテスクなほど大きく、かつ複雑化し、大砲には全部レーダーによる指揮装置をつけた。

駆逐艦の今昔

海上自衛隊の警備艦うらなみなどの「なみ」クラスは、いちおう現代の駆逐艦の水準にある、といってよかろう。外見上は、艦首の高さが艦全体の三分ノ二以上をおおい、艦尾のそばにいってコトンと一段落ちたかたちだ。このため居住区が広くなり、艦内の住み心地がずっとよくなった。釣合いのとれぬ妙な格好の艦だが、けっこうそれで威力が備わっているから、やはりこれも時代と兵器の進歩だろうか。

駆逐艦乗りは、なるほど昔は「大物食い」であった。しかし、いまでは狙う相手の主力艦は、水中にもぐって姿を見せぬ潜水艦だ。耳と眼を凝らして、見えざる敵を探りジワジワと追いつめ、サッとロケット爆雷の投網を投げて、これを撃沈する。沈むところも見えず、ただ油紋が海面にただよい、反響音が消えたので、撃沈を推定する、といった暖簾《のれん》に腕押し的な地味な戦いをすることとなった。

太平洋戦争の四年間で、海戦の立役者が戦艦重巡から空母や駆逐艦にといっぺんに変わったのだから、それから歳月をへた今日、その同じ駆逐艦までがこのように豹変するのも当然かもしれぬ。しかし、この変貌にまではおよばなくとも、戦争中の変わり方を察し、これに必要な手をソロモン以後ではなく、なぜもっと早くから打てなかったか、と思うのである。

※本書は雑誌「丸」に掲載された記事を再録したものです。執筆者の方で一部ご連絡がとれない方があります。お気づきの方は御面倒で恐縮ですが御一報くだされば幸いです。

単行本　平成二十八年五月　潮書房光人社刊

NF文庫

駆逐艦物語

二〇二一年四月二十日 第一刷発行

著者 志賀博 他

発行者 皆川豪志

発行所 株式会社 潮書房光人新社

〒100-8077 東京都千代田区大手町一-七-二

電話/〇三-六二八一-九八九一代

印刷・製本 凸版印刷株式会社

定価はカバーに表示してあります

乱丁・落丁のものはお取りかえ致します。本文は中性紙を使用

ISBN978-4-7698-3211-9 C0195

http://www.kojinsha.co.jp

NF文庫

刊行のことば

第二次世界大戦の戦火が熄《や》んで五〇年——その間、小社は夥しい数の戦争の記録を渉猟し、発掘し、常に公正なる立場を貫いて書誌とし、大方の絶讃を博して今日に及ぶが、その源は、散華された世代への熱き思い入れであり、同時に、その記録を誌して平和の礎とし、後世に伝えんとするにある。

小社の出版物は、戦記、伝記、文学、エッセイ、写真集、その他、すでに一、〇〇〇点を越え、加えて戦後五〇年になんなんとするを契機として、「光人社NF（ノンフィクション）文庫」を創刊して、読者諸賢の熱烈要望におこたえする次第である。人生のバイブルとして、心弱きときの活性の糧《かて》として、散華の世代からの感動の肉声に、あなたもぜひ、耳を傾けて下さい。